Susanne Mischke

Blank Space

SUSANNE MISCHKE

BLANK SPACE

THRILLER

bold

Ausführliche Informationen über
unsere Autoren und Bücher
www.readbold.de

MIX
Papier aus verantwortungsvollen Quellen
FSC® C083411

Originalausgabe
2019 bold, ein Imprint der
dtv Verlagsgesellschaft mbH & Co. KG, München

Umschlaggestaltung: ZERO Werbeagentur GmbH, München,
unter Verwendung eines Fotos von Joshua Fuller/unsplash.com
Layout & Satz: Gaby Michel, Hamburg
Gesetzt aus der Minion
Druck und Bindung: CPI Books GmbH, Leck
Gedruckt auf säurefreiem, chlorfrei gebleichtem Papier
Printed in Germany · ISBN 978-3-423-23000-1

ERSTER TEIL

1

LUFT, WO KEINE SEIN DÜRFTE

Mir ist kalt. Ich liege auf einem Tisch, Kerzen brennen, über mir sehe ich Gesichter. Sie sind verzerrt, so als hätte man einen Stein in einen spiegelglatten Teich geworfen. Dunkles Wasser schwappt um mich herum. Die Kerzen gehen aus. Das Wasser ist gar kein Wasser, es ist Blut, ich kann es riechen und dann … wache ich auf. Ein paar Bilder huschen noch fledermausartig durch meinen Kopf, ehe auch sie verschwinden.

Was für ein krasser Scheiß war das denn eben?

Mein Hals fühlt sich an wie Schmirgelpapier. Ich taste nach der Wasserflasche, denn um mich herum herrscht völlige Dunkelheit. Die Schlafzimmer des Hausboots befinden sich unter Deck und das kleine Bullauge liegt nur eine Armlänge von der Kaimauer entfernt, sodass schon tagsüber kaum Licht ins Zimmer dringt und nachts gar keines.

Der Griff zum Nachttisch geht ins Leere. Ich drehe mich zur Seite, mein Arm rudert suchend herum, doch da ist Luft, wo keine sein dürfte. Nicht nur die Flasche, die da immer steht, nein, das ganze Nachttischchen scheint weg zu sein, samt Wecker und Lampe. Wie ist das möglich?

Verwirrt richte ich mich auf und erschrecke mich fast zu Tode, denn es wird schlagartig hell und ich sehe erst einmal nur farbige Lichtkreise. Ein dumpfer Schmerz pocht von innen gegen meine Schädeldecke. Habe ich gestern zu viel getrunken? Keine Ahnung, was gestern war, mein Kopf ist wie leer gefegt. Ich blinzle. Die ersten Konturen treten hervor. Ich sehe eine kleine Kommode, einen Tisch und einen Stuhl, ein Fenster, zwei Türen. Die Wände sind leere weiße Flächen, kein Bild, kein Regal, keine Bücher – nichts. Das hier ist definitiv nicht mein Zimmer! Noch nie zuvor habe ich diesen seltsamen Raum gesehen.

Das grelle Licht kommt von einem Deckenstrahler. Wieso ist er angegangen? Ein Bewegungsmelder? Ich springe vom Bett. Der Kopfschmerz bohrt sich wie eine glühende Nadel in mein Hirn, ich höre mich stöhnen. Mit drei, vier torkelnden Schritten bin ich an einer der beiden Türen und … verdammt, wo ist die Klinke? Es gibt keine Klinke an dieser Tür! Auch keinen Knauf oder Riegel, nur weiter oben ein Fenster aus dickem Glas. Dahinter: Dunkelheit.

Was, zum Teufel …?

Meine Verwirrung schlägt jetzt um in Panik und ich stoße einen kleinen, wimmernden Schrei aus.

Atmen, Carolin! Bleib ruhig! Das alles wird sich gleich irgendwie klären.

Die schmalere Tür hat eine Klinke und führt in einen kleinen, gekachelten Raum mit einer Toilette und einem Waschbecken, beides aus Stahl. Aus der Wand ragt in etwa zwei Metern Höhe ein Duschkopf. Das Deckenlicht ist angegangen, als ich die Tür geöffnet habe, und es dauert ein, zwei Schrecksekunden, ehe ich realisiere, dass das, was mir entgegenblickt, keine eigenwillige Interpretation von Edvard Munchs Schrei ist, sondern es ist *mein* Mund und es sind *meine* Augen, die mich groß und voller Angst anstarren.

Ich habe es in meinem dreiundzwanzigjährigen Leben noch zu keiner Haftstrafe gebracht, aber natürlich habe ich trotzdem eine Vorstellung davon, wie eine Gefängniszelle aussieht. Und dies hier sieht verdächtig nach einer aus.

Wie bin ich hierhergekommen? Was ist passiert?

Die Kälte der Bodenfliesen kriecht durch meine nackten Fußsohlen. Ich trete näher an den Spiegel heran. Meine Haut wirkt fahl und wächsern in diesem grässlichen Licht, die Augen sind dunkel umrandet von zerlaufener Wimperntusche, das Haar ist strähnig und wirr. Man könnte den Eindruck gewinnen, ich käme von einer *Walking-Dead*-Motto-Party. Was habe ich da eigentlich an? Woher kommt dieser graue Trainingsanzug, der an mir herumschlottert? Hastig fahren meine Hände unter das Oberteil. Ein weißes Unterhemd, ebenso unbekannt. Kein BH, aber ich trage mangels Masse eh nur selten BHs.

Ich ziehe die Hose ein Stück herab und registriere erleichtert, dass mir zumindest die Unterhose bekannt vorkommt.

Trotzdem, es ist ein extrem ungutes Gefühl, nicht zu wissen, wer mir diese Sachen angezogen hat. Ich selbst? Das kann man nur hoffen. Aber warum weiß ich dann nichts mehr davon? Warum erinnere ich mich an rein gar nichts?

Der totale Filmriss.

Es gab in meinen Leben bisher erst zwei Filmrisse. Einmal in der elften Klasse, als wir uns mit Wodka-Fanta übelst die Kante gegeben haben, das andere Mal war in meinem ersten Studienjahr in Groningen. Wir waren in einem dieser Clubs, in denen sie mit Pillen rumwerfen, als wären es Tic-Tacs, und ich wollte auch mal was ausprobieren. Das war vielleicht ein Scheißgefühl. Danach habe ich mir geschworen, es nie mehr so weit kommen zu lassen. Aber ich konnte mich beide Male wenigstens noch an den Anfang der Party erinnern und daran, *dass* ich zu viel getrunken und diese Pillen eigeworfen hatte. Gerade fällt mir ein: Beim letzten Mal bin ich auch nicht in meinem eigenen Zimmer aufgewacht. Aber doch wenigstens in meinen eigenen Klamotten. Na ja, zumindest lagen sie ganz in der Nähe herum.

Das ist drei Jahre her, inzwischen lebe ich in Amsterdam, und das hier ist vollkommen anders. Ich erinnere mich an keine Party, ich weiß nicht einmal, was das Letzte ist, an das ich mich erinnere. Da ist kein harter Schnitt, nur ein paar Bilder blitzen auf und Namen hallen mir durch den Kopf. Maart, Odile, Veronika, Jan … Da ist ein beklemmendes Gefühl im Zusammenhang mit Odile, aber es ist, als würde man mit dem Auto durch Nebel fahren, vorbei an gespenstischen Schatten, die nicht greifbar sind und die verschwinden, ehe man genauer hinsehen kann. Alles verschwimmt und ich kann die Erinnerungsfetzen zeitlich nicht einordnen.

Ich streiche mir das Haar zurück und dabei sehe ich im Spiegel, dass meine Hände ziemlich schmutzig sind. Irgendein bräunlicher Dreck. Reflexartig öffne ich den Hahn. Hellrote Rinnsale auf weißem Porzellan, sie werden dünner, verschwinden.

Ist das … war das etwa … Blut?

Ich bekomme Herzrasen. Hektisch untersuche ich meinen Körper nach Verletzungen, aber ich finde keine. Wessen Blut war das? War es überhaupt Blut oder habe ich mir etwas eingebildet? Ist das alles nur eine Wahnvorstellung, ein Höllentrip, der sich echt gewaschen hat? Habe ich doch irgendwo irgendwas eingeworfen oder wurde mir was echt Fieses untergeschoben, etwas, das mein Hirn praktisch in seine Einzelteile zerlegt?

Mein Hals ist immer noch trocken. Ich trinke ein paar Schlucke aus dem Hahn und mache mich dann auf die Suche nach meinen Sachen. Es gibt nicht viele Möglichkeiten, wo sie sein könnten, eigentlich nur in der Kommode. Ich finde Handtücher in der obersten Schublade, außerdem ein Hygiene-Equipment, wie man es aus Hotels kennt: Zahnputzzeug, Seife, Duschgel, Shampoo, Körperlotion und ein in Folie eingeschweißter Kamm. Es gibt sogar ein Paar weiße Stoffschlappen, nur ohne Hotelaufdruck. Ich ziehe sie an, weil mir die Kälte die Waden hinaufkriecht. Sie sind zu groß. Ich öffne die anderen zwei Schubladen. Eine ist leer, in der unteren liegt eine braune Wolldecke, ordentlich zusammengefaltet. Das war's. Wo sind meine Klamotten? Wo ist meine Tasche, meine Geldbörse, die Brieftasche mit meinen Papieren und vor allen Dingen: Wo ist mein Handy?

Ich schlappe rüber zum Fenster und presse mein Gesicht an die Scheibe, wobei ich die Augen mit den Händen abschirme. Da draußen ist – nichts. Nur Dunkelheit. Ich merke, wie mir der Schweiß ausbricht. Ist das Fenster nur eine Attrappe? Bin ich einem Perversen in die Hände gefallen, der mich betäubt und in sein Kellerverlies verschleppt hat? Die Schreckensbilder sämtlicher Filme, Serien und Crime-Dokus, die ich jemals gesehen habe, brechen über mich herein. Doch bevor ich vollkommen überschnappen kann, haben sich meine Pupillen an die Dunkelheit gewöhnt, und jetzt erkenne ich die Umrisse von Bäumen und am Himmel ein paar Sterne. Noch nie war ich so froh über ein paar lausige Sterne.

Nirgendwo brennt ein Licht, da ist keine Spur von Zivilisation. Ich muss irgendwo oben sein. Drei, vier Stockwerke vielleicht, denn sonst könnte ich nicht über die Bäume hinwegsehen.

Aber wo bin ich? Jedenfalls nicht in Amsterdam, so viel steht fest. Diese Erkenntnis ist wie Spiritus für das Feuer meiner Panik.

Luft, ich brauche Luft.

Das Fenster hat einen Griff und es lässt sich auch öffnen, jedoch verhindert ein Eisengitter das Hinauslehnen. Es riecht nach gemähtem Gras, nach Erde und Blättern. Ein Hauch von Herbst. Stimmt, wir haben Ende August. Datum? Bin nicht sicher.

Kühle Nachtluft lässt mich ein wenig frösteln. *Der Sommer war sehr groß*, um es mit Rilke auszudrücken, aber jetzt werden die Nächte langsam frisch. Zumindest an diesem Nicht-in-der-Stadt-Ort.

Also ein Knast auf dem platten Land. Wie bin ich da hingekommen? Ich versuche mich an einem Szenario: Jemand, an den ich mich nicht erinnere, hat mir an einem Ort, an den ich mich auch nicht erinnere, irgendwas untergejubelt, das fürchterlich reinhaut. Ich taumle orientierungslos auf der Straße herum, vielleicht breche ich bewusstlos zusammen, jemand ruft den Notarzt … Nein, Quatsch, dann wäre ich ja in einem Krankenhaus. Ebenso, wenn ich einen Unfall gehabt hätte. Okay, ich bin also orientierungslos, vielleicht bewusstlos, jemand ruft, warum auch immer, die *Polizei*, und die steckt mich in eine Ausnüchterungszelle. Meine Klamotten sind vielleicht dreckig oder vollgekotzt, deshalb dieser Trainingsanzug. Aber warum liegt diese Polizeiwache nicht in der Stadt, sondern irgendwo im Nichts? Häftlings-Outsourcing?

Das alles ist absolut nicht zu erklären, und eigentlich kann man nur hoffen, dass ich gerade einer fetten Halluzination auf den Leim gehe. Leider fühlt es sich verdammt real an. Aber tun Halluzinationen das nicht immer? Seit wann leide ich an Halluzinationen? Das wäre ja ganz was Neues.

Ich stelle mich an das Fenstergitter und rufe: »Hallo! Ist hier jemand?«

Nichts.

»Hilfe! Ich will hier raus, ich will verdammt noch mal hier raus! Hiiilfeee!«

Ich schreie zuerst, ganz automatisch, auf Deutsch, dann auf Holländisch und schließlich auf Englisch. Leider bringen mich meine Sprachkenntnisse kein bisschen weiter, im Gegenteil, die

Schreierei lässt meinen Kopf beinahe platzen. Der Schmerz, den Schreck und Panik für kurze Zeit verdrängt haben, kommt mit Vehemenz zurück, aber auf meine Malaisen kann ich jetzt keine Rücksicht nehmen. Ich habe eine Wahnsinnsangst und ich will, dass irgendjemand Notiz von mir nimmt, egal wer, Hauptsache, ein menschliches Wesen. Ich muss jetzt sofort wissen, was los ist, wo ich bin und warum. Irgendwo in diesem Gebäude muss doch jemand sein, der mich hört, den ich fragen kann. Man kann mich doch nicht einfach mutterseelenallein einsperren und mich mir selbst überlassen.

Ich schreie erneut, so laut ich kann, um Hilfe, dann fällt mir etwas ein. Ich habe gehört oder gelesen, mal solle im Notfall statt *Hilfe* lieber *Feuer* rufen. Das würde die lieben Mitmenschen eher beunruhigen und zum Handeln bewegen als Hilfeschreie.

»Fire! Vuur! Feuer!«

Ich lausche meinen Schreien nach, die von der Nacht verschluckt worden sind. Was folgt, ist – Stille.

Eine hämische Stille, die mich rasend macht.

Gewaltausbrüche sind sonst wirklich nicht meine Art. Unter meinen Freunden und Kommilitonen gelte ich als ruhig und beherrscht und ich weiß, dass manche mich vielleicht sogar als ein bisschen brav und langweilig beschreiben würden.

Die müssten mich jetzt mal sehen!

Ich ergreife den Stuhl und schlage damit auf die klinkenlose Tür ein. Diesen Höllenlärm muss doch jemand mitkriegen! Wieder und wieder pfeffere ich den hölzernen Stuhl gegen die Tür. Ich bin verzweifelt und bis unter die Schädeldecke vollgepumpt mit Adrenalin. Das große Schweigen um mich herum lässt mich immer panischer und wütender werden. Das kann doch nicht sein, dass niemand mich hört! Gibt es in diesem Knast denn keine Nachtschicht?

Ich bin gerade dabei, dem Stuhl, der schon ziemlich gelitten hat, den Rest zu geben, als die Tür geöffnet wird.

Also, geht doch.

Eine Frau sieht mich aus wässrig blauen Augen streng an. Kurze mausbraune Haare, tiefe Tränensäcke, hängende Mundwinkel. Ihr Gesicht sieht haargenaus so aus, wie ich mir eine Gefängniswärterin vorstellen würde, nur passen der weiße Kittel und die Gesundheitsschuhe nicht ganz ins Klischee.

»Leg das weg«, faucht sie mich auf Holländisch an.

Erst jetzt wird mir bewusst, dass ich eines der Stuhlbeine in den Händen halte wie einen Baseballschläger.

»Ich will doch nur …«

Ehe ich den Satz beenden kann, erscheinen zwei Typen auf der Bildfläche: ein Dunkelhäutiger mit einer Kleiderschrankstatur und ein fettes, weißes Riesenbaby mit einem Mondgesicht. Beide tragen helle Overalls. Der Schrank schlägt mir mit einem gezielten Hieb das Stuhlbein aus der Hand, Mondgesicht packt mich von hinten an den Armen und hält mich fest.

»Hey! Was soll das? Loslassen, verdammt noch …« Mein Protest bleibt mir im Hals stecken, als ich sehe, wie die Frau eine Spritze aufzieht. Weiß der Geier, wo sie die so plötzlich herhat. Sie kommt auf mich zu, während sie mich auffordert, mich zu beruhigen.

Das ist *doch* ein Albtraum!, schießt es mir durch den Kopf.

»Nein, bitte! Warten Sie! Ich will doch nur wissen, wo ich bin und warum!«

»Und wir wollen keinen Radau mitten in der Nacht!«, antwortet die Frau, deren Gesicht mich an einen mürrischen Truthahn erinnert. »Aber keine Sorge, Fräulein, gleich ist Ruhe.«

Das Wort *Fräulein* hat sie auf Deutsch ausgesprochen. Anscheinend weiß man hier, dass ich Deutsche bin, sie müssen demnach meine Papiere in die Finger bekommen haben. Mein Vater stammt aus Bremen und ich bin in einem Dorf in Nordfriesland groß geworden. Meine Mutter ist Holländerin, daher bin ich zweisprachig aufgewachsen.

»Nein, bitte! Keine Spritze, nicht, ich hasse Spritzen, ich werde auch ganz still sein!«

Niemand reagiert auf meine Worte. Ich wehre mich mit aller Kraft, aber der Fettkloß hinter mir hat Hände wie ein Schraubstock. Ich trete mit den Füßen nach dem Truthahn, die Schlappen segeln durch die Luft, ich keile nach hinten aus und trete Mondgesicht vors Schienbein.

»Leo, fass mal mit an!«, sagt Mondgesicht zu Kleiderschrank. Leo bekommt meine Beine zu fassen. Sie zerren mich auf die Pritsche, ein zappelndes, zeterndes Wutpaket. Dann kann ich nur noch zusehen, wie sich die Nadel ins Fleisch meines Oberarms bohrt.

Ich beschimpfe die ganze Bande in meinen beiden Muttersprachen, doch mitten im schönen deutschen Wort *Arschl…* versagt mir die Zunge und ich gleite hinüber ins Nirwana.

Sprachmemo von Maart, 15. November

Aah! Odile und ich können endlich wieder durchatmen! Dries ist vor drei Tagen ausgezogen und die Luft unter Deck wird laaang-sam besser.

Ganze acht Monate hat Dries bei uns gewohnt. Ich weiß gar nicht, wie wir das so lange ausgehalten haben und warum Odile ihn nicht schon längst rausgeworfen hat. Dries ist an sich wirklich ein netter Kerl, aber er hat leider ein … ähm … leicht gestörtes Verhältnis zur Körperpflege. Echt, dieser Saubär hat seine Socken erst gewechselt, wenn er sie an die Wand kleben konnte, und geduscht hat der höchstens einmal die Woche. Ich bin, was Gerüche angeht, ja nicht so empfindlich, aber selbst mir ist es manchmal zu viel geworden. Mit der Zeit roch nämlich die ganze Bude nach altem Schweiß, selbst in der Uni oder auf dem Rad hatte ich noch manchmal diesen Driesgeruch in der Nase, und Veronika wollte schon gar nicht mehr bei mir übernachten.

Jedenfalls waren Odile und ich echt froh, als er sagte, er würde mit einem Kumpel zusammen eine neue WG gründen. Viel Spaß, den beiden!

Nachdem er ausgezogen ist, haben wir das Zimmer gesäubert wie einen Tatort. Wir haben alles abgeschrubbt, Möbel, Wände, sogar die Decke. Und Odile hat eine neue Matratze für die Koje organisiert. Wir sind uns ganz schnell einig geworden, dass wir das Zimmer dieses Mal an eine Frau vermieten wollen. Wir hoffen, damit das Risiko zu verkleinern, sich noch einmal so eine Stinkbombe aufs Boot zu holen.

Vorhin haben wir die Anzeige ins Netz gestellt. Das wird sicher einen Run geben, auf ein Hausboot sind ja viele scharf. Allerdings werde ich dieses Mal sehr sorgfältig darauf achten, ob die Person gewisse Anforderungen erfüllt.

2

SIE SPERREN IMMER DIE FALSCHEN WEG

»Einen wunderschönen guten Morgen! Möchten Madame das Frühstück lieber in Ihrem Boudoir zu sich nehmen oder im Speisesaal?«

Der junge Typ, der mir die Frage stellt, hat höflich angeklopft, ehe er das Zimmer betrat. Davon bin ich wach geworden. Abwartend und mit verschränkten Armen steht er in seinem weißen Overall vor meinem Bett und lächelt wie ein Zimmerkellner, der auf Trinkgeld aus ist. Sein Haar ist rot wie das einer Moorleiche, dazu passt sein bleiches, längliches Pferdegesicht. Die Bettdecke bis zum Kinn hochgezogen, blicke ich ihn an, als hätte ich eine Marienerscheinung. Als Nächstes schweift mein Blick durch das Zimmer und in Sekundenbruchteilen stürzt der ganze Albtraum wieder auf mich ein. Nur, dass es leider keiner ist.

»Wo bin ich?« Meine Stimme klingt fremd und heiser.

»Du bist in der Villa Rosengarten. Ich bin übrigens Tom.«

»*Villa Rosengarten?*«, krächze ich. »Das ist doch wohl ein Witz, oder?«

»Keineswegs«, versetzt Tom im indigniert-resignierten Tonfall eines Butlers, der wieder einmal erleben muss, dass sich die Gäste seiner Lordschaft gründlich danebenbenehmen.

Mich beschleicht ein schrecklicher Verdacht. *Villa Rosengarten.* So heißt kein Knast, so heißen Altersheime und … alles in mir wehrt sich gegen das, was mein Verstand mir sagt, doch der

Auftritt des Trios von heute Nacht lässt wenig Spielraum für Interpretationen.

»Ich bin in einem *Irrenhaus?*«, brülle ich.

»Wir bevorzugen den Begriff *Psychiatrische Klinik*«, korrigiert mich Tom pikiert. »Also, wie sieht es aus, ich habe nicht den ganzen Tag Zeit. Frühstück hier oder im Saal?«

»Saal!«

Nur endlich raus aus diesem schrecklichen Zimmer!

»Gut, wie Madame wünschen.« Er macht eine angedeutete Verbeugung, dann legt er seine Stock-im-Arsch-Attitüde ab und sagt in verbindlichem Ton. »Du hast zehn Minuten, um dich in Schale zu werfen, dann komm ich dich abholen.«

»Warte, ich …«

Die Tür fällt zu, raus ist er.

Mich *in Schale werfen?* Der Kerl hat wirklich einen sonnigen Humor. Gewiss braucht man den, wenn man in der *Villa Rosengarten* arbeitet.

Ein Tsunami von Klischees fegt über mich hinweg, ich sehe Zwangsjacken und Gummizellen, festgeschnallte Menschen mit Beißhölzern im Mund, die sich unter Elektroschocks winden wie Aale. Keuchend springe ich aus dem Bett und versuche, die Szenarien zu verscheuchen, die mir mein von Hollywood und Netflix lobotomisiertes Hirn vorgaukelt.

Der Kopfschmerz hat sich verzogen, ich fühle mich eigentlich ganz gut. Gleich wird Tom das Pferd mich abholen, ich werde nicht mehr eingesperrt sein, ich werde Menschen begegnen, Ärzten, *Verantwortlichen.* Nach einem klärenden Gespräch wird man mir meine Sachen wiedergeben, mein Handy vor allen Dingen, ich kann jemanden anrufen, Maart am besten. Oder ich bestelle mir gleich ein Taxi. Verzweiflung und Panik der Nacht sind im Licht des noch jungen Morgens einer unbestimmten Zuversicht gewichen. Wie kommt das? Liegt es am Tageslicht oder hat der Truthahn heute Nacht einen kleinen Stimmungsaufheller in meinen Spritzencocktail gemischt?

Okay, meine Lage ist ernst, und das alles ist sehr seltsam, aber nicht aussichtslos. Niemand darf heutzutage mehr für längere Zeit gegen seinen Willen in der Psychiatrie festgehalten werden. Nicht ohne richterliche Anordnung. Das ist zumindest in Deutschland so, und in Holland wird das nicht viel anders sein.

Ich werfe einen Blick aus dem Fenster. Von wegen, *Rosengarten.*

Wald, Feld, Wiese, Wiese, Feld, Wald, ein paar Kühe und ab und an ein Gehöft und ein paar riesige Gewächshäuser, die in der Sonne blinken. Eine platte, langweilige niederländische Landschaft, über die sich lustlos ein dunstig blauer Himmel spannt. Der Arsch der Welt. Zumindest kann man ihn von hier aus schon sehr gut sehen. Die Sonne steht tief und scheint mir ins Gesicht, also muss das Osten sein, und es ist sicher erst acht oder neun oder sogar noch früher. In solchen Anstalten fängt der Tag bestimmt schon früh an, damit sie bis zum Abend mit all ihren fragwürdigen Prozeduren durch sind.

Der Stuhl, den ich heute Nacht in meinem gerechten Zorn zerdeppert habe, ist mittlerweile verschwunden und wurde bis jetzt nicht ersetzt, aber Tom hat mir etwas auf der Kommode hinterlassen: einen Bademantel und frische Wäsche: drei weiße Oma-Slips und ein frisches Unterhemd. Und Schuhe. Graue Turnschuhe, neu, eine billige Chucks-Imitation.

Moment mal! Wieso *drei* Unterhosen? Was glauben die, für wie lange ich mich hier einquartieren will?

Apropos *in Schale werfen:* Eine Dusche wäre wohl ganz angebracht. Dieser Eindruck bestätigt sich bei einem Blick in den Spiegel. Denn auch wenn ich durch ein rätselhaftes Versehen in der Psychiatrie gelandet bin, sollte ich vielleicht nicht unbedingt aussehen wie eine Irre. Das könnte am Ende noch jemand falsch interpretieren.

Einen Fön gibt es nicht in diesem Luxusdomizil und so ist mein Haar noch etwas feucht und beginnt sich zu kringeln, als Tom das Pferd mich abholt. Wortlos gehen wir einen langen, breiten Flur entlang, vorbei an einer Treppe mit einem verschnörkelten Eisengeländer. Jugendstil, erkenne ich. Eine Schwester schiebt ein Wägelchen mit frischer Bettwäsche vor sich her und tauscht mit Tom ein Begrüßungsnicken.

Wir betreten einen Aufzug. Über der Tür leuchtet die 3 auf.

»Wie viele Insassen gibt es hier?«, will ich von Tom wissen, während wir ins Erdgeschoss fahren.

»Achtzig, wenn wir voll ausgelastet sind, und das sind wir praktisch immer. Wir bevorzugen übrigens den Begriff *Klienten* oder zumindest *Patienten.*«

»Was für Fälle sind hier untergebracht?«

»Oh, die Gesellschaft ist bunt gemischt. Der Großteil sind Depressive und Borderliner, ein paar Schizophrene, viele Alkoholiker und Leute mit Ess- oder Angststörungen.«

»Und der Rest?«, frage ich

»Der Rest, das ist die forensische Psychiatrie … Aber keine Sorge, wir achten streng auf die Sicherheit unserer Klienten.«

Indem man die schweren Fälle in Zimmern ohne Türklinken einsperrt.

»So, da wären wir.«

Der Saal ist imposant: Stuckdecken, glänzendes Parkett, hohe, schmale Sprossenfenster. An der Decke prangt sogar ein Kristalllüster vom Durchmesser eines Treckerreifens. Vielleicht war die Villa Rosengarten ursprünglich ein vornehmes Hotel und hier drin wurde geschlemmt und geschwoft. Oder es war schon immer eine Klinik, aber eine für Reiche.

Die heutige Möblierung ist ein herber Stilbruch: Einfache Holztische für zwei, vier und sechs Personen stehen in Reihe, umgeben von Stapelstühlen aus Plastik. Vier Kerle in weißen Overalls lungern in den Ecken herum. Kellner sind das jedenfalls nicht.

Ich fühle mich wie eine Braut, die die Kirche betritt. Es sind nur noch wenige Tische besetzt, offenbar sind die meisten *Klienten* schon fertig mit dem Frühstück. Die, die noch da sind, blicken mich mit unverhohlener Neugierde an und ich bin heilfroh, dass Tom das Pferd neben mir hergeht. Ein Frühstück in Gesellschaft von Psychiatriepatienten erscheint mir zwar immer noch besser, als allein eingesperrt zu sein, trotzdem bin ich leicht verunsichert.

Auch ich taxiere im Vorbeigehen mein Publikum. Sie sehen eigentlich alle ziemlich normal aus. Was habe ich erwartet? Eine Schar brüllender Wahnsinniger mit sabbernden Mündern und blutunterlaufenen Augen? Die meisten tragen zivile Kleidung, nur drei Männer haben identische blaue Hosen und Kittel an, die nach Anstalt aussehen. Warum trage ich dann diesen grauen Trainingsanzug? Oder gehören die drei zum Personal?

Eine ältere Frau fällt auf oder vielmehr ihr rotes Sommerkleid mit den weißen Tupfen. Ihr graues Haar windet sich in einem geflochtenen Kranz um den Kopf, das Arrangement erinnert an ein Vogelnest. Um die Schultern hat sie eine cremefarbene Seidenstola drapiert, weiße Spitzensöckchen zu roten Ballerinas runden das Outfit ab. Sie scheint einer Persil-Werbung aus den Fünfzigerjahren entflohen zu sein. Ich finde sie faszinierend und rührend zugleich.

Vorsicht, Carolin, vielleicht ist sie eine Serienkillerin!

Am hinteren Ende des Saals ist ein Buffet aufgebaut, fast so, als wäre man wirklich in einem Hotel. Dahinter scheint die Küche zu sein, denn gerade kommt eine junge Frau mit einer Kochmütze durch die Schwingtür und stellt eine Platte mit Rührei auf den langen Tisch.

Tom begleitet mich bis dorthin und beim Anblick von Rührei, Käseplatte und Müslischüssel merke ich, dass ich einen Mordshunger habe.

»Was meinst du, kann ich dich hier allein lassen?«, fragt Tom.

Es wäre mir lieber, wenn er hierbliebe, aber ich sage großspurig: »Ich komm schon klar.«

»Du hast um neun einen Termin bei Dr. Davis, ich bring dich hin, warte hier auf mich.«

»Ich habe keine Uhr.«

»Reicht die?« Tom deutet auf eine riesige Uhr im Bahnhofsuhren-Design, die über dem Eingang des Saals hängt und deren Zeiger auf fünf nach halb neun zeigen.

Ich lade mir Rührei auf den Teller und Müsli in eine Schüssel und trage beides zu einem abgeräumten Zweiertisch am Fenster. Von hier aus blickt man in den Park der Villa Rosengarten, und tatsächlich: Es gibt darin etliche Strauchrosen, sie tragen rosafarbene und weiße Blüten. Sanft geschwungene Kieswege durchziehen die Grünflächen und führen um Buschgruppen und Bäume herum. Ein feister kleiner Faun speit Wasser in ein Becken, das mit bemoosten Steinen eingefasst ist. Ganz hinten schimmert das Backsteinrot einer gut drei Meter hohen Mauer durch die Botanik. Inmitten einer Baumgruppe liegt ein Teich in einer Mulde, ein böses, dunkles Auge. Weiße Eisenbänke, verschnörkelt wie Zuckerwerk auf einer Hochzeitstorte, stehen längs der Wege und warten auf Besucher, aber niemand hält sich dort draußen auf. Ist ja auch noch früh am Tag. Vielleicht lassen sie einen erst in den Park, nachdem man seinem Therapeuten erzählt hat, wie man sich heute fühlt, und an irgendeinem Ringelpiez teilgenommen und seine Pillen eingeworfen hat.

Dr. Davis also. Ob das ein Psychiater ist? Oder der Leiter dieser … Anstalt?

Während ich esse, mustere ich weiterhin unauffällig die anderen. Was soll ich auch sonst machen, ohne mein Smartphone, ohne ein Buch oder eine Zeitung? Am Tisch der alten Dame mit der Vogelnestfrisur sitzt ein Mädchen in Jeans und Sweatshirt, beides zu weit. Ihr brünettes Haar wird von einer Klammer hochgehalten, sie hat einen Joghurt vor sich stehen, doch anstatt zu essen, liest sie mit gesenktem Kopf in einem zerfledderten Buch. Ihre Halswirbel stechen hervor wie Zahnräder. Nicht schwer zu erraten, warum sie hier ist.

Zwischen ihr und der alten Dame prangt ein Blumenstrauß auf dem Tisch, auf dem ein Nummernschildchen mit einer 17 steht. Weiße und blaue Lilien. Sonst gibt es nirgendwo Blumen hier drin. Eigenartig.

Tüpfelkleid fängt meinen Blick auf und winkt mir zu, wobei ihre Hand auf und ab flattert wie ein gefangener Schmetterling. Ich lächle flüchtig zurück und nicke, um nicht unhöflich zu sein. Dann versenke ich den Blick rasch in meinem Müsli. Zugegeben, ich habe mich schon sicherer gefühlt. Mir ist, als sei ich von einem Rudel von Hunden umgeben, von denen man nicht weiß, ob sie freundlich oder bissig sind. Retriever oder Rottweiler, das ist hier die Frage. Auf jeden Fall erscheint es mir ratsam zu sein, jeden Augenkontakt zu vermeiden. Am besten überhaupt jeden Kontakt. Freundschaften zu schließen lohnt sich nicht, da ich dieses nette kleine Etablissement sicherlich gleich verlassen werde. Dieses Erlebnis wird schon bald zur skurrilsten Anekdote meines Lebens werden. *Hab ich euch schon erzählt, wie ich eines Tages in einer Irrenanstalt aufgewacht bin …?*

Mein kurzer Blickkontakt mit Gretelfrisur im Tüpfelkleid ist anscheinend nicht unbemerkt geblieben. Neben ihr sitzt ein Typ, etwa Ende zwanzig, mit Seitenscheitel, Nerdbrille und einem weißen Hemd mit Weste. Er könnte jeden Moment sein Notebook schnappen und in seine Bankfiliale fahren … Stattdessen schaut er jetzt ebenfalls zu mir her. Ich tue so, als hätte ich es nicht bemerkt, aber als ich dann doch der Versuchung erliege und zu den beiden rüberlinse, nickt er mir mit einem breiten Lächeln zu. Mist! Ich versuche, den Anschein zu erwecken, als würde mein Essen meine ganze Aufmerksamkeit in Anspruch nehmen. In Wirklichkeit zermartere ich mir schon wieder mein Hirn, wie es sein kann, dass ich hier gelandet bin. Okay, in letzter Zeit ist einiges schiefgelaufen, da gibt es ein paar Dinge, die ich besser nicht getan hätte, die ich wirklich bereue, aber dass ich mich in der Psychiatrie wiederfinde, das ist dann doch eine extreme Wendung. Ich bin inzwischen ziemlich sicher, dass das alles mit Odile zu tun haben muss. Odile, die mein Leben durcheinandergewirbelt hat, Odile, die seit Tagen …

»Darf ich mich zu dir setzen?«

Der Seitenscheitel steht vor mir. Was jetzt? Was wird er tun, wenn ich ablehne? Mir an die Gurgel gehen, sich schreiend am Boden wälzen? Ich riskiere einen Blick auf die Uhr über der Eingangstür. Noch zehn Minuten, bis Tom hier sein wird.

»Ich muss leider gleich weg.«

»Ich ebenfalls«, sagt er und setzt sich unaufgefordert auf einen Stuhl mir gegenüber. »Man hat hier so seine Verpflichtungen.«

Ich schiele nach den Aufpassern in den Ecken. Keiner muckst sich. Sie werden ja wohl die gemeingefährlichen Irren nicht einfach so frei herumlaufen lassen, sage ich mir.

»Darf ich fragen, wie du heißt?«, wendet sich der ungebetene Gast höflich an mich.

»Carolin.«

»Carolin«, wiederholt er so bedeutungsschwer, als hätte ich ihm gerade ein großes Geheimnis verraten. »Carolin mit den goldenen Locken und den seladongrünen Augen …«

»Hä?«

»Seladongrün. So wie das alte chinesische Porzellan.«

»Ach so.« *Seladongrün.* Das muss ich mir merken.

»Ich bin übrigens Norman Bates.«

Was für ein Spinner! – Was hast du hier erwartet, Carolin?

»Sehr witzig«, antworte ich. Dieser komische Vogel hat mir gerade noch gefehlt.

Er zupft an seinem Hemdkragen und streicht mit einer affektiert wirkenden Geste durch sein Haar. »Ich gestehe, Norman Bates ist mein Künstlername. Eigentlich heiße ich Ben. Willkommen in der Villa Rosengarten, Carolin.«

»Danke, Ben, sehr nett. Ich habe allerdings nicht vor, lange hierzubleiben.«

»Das sagen sie alle, am Anfang.«

Ich beschließe, das Beste aus der Situation zu machen, beuge mich ein wenig über den Tisch und flüstere: »Wo genau sind wir hier?«

»Das weißt du nicht?«, entgegnet er.

»Würde ich sonst fragen?«

Schon rattert er los wie ein Fremdenführer: »Die Villa Rosengarten ist im Jahr 1903 als Kurhotel erbaut worden, im Zweiten Weltkrieg wurde daraus kurzfristig ein Lazarett, danach, bis in die Siebziger, ein Heim für gefallene Mädchen.« Bei diesen Worten zwinkert er mir zu, ehe er fortfährt: »Jetzt ist es, salopp gesagt, eine charmante kleine Irrenanstalt. Ein Sanatorium für

Geisteskranke, ein Refugium für Menschen, die sich nicht ganz gesellschaftskonform benommen haben.«

»Ich meine, wo sind wir hier *geografisch?*«

»Zwischen Amsterdam und Utrecht, grob gesagt. Wieso weißt du das nicht?«

Ich finde nicht, dass ihn das was angeht, selbst wenn ich es wüsste, und zucke mit den Schultern.

Seine Augenbrauen hinter der Nerdbrille heben sich. »Oh, verstehe. Wir leiden an einer kleinen Amnesie. Drogen oder Trauma?«

»Was?«

»Vergiss es. Ich bin ja nicht dein Psychiater. In welchem Block bist du untergebracht?«

»Ich weiß nicht. Das Fenster geht nach hinten raus, nicht zum Park.«

»Hat die Tür innen eine Klinke?«

»Nein«, gestehe ich und merke, dass ich mich, obwohl es vollkommen blödsinnig ist, dafür geniere. Leute in Zimmern ohne Klinke gehören sicherlich nicht zu den vertrauenswürdigen Individuen.

Die Bestätigung folgt auf dem Fuß: »Oh-oh«, macht Ben und grinst dazu. »Dann bist du in Block C. Dann musst du irgendetwas Übles angestellt haben oder du bist selbstmordgefährdet. Ein Wunder, dass sie dich überhaupt hier reingelassen haben, ohne Aufsicht.«

»Das gilt wohl für so einige hier«, entgegne ich scharf und füge hinzu: »Das alles ist ein Irrtum.«

»Ist klar.«

»Vielleicht war nur kein anderes Zimmer frei.«

»Ja, sicher.« Bens Lippen kräuseln sich zu einem Lächeln, für das ich ihm am liebsten eine reinhauen würde. »Sie sperren immer die Falschen weg. Wir alle sind nur wegen eines Irrtums hier.«

Ich würde diesem nervigen Typen am liebsten sagen, was er mich mal kann, doch andererseits wäre es vielleicht klüger, diese Informationsquelle noch weiter anzuzapfen. »Kennst du einen Dr. Davis?«

Er nickt und verzieht das Gesicht zu einer verächtlichen Grimasse.

»Was?«

»Nichts.«

»Sag schon.«

»Er wird einen auf Kumpel machen und dich mit seinen indischen Kuhaugen treuherzig anschauen, um dich zu Höchstleistungen in Sachen Selbstoffenbarung anzustacheln. Aber sei vorsichtig mit dem, was du ihm sagst. Überleg dir jedes Wort ganz genau. Irgendwann wendet er alles, was du ihm anvertraut hast, gegen dich.«

»Danke für die Warnung.«

»Gern geschehen.«

»Darf ich dich was fragen?«

»Frag nur.«

»Wieso bist du hier?«

»Ich habe meine Mutter mit einem Beil erschlagen.«

Unwillkürlich bin ich auf meinem Stuhl etwas zurückgerutscht. Ich weiß nicht, was ich darauf entgegnen soll. Auf solche Situationen wird man ja von niemandem und nirgendwo vorbereitet. Oder verarscht er mich bloß? Ja, natürlich. Wahrscheinlich ist es Sitte hier drin, dass man Neuankömmlinge erst einmal gründlich vergrault. Wäre er wirklich ein Mörder, würde er, erstens, wohl nicht damit kokettieren und, zweitens, würde man ihn hier doch nicht auf die Menschheit loslassen. Ganz bestimmt nicht. Deshalb frage ich in möglichst gelassenem Tonfall: »Hast du sie auch präpariert?«

Er lächelt. »Ah, wir haben es mit einer Cineastin zu tun.«

Ich lasse ihn in dem Glauben. Dabei habe ich *Psycho,* das viel zitierte Original von Hitchcock, noch nie ganz gesehen, nur die Szene mit dem Duschvorhang. Dafür aber alle Staffeln von *Bates Motel.*

»Nein«, sagt er bedauernd, »ich beherrsche die Kunst der Taxidermie leider nicht, ganz davon abgesehen, dass ihr Zustand dies auch nicht erlaubt hätte.«

»Verstehe. Aber jetzt mal im Ernst ...«

Er sieht mich an. Das Grinsen ist aus seinem Gesicht verschwunden und sein Blick lässt es mir plötzlich eiskalt den Rücken runterlaufen. Nein, das war keine Verarsche, ich weiß es in diesem Moment. Wenn es stimmt, dass die Augen der Spiegel der Seele sind, dann habe ich gerade in einen Abgrund geschaut.

»Du musst dir keine Sorgen machen ...«, beginnt er.

»Tu ich nicht«, sage ich blitzschnell. Von wegen, *keine Sorgen.* Ich habe keine *Sorgen,* ich sitze lediglich zum ersten Mal in meinem Leben wissentlich einem Mörder gegenüber, und das macht mir, zugegeben, schon ein bisschen Angst.

Tom scheint ein gutes Händchen für richtiges Timing zu haben, denn ehe Ben oder auch Norman Bates in die Details gehen kann, erscheint er im Eingang des Speisesaals und bedeutet mir mit einer Kopfbewegung, dass es Zeit wird zum Aufbruch.

»Ich muss los.« Ich stehe etwas zu hastig auf.

Ben, ganz oldschool, ist ebenfalls in die Höhe geschnellt und nimmt Haltung an. »Natürlich, die Pflicht ruft. Es war nett, mit dir plaudern zu dürfen, Carolin. Man sieht sich.«

»Eher nicht«, sage ich und mache, dass ich hier rauskomme.

Sprachmemo von Maart, 20. November

Es ist nervig. Es waren in den letzten Tagen bestimmt an die zehn Frauen hier, aber an jeder hatte Odile was auszusetzen, und, offen gesagt, fand ich auch keine von ihnen besonders geeignet. Außerdem fühle ich mich in solchen Situationen nicht wohl. Ich mag es nicht, wenn Leute denken, vor mir katzbuckeln zu müssen, ich mag auch niemanden enttäuschen, der dringend ein Zimmer sucht.

Ich werde wohl nie ganz dahinterkommen, welches Odiles Entscheidungskriterien sind. *Es muss einfach Klick machen,* sagt sie.

Auch ich habe gewisse Vorstellungen, aber im Grunde ist es ihre Entscheidung, denn sie ist die Hauptmieterin des Boots. Sie ist überhaupt diejenige, die den Ton angibt. Wer sollte ihr auch Kontra geben, ich vielleicht?

»Sie soll hier nur wohnen, du sollst sie nicht heiraten«, habe ich neulich, in einem Anflug von Aufmüpfigkeit, zu ihr gesagt. Aber da hat Odile mal wieder ihren patzigen Mund gemacht und mit ihrer Tiefkühlstimme, die sie manchmal von einer Sekunde zur anderen kriegt, gemeint, sie wüsste schon, was sie tue.

Da bin ich mir allerdings nicht immer so sicher bei ihr.

Jan meint dazu, schöne Frauen seien halt kompliziert, und je schöner, desto komplizierter. Und Odile ist ein Kracher, da besteht Konsens. Hübsche Frauen gibt es viele in Amsterdam, aber Odile ist nicht nur standardmäßig hübsch, nein, Odile ist wirklich *schön,* in einem klassischen, dramatischen Sinn.

Ja, Odile ist kompliziert, und mein Verhältnis zu ihr ebenfalls. Oder auch nicht, eigentlich ist es ganz einfach: Ich bewundere sie wie einen unerreichbaren Stern, und für sie bin ich einfach ein netter Mitbewohner.

Oh Gott, falls Veronika das hier jemals zu hören kriegen sollte, kratzt sie mir die Augen aus.

Jan, Ezra und Paolo sind jedenfalls auch schon sehr gespannt auf unsere neue Mitbewohnerin. Am liebsten würden sie sie mit aussuchen. So weit kommt's noch, dass wir auch noch die Herren Bootsnachbarn zur Begutachtung bitten. Jan scharrt trotzdem schon mit den Hufen. Der Kerl hat das Casanova-Syndrom, der nagelt alles, was nicht bei drei auf dem Baum ist. Vielleicht sollten wir eine Potthässliche aussuchen, nur um Jan eins auszuwischen. Wäre sicher auch ganz in Veronikas Sinn.

Aber bei Jan weiß man nie.

3

NICHTS WEITER ALS EINE LABORRATTE

»Schon erste Eroberungen gemacht?«, erkundigt sich Tom das Pferd in plump vertraulichem Ton.

»Stimmt es, dass er seine Mutter mit einem Beil erschlagen hat?«

»Tut mir leid, ich darf über andere Patienten nicht sprechen.«

»Verstehe.«

»Ach, pfeif drauf. Es weiß hier sowieso jeder, er geht ja regelrecht hausieren damit. Es ist wahr. Aber nach dem, was man so hört, hat sie es auch verdient.«

Beklommen frage ich mich, was man in Toms Augen wohl getan haben muss, dass man es *verdient,* mit einem Beil erschlagen zu werden.

»Keine Sorge, wir achten streng darauf, dass er seine Medikamente nimmt.«

Die Tatsache, dass mir schon wieder einer sagt, dass ich mir keine Sorgen machen muss, bewirkt genau das Gegenteil. Nicht nur wegen Ben. Wegen allem hier.

»Dann ist ja alles in Butter«, sage ich.

Manchmal hilft Sarkasmus. Aber heute nicht.

Wir betreten wieder den Aufzug, fahren aber nur ein Stockwerk höher. Ich hätte lieber die Treppe genommen, aber vielleicht ist das eine Vorschrift, dass die Irren immer in Aufzügen transportiert werden müssen, so wie in den amerikanischen Filmen die Klinikpatienten immer in Rollstühlen herumgeschoben werden, selbst dann, wenn die schon wieder mopsfidel sind.

Tom öffnet eine Glastür, die in ein Foyer führt. Hinter einem Tresen, halb verdeckt von einem Bildschirm, sitzt die Vorzimmerdame: klein, zierlich, blauäugig, blonde Haare bis zum Hintern. Mit einer piepsigen Kleinmädchenstimme teilt sie uns mit, dass der Doktor uns bereits erwartet.

Links vom Tresen gehen drei Türen ab. Tom klopft an der mittleren kurz an, wartet auf das *Herein* von drinnen, ehe er sie öffnet und mich auffordert, reinzugehen.

Widerstrebend gehorche ich. Was erwartet mich wohl da drin? Was werde ich zu hören kriegen? Bestimmt nichts Gutes. Man wird nicht einfach so in ein Zimmer ohne Klinken gesperrt.

»Danke, Tom«, höre ich eine wohltemperierte Männerstimme sagen.

Der Psychiater steht auf, während Tom die Tür von außen schließt. Er dürfte Mitte vierzig sein und er ist kaum größer als ich, und ich bin eins siebzig. Hält er sich deshalb diese Bonsai-Vorzimmerdame, damit er neben ihr größer rauskommt? Unwillkürlich muss ich an meine große, korpulente Tante Elsbeth denken, die sich einen SUV angeschafft hat, weil sie daneben kleiner und zierlicher zu wirken glaubt. Ich halte mich praktisch in Gedanken an Tante Elsbeth fest, denn manchmal hilft es gegen Beklemmungen, wenn man an etwas Harmloses denkt. Oder einfach nur an etwas anderes als das, was einem gerade Furcht einflößt.

Dr. Davis lächelt mir höflich zu. Sein dunkles Haar ist ohne eine Spur von Grau, sein Teint erinnert an poliertes Holz, mit tiefen Furchen von der Nase bis zu den Mundwinkeln. Bens despektierlicher Spruch von den indischen Kuhaugen fällt mir wieder ein. Tatsächlich, die Augen von Dr. Davis sind rund und dunkel, mit langen Wimpern und schweren Lidern. Es sind schöne Augen und sie blicken einem so sanft entgegen, dass man unweigerlich versucht ist, ihm zu vertrauen. Gefährlich, diese Augen. Für diese Erkenntnis hätte es Bens Warnung gar nicht gebraucht.

»Carolin, ich grüße Sie. Darf ich Sie Carolin nennen? Ich bin Dr. Tarek Davis. Ich bin Psychiater und spezialisiert auf Traumatherapie und die Behandlung von Amnesien.«

Ich erwidere seinen kurzen Händedruck und erschnuppere dabei ein sehr dezentes, sehr edles Rasierwasser. Sein Anzug ist maßgeschneidert, so etwas erkenne ich inzwischen auf einen Blick. Der Stoff ist vom Feinsten, er schillert in verschiedenen Nuancen von Anthrazit und besitzt ein filigranes, eingewebtes Fischgrätmuster. Unter dem Sakko trägt er ein eierschalenfarbenes Hemd, dessen oberster Knopf offen steht, ein Anflug von Lässigkeit, der seine Eleganz nur noch unterstreicht. Ich dagegen fühle mich in meinem grauen Anstaltsanzug jetzt erst so richtig schmuddelig.

Ist das der Grund, warum er sich so rausgeputzt hat? Um seinen Patienten vom ersten Augenblick an ein Gefühl der Unterlegenheit zu vermitteln? Oder ist er einfach nur eitel?

»Setzen Sie sich, wo es Ihnen gefällt.« Er deutet auf eine Sitzgruppe aus Rattan, bestehend aus einem Zweiersofa, zwei Sesseln und einem quadratischen Tischchen mit einer Glasplatte. Darauf stehen zwei Gläser und eine Karaffe mit stillem Wasser, in dem zwei Limettenscheiben schwimmen.

Ich frage mich, ob die Wahl des Sitzplatzes bereits ein Test ist. Wird er mir ein aufgeblasenes Ego unterstellen, wenn ich mich mitten auf das Sofa setze? Schüchternheit, wenn ich mich in die Ecke quetsche? Weil ein zu langes Zögern meine Unsicherheit verraten könnte, wähle ich den Sessel, der es mir ermöglicht, auf den Park zu blicken. Das ist allemal interessanter, als das nichtssagende abstrakte Gemälde links von mir ansehen zu müssen oder vom Sofa aus die drei goldgerahmten Urkunden hinter seinem Schreibtisch. Die mittlere ist eine Promotionsurkunde von der *University of Oxford*, das kann ich sogar auf die Distanz erkennen. Beim Hinsetzen wische ich mir klammheimlich meine schweißfeuchten Hände an der Hose ab. Wenn er ein Hund wäre, könnte er meine Angst auf hundert Meter riechen. Aber er weiß es sicherlich auch so. Das ist ja schließlich sein Job.

Dr. Davis nimmt den anderen Sessel.

»Warum bin ich hier?«, platzt es aus mir heraus, kaum dass mein Hintern den roten Kissenbezug berührt hat.

»Das ist eine gute Frage. Genau das gilt es, im Laufe Ihres Aufenthaltes hier in der Villa Rosengarten zu klären«, antwortet er.

Wie bitte? *Im Laufe Ihres Aufenthalts?* Ich will gerade den Mund öffnen, um zu protestieren, als Dr. Davis sagt: »Zunächst einmal möchte ich mich für die Behandlung entschuldigen, die Ihnen während der vergangenen Nacht zuteil geworden ist. Das Personal der Nachtwache ist manchmal etwas vorschnell damit, desorientierte Patienten ruhigzustellen. Es tut mir leid, ich bitte um Verzeihung dafür.«

Ich finde, es sollten sich lieber der Truthahn und seine Gefolgschaft bei mir entschuldigen, aber das ist jetzt nicht wichtig. Dennoch muss ich eingestehen, dass dieser Auftakt ganz schön raffiniert war. Damit hat er mir den Wind aus den Segeln genommen, denn eben jene Beschwerde wollte ich gerade vorbringen.

»Entschuldigung angenommen«, sage ich, ohne den Blick von ihm zu wenden. »Und jetzt würde ich wirklich gerne wissen, wie ich hierhergekommen bin, und warum ich hier bin.«

»Sie sind gestern Abend in einem Polizeifahrzeug hergebracht worden.«

»Ein Polizeifahrzeug?«, wiederhole ich entsetzt. Ich sehe mich selbst, wie ich in Handschellen abgeführt und in einen Streifenwagen gesetzt werde. Es ist aber keine Erinnerung, nur ein Schreckensszenario.

»Sie erinnern sich nicht daran?«

»Nein! Aber warum denn?«, rufe ich verzweifelt.

»Sehen Sie, Carolin, deshalb sitzen wir hier. Sie scheinen an einer Amnesie zu leiden, möglicherweise ausgelöst durch Drogen oder durch ein Trauma …«

»Ich nehme keine Drogen«, schnaube ich.

»Sie müssen sie ja nicht selbst eingenommen haben.«

Damit könnte er recht haben. Vor allen Dingen, wenn man bedenkt, in welch zwielichtigen Kreisen ich mich zuletzt bewegt habe. Ich spüre, wie ein Anflug von Panik mich überkommt, wehre das aber ab, indem ich mich bewusst forsch gebe.

»Wo sind meine Sachen?«, frage ich.

»Ihre Kleidung wurde von der Polizei beschlagnahmt, zur Sicherung forensischer Spuren, nehme ich an.«

»Forensische Spuren?« Irgendetwas passiert mit meinem Atem, ich bekomme kaum noch Luft. Automatisch wandert mein Blick zu meinen Händen. Das Blut … Als ich hastig wieder aufsehe, merke ich, wie dumm das war. Denn natürlich achtet Dr. Davis nicht nur auf das, was ich sage, sondern wahrscheinlich noch viel genauer auf meine Körpersprache. Dieser Blick eben hat mich bestimmt verraten.

»Was für Spuren?«, quetsche ich hervor.

»Über Einzelheiten bin ich nicht informiert.«

»Die Polizei … die müssen Ihnen doch gesagt haben, was passiert ist, warum sie mich hergebracht haben? Man kann mich doch nicht ohne Grund hier festhalten.« Ohne es zu wollen, bin ich laut geworden. Sein Herumeiern macht mich rasend. Gleichzeitig fürchte ich mich vor dem, was er wissen könnte und ich nicht weiß.

»Niemand hält Sie hier fest«, höre ich ihn sagen.

»Wirklich?« Ein trügerischer Funken Hoffnung glimmt auf. Ist meine Furcht also unbegründet? Alles nur ein Missverständnis? Die blutigen Hände, das Zimmer in Block C? Die simple Logik sagt mir, dass es nicht so ist. Dieser Psychiater versucht wahrscheinlich nur, mich einzuseifen. Unwillkürlich muss ich an Bens Warnung denken und merke gleichzeitig, wie kurios es ist, mich auf die Worte eines Mörders zu verlassen. Aber es stimmt schon: Warum sollte ich Dr. Davis vertrauen? Ich weiß ja nicht einmal, für wen er arbeitet. Für mich oder für die Polizei.

»Carolin, ich wünschte mir, dass Sie Ihren Aufenthalt hier als ein Angebot betrachten.«

»Ein *Angebot?*«

»Ja, ein Angebot. Sie können es annehmen oder ablehnen. Ich weiß, Sie kennen mich und meine Methoden nicht, aber ich darf Ihnen versichern, dass ich gut bin in dem, was ich tue. Ihr Fall interessiert mich. Ich möchte mit Ihnen daran arbeiten, Ihre Erinnerung wiederzuerlangen. Denn wie Sie schon sagten, die Polizei hat Sie nicht grundlos hierhergebracht. Es *ist* etwas geschehen.«

Da ist es wieder, dieses Gefühl, als hätte ich einen viel zu engen Rollkragenpullover an. »Und was?«, presse ich hervor.

Dr. Davis sieht mich an und sagt ernst: »Sie wissen es, Carolin. Die Erinnerung daran ist nur verschüttet. Das ist nicht ungewöhnlich. Unfallopfer zum Beispiel erinnern sich häufig nicht an den Hergang des Unfalls. Es ist ein Schutzmechanismus. Ich bin gewissermaßen ein Archäologe, ich bringe Verschüttetes wieder zum Vorschein.«

»Sie meinen, es gibt irgendwo in meinem Gehirn ein Back-up, aber mir fehlen momentan die Zugangsdaten.«

»Genau das wollte ich sagen«, meint er und lächelt.

»Warum sagen Sie mir nicht einfach, was passiert ist? Vielleicht fällt es mir dann auch wieder ein.«

»Nun, das wird ein wenig schwierig …«, beginnt Dr. Davis und reibt sich sein glattes Kinn.

Hat dieser Oxford-Doktorand in seinem Maßanzug eigentlich eine Vorstellung davon, wie es mir geht? Wie das ist, wenn man in einer Anstalt aufwacht und nichts mehr weiß von den letzten paar Stunden oder gar Tagen? Anscheinend nicht, denn sonst würde er mich erlösen und die Fakten auf den Tisch legen. Aber der scheint mir einer zu sein, der gern rumschwadroniert und sich selbst beweisen muss, was für ein toller, kompetenter Typ er ist. Notfalls auch, indem man die Dinge unnötig verkompliziert.

»Was soll daran schwierig sein?«, entgegne ich.

»Ich kenne die Wahrheit auch nicht.«

Ich merke, wie meine Angst in Wut umschlägt. »Das glaube ich Ihnen nicht. Die Polizei hat mich ja wohl nicht in einem Körbchen vor der Tür abgestellt, irgendwas müssen die Ihnen doch gesagt haben.« Mir kommt plötzlich ein Gedanke: »War es Kommissar van Eyk? Hat er das veranlasst?«

»Sie erinnern sich also an Kommissar van Eyk?«

»Ja, ich erinnere mich an van Eyk. Hat er meine Einweisung hierher veranlasst?«

»Lassen Sie uns zu einem späteren Zeitpunkt darüber reden, einverstanden?«

Van Eyk also. Kommissar van Eyk. Es fühlt sich an wie ein Boxhieb in die Magengrube. Ich habe ihm vertraut. Wie konnte ich einem Polizisten vertrauen? Aber er wirkte nett und kompetent … Wie konnte ich so dämlich sein?

»Was habe ich getan, das ihn veranlasst hat, mich in die Klapse zu stecken?«, rufe ich aufgebracht und setze ein wenig milder hinzu. »Ein paar Stichpunkte wären wirklich ganz hilfreich. Bitte.«

Dr. Davis seufzt wie jemand, der ein hartes Stück Arbeit vor sich hat.

»Carolin, denken Sie nicht, es wäre in Ihrem Sinn, wenn *Sie selbst* sich wieder erinnern würden? Sich selbst vertrauen Sie doch von allen Menschen am meisten, oder?«

Ich merke, wie ich erröte. Er weiß also, dass ich ihm nicht traue. Aber er hat recht. Ich traue ihm nicht, und nicht nur ihm – ab sofort traue ich keinem mehr.

»Ich möchte Ihnen helfen, aber ich möchte Sie dabei so wenig wie möglich beeinflussen. Lassen Sie mich noch hinzufügen, dass alles, was hier gesprochen wird, streng vertraulich ist. Ich unterliege der Schweigepflicht, es wird auch keine Aufzeichnungen geben, es sei denn, Sie möchten das.«

»Was? Nein!«

Ich bin verwirrt, nein, regelrecht verstört. Und wütend und enttäuscht und voller Angst. Ich habe mir von dem Gespräch mit dem Psychiater Klarheit erhofft, aber das Gegenteil ist der Fall. Und van Eyk – den soll der Teufel holen! Sie scheinen alle unter einer Decke zu stecken.

Ich versuche, einigermaßen klar zu denken. Wenn ich die Worte des Psychiaters richtig deute, dann muss also etwas geschehen sein, das ausreicht, um einen Schock auszulösen, der wiederum eine Amnesie zur Folge hat. Und dieser Mistkerl von einem Shrink weiß oder ahnt, was es ist, will es mir aber aus taktischen Gründen nicht sagen.

»Sie sprachen von einem Angebot«, erinnere ich ihn an seine Worte. »Also könnte ich jetzt auch aufstehen und rausspazieren?«

»Nicht ganz«, erwidert er.

War ja klar.

Die Sanftheit seines Blicks ist einer gewissen Entschlossenheit gewichen, als er erklärt: »Die Alternative zu Ihrem Aufenthalt in der Villa Rosengarten wäre entweder die staatliche forensische Psychiatrie – was ich Ihnen wirklich nicht empfehlen würde – oder die Untersuchungshaft.«

Untersuchungshaft? Es ist ein Gefühl, als würde ich irgendwo runterstürzen. Mein Puls rast, ich bekomme Atemnot.

»Trinken Sie einen Schluck.« Er gießt Wasser aus der Karaffe in die zwei Gläser und schiebt eines davon zu mir hin. Den Schluck kann ich wirklich vertragen, mein Hals ist schon wieder ganz trocken.

Ein aufmunterndes Lächeln weht über sein Gesicht. »Ich kann gut nachfühlen, dass Sie zutiefst verunsichert sind, Carolin …«

Der Kerl hat wirklich einen sonnigen Humor. *Zutiefst verunsichert* war ich früher, wenn ich vor der Klasse ein Referat halten sollte. Meine jetzige Situation ist damit nicht vergleichbar. Ich bin nicht *verunsichert,* ich habe eine *Scheißangst.* Schiere, nackte Angst. Ich habe jeden Halt verloren, mir ist, als taumelte ich durch luftleeren Raum, ohne Koordinaten … Wenn es das ist, was er unter *verunsichert* versteht, dann bin ich das wohl.

»… aber seien Sie nicht gar so misstrauisch. Ich will Ihnen nichts Böses, niemand hier will das.«

Was den Truthahn von heute Nacht angeht, bin ich mir da nicht so sicher. Und für Dr. Oxford-Diplom hier bin ich vermutlich nichts weiter als eine Laborratte, auch darüber muss ich mir keine Illusionen machen.

»Dass man Sie in Polizeigewahrsam genommen hat, muss

noch lange nicht heißen, dass Sie etwas getan haben«, fährt er fort. »Aber möglicherweise verfügen Sie über wichtige Informationen. Zumindest glaubt das die Polizei. Sie könnten eine Zeugin sein. Haben Sie daran schon mal gedacht?«

Nein, habe ich nicht. Ich weiß schließlich erst seit ein paar Sekunden, dass ich eigentlich in den Knast gehöre. Ich klammere mich an seine Worte wie eine Ertrinkende an einen Rettungsring. *Zeugin. Wichtige Informationen.* Vielleicht habe ich tatsächlich gar nichts getan.

»Angesichts der Alternative haben Sie im Moment nichts zu verlieren«, gibt Dr. Davis zu bedenken.

Während ich mir Wasser nachgieße – es geht etwas daneben, weil ich dabei so sehr zittere –, erwäge ich die *Alternative.* Eine Zelle in der U-Haft. Allerdings ist die nicht von Dauer. Ein, zwei Tage, dann muss Anklage erhoben werden. Spätestens dann würde ich erfahren, was man mir vorwirft. Oder es gibt nichts, dann könnte ich gehen. Aber was, wenn es doch etwas gibt, was immer dieses Etwas auch sein mag? Ich gebe Dr. Davis nur ungern recht, aber es wäre vielleicht wirklich nützlich, meine eigenen Erinnerungen wiederzuerlangen und mich nicht auf das zu verlassen, was andere mir erzählen. Selbst ein böses Erwachen wird besser sein als diese Ungewissheit.

»Ihre Methode, von der Sie vorhin gesprochen haben«, beginne ich zögernd. »Wie muss ich mir die vorstellen?«

Er zieht seine rechte Augenbraue in die Höhe, was ihn auf eine etwas arrogante Art amüsiert aussehen lässt.

»Nichts, wovor Sie sich fürchten müssen.«

Ob es wohl möglich ist, von diesem Menschen einmal eine klare Antwort zu bekommen?

»Also gut«, sage ich und füge vorsichtshalber hinzu: »Aber ich lasse mich nicht hypnotisieren.«

Er scheint amüsiert zu sein. »Daran habe ich auch gar nicht gedacht.«

Ermutigt fahre ich fort: »Und ich mache keine dämlichen Spielchen mit, ich nehme nicht an Stuhlkreisen teil und ich schlucke keine Pillen. Und vor allen Dingen: keine Spritzen mehr!«

»In Ordnung. Ich bevorzuge ohnehin die gute, alte Elektroschocktherapie. Da weiß man, was man hat.«

Ich glotze ihn an wie ein Karpfen, ehe ich den Witz kapiere und antworte: »Werden Sie mir den Kopf rasieren oder macht das der mürrische Truthahn von heute Nacht?«

Er legt den Kopf in den Nacken und lacht ungehemmt los. »*Mürrischer Truthahn*«, wiederholt er nach Luft japsend. »Das ist gut.« Noch immer mit einem Lachen in den Augenwinkeln versichert er: »Abgemacht. Und Sie lassen dafür freundlicherweise unser Mobiliar ganz.«

Etwas verlegen verspreche ich ihm, Personal und Inneneinrichtung künftig friedfertiger zu begegnen. Meine Angst hat ein bisschen nachgelassen und zu meiner Überraschung merke ich, dass ich anfange, ihn zu mögen.

Vorsicht, Carolin! Nur, weil er Zugeständnisse macht, die im Grunde gar keine sind, und über deine Witze lacht, musst du ihm nicht gleich verfallen. Bleib wachsam. Das gehört alles zu seiner Strategie, dich einzuwickeln und weichzukochen.

»Ich möchte ein anderes Zimmer. Eins mit einer Türklinke und einem Schlüssel auf *meiner* Seite.«

»Das dürfte schwierig werden, denn es ist das einzige, das noch frei ist.«

»Sorry, Dr. Davis, aber Sie lügen ziemlich schlecht.«

»Dafür kann ich Lügen ganz gut erkennen«, kontert er.

War das eine Warnung?

Er lehnt sich zurück und betrachtet mich. Ich versuche, seinem Röntgenblick standzuhalten, aber irgendwann wird es mir zu blöde und ich lasse ihm den kleinen Sieg.

»Welchen Tag haben wir heute?«, fragt er.

Darüber habe ich mir auch schon den Kopf zerbrochen. »Ich glaube, Freitag. Oder nein, Samstag. Samstag, der 25. August?«

»Knapp daneben. Es ist Sonntag, der 26.«

Wo zum Teufel sind die zwei Tage hin?

»Was ist das Letzte, woran Sie sich erinnern können?«

»Das ist es ja: Ich weiß es nicht. Ich glaube, ich bin in meinem Zimmer auf dem Boot. Oder in diesem Club … Aber ich weiß nicht genau, was die letzte Erinnerung ist. Da sind verschiedene Bilder, aber ich kann sie nicht chronologisch einordnen.«

»Wie fühlt sich das für Sie an, diese Erinnerungslücke?«

»Es macht mir höllisch Angst«, gestehe ich. »Es ist, als würde man am Rand eines dunklen Abgrunds rumspazieren und man weiß nicht, was passiert, wenn man da reinfällt. Aber ich möchte mich trotzdem erinnern.«

»Das ist gut«, sagt er und fragt: »Kaffeepause?«

»Ja, bitte.« Ich lechze nach Kaffee, der vom Frühstücksbuffet war okay, aber seine Wirkung ist schon längst verpufft. Seit ich mit Maart und Odile zusammenwohne, habe ich ein ungesundes Verhältnis zu Koffein.

Ich hätte erwartet, dass er seine Vorzimmerblondine darum bittet, aber er geht selbst hinaus. Das ist meine Chance! Kaum ist die Tür zu, schnelle ich aus meinem Sessel und hechte an seinen Schreibtisch. Mist, kein Handy! Nur dieses Telefon mit den vielen Tasten. Ich nehme den Hörer ab. Kein Freizeichen. Vielleicht muss man eine Null vorwählen. Bei einem meiner Bürojobs war das so. Ich versuche es, und tatsächlich, das Freizeichen dringt an mein Ohr, süßer als ein Engelschor. Hastig tippe ich Maarts Handynummer ein. Ich habe mir angewöhnt, die wichtigsten Telefonnummern auswendig zu lernen, für den Notfall. Als hätte ich es geahnt. Außerdem betrachte ich es als ein gutes Zeichen, dass mir trotz meines partiellen Gedächtnisausfalls noch Maarts Handynummer einfällt. Es ist also noch nicht aller Tage Abend, denke ich, während ich ungeduldig und mit angstvollem Blick zur Tür auf den Aufbau der Verbindung warte.

Endlich klingelt es, ein paarmal, dann Maarts Stimme: *Hey, sorry, ich kann gerade nicht. Wenn's sein muss, rede nach dem Piep.* Scheiße! Sicher ist er an der Uni, fällt mir ein. Es sind zwar noch Ferien, aber er gibt ja zurzeit diese Vorbereitungskurse für Erstsemester.

»Maart, du musst mir helfen«, keuche ich. »Irgendwas Furchtbares ist passiert. Ich sitze in einer psychiatrischen Klinik namens *Villa Rosengarten* fest, irgendwo zwischen Utrecht und Amsterdam. Die Polizei hat mich hergebracht, sie wollen mir nicht sagen, was passiert ist, und ich … ich erinnere mich nicht. Bitte, unternimm etwas! Sie haben mir mein Handy weggenommen, sie haben mir *alles* weggenommen, sie sperren mich ein. Komm vorbei oder …«, ich zögere, »… oder ruf meine Mutter an. Die Nummer liegt in meinem Schreibtisch, das kleine rote Notizbuch. Bitte! Es ist dringend! Und … und das ist kein Witz, ich schwöre es!«

Ich lege auf und eile zurück an meinen Platz. Aber ich kann nicht stillsitzen, ich bin zu aufgeregt. Also stelle ich mich ans Fenster. Mein Puls rast noch immer, doch ich merke, dass mein Atem allmählich wieder ruhiger wird. Ich selbst werde auch ruhiger.

Maart wird mich trotz der Sachen, die in der letzten Zeit vorgefallen sind, nicht im Stich lassen, das weiß ich. Falls er allein nichts ausrichten kann, wird er meine Mutter alarmieren, und die wird Himmel und Hölle in Bewegung setzen, um mich hier rauszuholen. Dass ich sie in die Sache reinziehen muss, passt mir allerdings gar nicht. Hoffentlich kommt sie nicht auch noch auf die Idee, meinen Vater anzurufen. Mist, ich hätte doch besser gleich zu Hause anrufen sollen. Die Gelegenheit kam zu überraschend und jetzt ist es zu spät, Dr. Davis wird jeden Moment zurückkommen.

Im Park sind jetzt Leute. Eine Gruppe von sechs Frauen und zwei Männern kauert im Schneidersitz auf Yogamatten, ihnen gegenüber sitzt die Kursleiterin im perfekten Lotussitz mit verzückter Miene, das Gesicht zur Sonne erhoben. Offenbar macht der Körperkult auch vor der Psychiatrie nicht halt.

In Wirklichkeit aber bin ich nur neidisch auf die da draußen, denn auch ich verspüre einen wachsenden Bewegungsdrang. Bewegung und frische Luft könnten meinem Gedächtnis vielleicht eher auf die Sprünge helfen als die Fragen von Dr. Davis. *Mens sana in corpore sano.* Außerdem hilft Laufen gegen Angst. Ich will in diesen verdammten Park!

Die Yogatruppe hat mich auf eine Idee gebracht.

Ich stecke mir das Oberteil in den Hosenbund, schreite zur Zimmermitte und gehe in den Kopfstand. Mein Körper, obwohl etwas aus der Übung, erinnert sich noch immer ganz automatisch an diese fließende Bewegung und hält auch danach mühelos die Balance. Ich merke, wie mein Kopf angenehm leer wird. Ich könnte ewig so stehen bleiben und die Spinnweben unter dem Sofa und den Sesseln betrachten.

Wann immer ich beim Lernen an einer unübersichtlichen wirtschaftsmathematischen Formel oder einem schwer verständlichen Text zu knabbern habe, oder wenn ich einfach nur das Gefühl habe, keine Sekunde länger sitzen zu können, schlage ich ein paar Räder (geht meist nur im Freien) oder mache einen Kopfstand. Das bringt den Kreislauf in Schwung, und die Welt aus einer anderen Perspektive zu sehen, regt auch den Geist an. Fast immer läuft es danach besser als vorher.

Ich muss mir eingestehen, dass ich auch ein wenig gespannt bin, was als Nächstes geschehen wird. Ich war noch nie in einer Therapiesitzung. Was geht da ab? Wird mir Dr. Davis tief in die Augen sehen, mit dem Finger schnippen und – tadaa! – eine Springflut von Erinnerungen wird sich Bahn brechen?

Schön wär's. Nein, er wird mir bohrende Fragen stellen, Fragen, die ich nicht beantworten kann oder will. Es ist nicht so, dass da gar keine Erinnerungen mehr wären. Da ist nur mittendrin dieses schwarze Loch, und ich taste mich nur ganz, ganz langsam an den Rändern entlang. Ich bin inzwischen sicher, dass das alles hier etwas mit Odile zu tun hat. Immer, wenn ich an sie denke, ist da dieses ungute Gefühl, störend, wie ein Stein im Schuh, der manchmal drückt und manchmal verrutscht, sodass man ihn eine Weile nicht spürt, bis er sich dann doch wieder bemerkbar macht.

Odile ist in Gefahr. Ich kann es gerade nicht schlüssig begründen, aber die Gewissheit hat sich in mein Hirn gebrannt, und das nicht erst, seit ich hier aufgewacht bin. *Odile braucht meine Hilfe.*

Und ich – ich kann es mir im Grunde nicht leisten, hier herumzusitzen und mit Dr. Samtauge Pläuschchen zu halten.

Sprachmemo von Maart, Aufzeichnung vom 22. November

Es gibt Neuigkeiten. Wir haben endlich – drei Ausrufezeichen und drei Kreuze – eine neue Mitbewohnerin.

Sie ist Deutsche und heißt Carolin. Sie ist dreiundzwanzig und macht gerade ihren Master in Wirtschaftsinformatik.

Sie ist genau die Richtige, ich weiß es, ich habe es gespürt.

Zuerst das Wichtigste: Sie riecht gut, nach grünen Äpfeln. Sie sieht hübsch aus, aber auf eine natürliche Art. Ich finde, sie hat ein Katzengesicht. Odile meint, ein Fuchsgesicht. Ich habe nicht ganz verstanden, was der Unterschied ist. Irgendwas mit dem Kinn. Carolins Augen sind grünlich und stehen ein bisschen schräg, deshalb kam ich auf Katze, sie hat eine schmale Nase und ihr Mund sieht aus, als würde sie jeden Moment lächeln. Sie lächelt ohnehin recht oft. Man sieht ihr an, dass sie Sport macht. Odile meint, ihr Haarschnitt sei eine Katastrophe.

»Das wirst du sicher ändern«, habe ich zu ihr gesagt.

Carolin hat erzählt, dass sie aus Nordfriesland stammt und ihren Bachelor in Groningen gemacht hat. Ein Deichkind, sozusagen. Bodenständig, verlässlich, *normal.* Genau das, was wir brauchen. Sie ist total fasziniert von Amsterdam. Klar, sie wohnt ja erst seit knapp drei Monaten hier, da ist man noch in der Phase absoluter Euphorie. Mal sehen, was sie nach ihrem ersten Winter auf dem Boot sagt. Noch wohnt sie im Studentenwohnheim, aber sie will von dort so schnell wie möglich weg, weil es schmuddelig und laut ist. Kann ich nachfühlen, ich kenne das. Sie hat zugegeben, dass die Miete auf dem Boot für sie recht teuer ist, aber sie hat einen Kneipenjob und will dann eben ein, zwei Schichten mehr die Woche machen. Sie war total begeistert von unserem Boot.

Carolin hat erzählt, dass sie gern kocht – was wir beide sehr gut fanden – und dass sie in ihrem friesischen Kaff im Kirchenchor gesungen hat. Daraufhin hat Odile von ihr verlangt, sie solle ein Omelette zubereiten. Und vielleicht könnte sie dabei auch noch ein Kirchenlied singen?

Ich konnte sehen, dass Carolin zuerst dachte, das wäre ein Witz. Jeder Mensch, der Odile nicht kennt, würde das denken. Aber dann hat Odile die Pfanne auf den Herd gestellt, und Eier aus dem Kühlschrank geholt und ihr eine Küchenschürze angeboten.

Carolin ist prompt das Gesicht runtergefallen. Trotzdem dachte ich zuerst, oh Mann, sie tut es, aber dann ist sie ohne ein Wort aufgestanden, hat ihren Mantel angezogen, den Rucksack geschnappt und ist gegangen.

»Und?«, hat Odile mich gefragt.

Ich habe genickt und gesagt. »Die nehmen wir.«

Odile war ebenfalls einverstanden, und ich wollte der Neuen schon nachgehen und ihr sagen, dass sie das Zimmer haben kann, aber Odile hat mich zurückgehalten.

»Ich geh lieber selber«, hat sie gesagt. »Das kommt besser.«

Dann ist sie zur Tür raus. Ich habe ihr noch nachgerufen, sie solle sich, wenn nötig, entschuldigen, aber Odile hat mir nur im Laufen den Vogel gezeigt.

Ich bin erst mal vor unseren Kaffeetassen sitzen geblieben, aber dann dachte ich: *Scheiße, wenn Odile das doch noch vermasselt …* Also bin ich den beiden nachgelaufen.

Als ich sie eingeholt habe, waren sie schon oben an der Straße. Auf der Prins Hendrikkade herrschte ein Höllenverkehr, und es gibt an der Stelle keine Ampel, sonst wäre Carolin vielleicht schon weg gewesen. Ich sah, wie sie redeten und sich dann kurz umarmten. Wow, dachte ich, sehr gutes Zeichen. Denn Odile hat es sonst nicht so mit dem Umarmen. Ich glaube, Carolin wischte sich eine Träne aus den Augen. Odile hat hinter Carolins Rücken den Daumen gehoben und mir zugegrinst. Ich habe zurückgegrinst. Ich weiß nicht, was Odile zu Carolin gesagt hat, sie will es nicht verraten. Ich werde das schon noch rauskriegen. Aber erst mal ist es wichtig, dass es funktioniert hat.

Carolin ist ein guter Fang, das habe ich im Gefühl. Odile braucht jemanden wie Carolin, jemanden, der sie erdet. Ich hoffe, Carolin ist charakterfest und stark genug für das, was auf sie zukommt. Deshalb auch der Test mit dem Kochen und dem Singen. Denn eine Ja-Sagerin brauchen wir keine, davon hat Odile schon genug um sich herum.

Vorausgesetzt natürlich, dass Odile Carolin nicht verdirbt. Ich werde nach wie vor ein wachsames Auge auf Odile haben, aber ich denke, Carolin wird mir ab jetzt einen Teil der Bürde abnehmen.

4

MAN NENNT DAS CHARISMA

Dr. Davis kommt zurück, ich sehe seine polierten Budapester und die Bügelfalte seiner Anzughose, gefolgt von einem Paar hochhackiger Pumps und schlanken, muskulösen Waden ohne Strümpfe. Beide schaffen es, kommentarlos um mich herumzugehen. Wahrscheinlich haben sie hier schon verrücktere Dinge gesehen als Leute, die auf dem Kopf stehen. Ich höre Geschirr klappern und Dr. Davis, der sagt: »Danke sehr, Lieke.«

Erst als Lieke draußen ist, komme ich wieder auf die Beine.

»Das ist sehr gut«, meint Dr. Davis zu mir. Er hat wieder seinen Platz im Sessel eingenommen. »Durchblutet das Hirn. Machen Sie das regelmäßig?«

»Ab und zu. Ich war als Jugendliche ganz gut im Kunstturnen. Ich kann auch Saltos, wollen Sie es sehen?«

»Ein andermal.«

Schade. Sonst hätte ich ihm vorgeschlagen, dafür in den Park zu gehen. Auf dem Tisch steht ein Tablett mit Tassen, Kaffeekanne, Keksen, Zucker und einem Milchkännchen aus Delfter Porzellan. Ich starre das Kännchen einen Moment lang an, denn bei uns zu Hause steht dasselbe in der Vitrine, ein Erbstück meiner Oma, die ich sehr mochte und die leider vor drei Jahren gestorben ist. Ich muss mich energisch gegen den Gedanken wehren, dass das ein Zeichen von ihr sein soll. Schließlich bin ich keine Esoterikerin.

Wir setzen uns hin, trinken Kaffee, essen ein paar Kekse, während Dr. Davis sein Handy checkt und ich ihn dabei beobachte. Er sagt nichts und ich auch nicht. Anders als die meisten Menschen kann ich Schweigen gut aushalten.

Als wir unsere Tassen ausgetrunken haben, stellt Dr. Davis das Tablett rüber auf seinen Schreibtisch, und was folgt, ist so normal und erwartungsgemäß, dass ich fast ein bisschen enttäuscht bin.

»Erzählen Sie mir ein bisschen über sich.«

Da dies wohl unvermeidlich ist, rattere ich herunter: »Mein Name ist Carolin Sophie Möbius, ich werde im November 24, ich bin in einem Dorf in Nordfriesland aufgewachsen. Ich bin ein Einzelkind und hatte eine ganz normale Kindheit und Jugend. Meine Eltern arbeiten beide bei Airbus, mein Vater als Ingenieur, meine Mutter im Controlling. Die beiden haben sich scheiden lassen, als ich fünfzehn war. Meine Mutter ist Holländerin, ich bin zweisprachig aufgewachsen. Vor vier Jahren habe ich mein Abi gemacht. Danach bin ich ein knappes Jahr mit Interrail durch Europa gefahren und dann nach Groningen gegangen, um Wirtschaftswissenschaften zu studieren. Ich habe dort meinen Bachelor gemacht. Letzten September bin ich nach Amsterdam gezogen, um dort meinen Master in Wirtschaftsinformatik zu machen. Zuerst bin ich in einem Studentenwohnheim untergekommen, aber seit Dezember letzten Jahres wohne ich mit zwei anderen Studenten auf einem Hausboot am Oosterdok, nicht weit vom Bahnhof Amsterdam Centraal.«

Ich höre auf, warte und rätsle, wo er nun als Erstes einhaken wird. Bestimmt bei der Kindheit. Scheidungskind! Für seinesgleichen muss das sein, als wedele man einem Hund mit einer Fleischwurst vor der Nase herum.

Aber dieses Mal verblüfft mich Dr. Davis, denn er sagt: »Erzählen Sie mir von dem Hausboot. Wie lebt es sich da so?«

Ist das seine Taktik? Das Unwichtige zuerst, und dann, wenn meine Aufmerksamkeit nachlässt, geht's ans Eingemachte?

»Es liegt, wie gesagt, an einem der Piers am Oosterdok. Es gibt dort eine richtige Hausbootsiedlung. Auf manche Boote kommt man nur, wenn man über andere steigt, aber unseres liegt direkt an der Kaimauer. Es ist ein bisschen wie auf dem Campingplatz, man kriegt ziemlich viel mit von den Nachbarbooten, ob man will oder nicht. Das kann unterhaltsam sein oder auch nervig, je nachdem. Aber im Großen und Ganzen finde ich es toll dort. Es ist nicht so anonym wie in einem Wohnblock.«

»Eher wie bei Ihnen auf dem Dorf?«

»Ja. Oder nein, eigentlich nicht. Die Leute sind anders. Es sind Studenten, Künstler, Lebenskünstler und Verrückte. Neben uns wohnt zum Beispiel ein altes Ehepaar, das sind richtige Messies. Und vorne am Pier lebt ein Durchgeknallter, der an die Chemtrail-Verschwörung glaubt.« Ich unterbreche mich, als mir bewusst wird, wo ich gerade bin.

Dr. Davis verzieht keine Miene.

»Unser Boot sieht eher aus wie ein schwimmendes Haus. Es hat auch keinen Motor, wenn man es umsetzen wollte, müsste man es schleppen. Es ist sehr geräumig, zumindest oben. Als ich zum ersten Mal reingekommen bin, war ich sehr beeindruckt. Der obere Raum hat einen Holzboden, die Küche eine Kochinsel. Der Raum ist fast rundherum verglast und man hat einen tollen Blick übers Wasser, bis rüber zum NEMO Science Museum. Es ist immer was los auf dem Oosterdok, vor allem im Sommer. Ich kann manchmal ewig lange am Fenster oder auf dem Deck sitzen und den Booten zuschauen und den Enten und Möwen.«

Ich merke, dass ich ziemlich abschweife, und beschränke mich wieder auf die Fakten: »Oben wird also gekocht und gegessen, es gibt zwei große Sofas und einen Fernseher. Auf dem Achterdeck steht ein Tisch mit zwei Bänken, dort kann man wunderbar frühstücken oder am Abend draußen sitzen. Das kleine Beiboot benutzen wir manchmal auch als Sonnendeck. Unten sind drei Schlafzimmer und das Bad. Die Zimmer sind nicht groß und natürlich recht dunkel, nur mit einem Bullauge als Fenster. Man ist praktisch nur zum Schlafen unten oder wenn man ungestört lernen will. Das Leben auf dem Hausboot ist eigentlich nicht so sehr viel anders als in einer Wohnung. Gas, Wasser, Strom, Internet, alles funktioniert ganz normal. Man merkt auch kein Schwanken oder so etwas, wir sind ja nicht auf dem offenen Meer. Da muss schon sehr, sehr schlechtes Wetter sein, ein richtiger Sturm, damit es mal schaukelt.«

»Sie leben also gern auf diesem Boot.«

»Oh ja«, gestehe ich und muss an meine Freunde aus der Schulzeit denken, die mich alle beneideten, als sie erfuhren, dass ich in Amsterdam auf einem Hausboot lebe. Vier von ihnen haben mich auch schon besucht. Als ich in Groningen in einer stinknormalen WG wohnte, kam in den drei Jahren nur meine Freundin Sandra vorbei, dafür aber zweimal im Jahr.

»Wie haben Sie es geschafft, in diese WG zu kommen? Zimmer auf Hausbooten sind doch immer sehr begehrt.«

»Über eine Anzeige in einem Internetportal«, antworte ich.

»Da haben Sie aber Glück gehabt«, meint Dr. Davis. »Solche WG-Bewerbungsgespräche können ja ganz schön demütigend sein.«

Und wie sie das sein können!

»Wenigstens musste ich kein Motivationsschreiben verfassen«, antworte ich. »Es war eigentlich ganz einfach.«

Dr. Davis sieht aus, als würde er darauf warten, dass noch etwas kommt, aber ich habe keine Lust, ins Detail zu gehen.

Schließlich fragt er: »Wer sind die beiden anderen?«

»Der eine ist Maart Verstappen. Er ist Niederländer und sechsundzwanzig. Er stammt aus einem Dorf bei Rotterdam, er hat drei Geschwister. Die Familie hat einen Bauernhof. Wenn er nach Hause fährt, bringt er immer Eier mit. Er studiert Informatik, oder eigentlich ist er schon fertig, er will aber noch seinen Doktor machen. Die Hauptmieterin des Boots ist Odile Forêt. Sie ist fünfundzwanzig und studiert Kunst.«

Im Geist füge ich *angeblich* hinzu, denn allzu oft dürfte man Odile wohl noch nicht an der Uni gesehen haben. Sie ist mehr in Amsterdams Nachtleben präsent als in Seminaren und Hörsälen.

Jetzt, da ich über Odile spreche, halte ich die Ungewissheit nicht mehr aus und frage: »Ist etwas mit Odile? Bin ich deshalb hier? Ist sie … ist sie tot?«

Er wirkt überrascht. Aber vielleicht spielt er das nur. »Nicht, dass ich wüsste«, sagt er. »Wie kommen Sie darauf?«

»Sie ist verschwunden.«

»Verschwunden«, wiederholt er. Besonders erstaunt sieht er dabei nicht aus.

»Das ist eine lange Geschichte …«

»Wir haben Zeit. Lassen Sie es uns langsam und systematisch angehen. Erzählen Sie mir etwas mehr von ihr. Wo kommt sie her, wie ist sie …«

»Sie ist Belgierin, ihre Eltern sind beide hohe Tiere bei der EU und sie bekommt einen Haufen Geld von zu Hause. Trotzdem hat sie noch einen Job als Model. Sie mag das und sie ist wirklich sehr schön. Sie malt auch ziemlich gut. Also, mir gefällt das meiste. Sie malt alles Mögliche, von großen Acrylbildern bis zu Zeichnungen. Vom Finanziellen her betrachtet, könnte sie das Hausboot auch allein bewohnen, aber ich glaube, sie mag nicht allein sein. Nicht grundsätzlich, nur manchmal. Es gibt Tage, oder auch nur kurze Zeitspannen, da ist sie …« Ich sehe Dr. Davis an, als erwartete ich, dass er mir aus dem Satz heraushilft. Der denkt aber gar nicht daran.

»Sie ist ein bisschen launisch«, sage ich schließlich. »Sie kann von einem Augenblick auf den anderen total muffelig und ätzend sein, man ist nie sicher davor. Maart und ich nennen es immer ihre Arschloch-Anwandlung. Mit der Zeit gewöhnt man sich daran und lässt sie in solchen Momenten einfach in Ruhe und ignoriert sie. Damit fährt man am besten. Nach einer Weile, es kann auch recht schnell passieren, ist sie dann wieder ganz normal.«

Ich warte darauf, dass Dr. Davis seinen fachlichen Senf zum Thema Arschloch-Anwandlung beisteuert. Bestimmt gibt es einen salonfähigen Fachausdruck dafür. Aber er fragt nur: »Entschuldigt sie sich hinterher dafür?«

Beinahe muss ich lachen. »Odile und sich entschuldigen? Nein, niemals. Ich vermute, sie ist es von klein auf gewohnt, wie eine verwöhnte Prinzessin behandelt zu werden, und das bricht eben ab und zu bei ihr durch.«

»Geht Ihnen das nicht auf die Nerven?«

»Ja, manchmal. Aber …«

»Ja?«, fragt Dr. Davis nach, als meine Denkpause zu lang gerät.

»Ich weiß nicht, wie ich das beschreiben soll. Wenn sie ihre guten Tage hat, und das sind zum Glück die allermeisten, dann ist sie großzügig und voller Schwung und Esprit. Sie kann richtig witzig und albern sein, und ihr Charme ist unwiderstehlich. Egal, wo man hinkommt, sie ist immer und überall der Mittelpunkt. Es umgibt sie etwas Strahlendes, und wenn sie lacht … Also, ihre Lachanfälle sind absolut mitreißend, danach verzeiht man ihr alles. Verstehen Sie, was ich meine? «

»Ich denke schon«, sagt Dr. Davis. »Man nennt das Charisma.«

Sprachmemo von Maart, 15. Januar

Es ist natürlich passiert, was passieren musste: Caro hat was mit Jan. Dabei haben Odile und ich sie noch gewarnt. Aber sie ist trotzdem auf seine blonden Locken, seine blauen Augen und seine flachen Witze hereingefallen.

Es fing an Silvester an, wir hatten eine Fete bei uns auf dem Boot, es war chaotisch und natürlich haben alle viel getrunken, und das hat Jan gnadenlos ausgenutzt. In den Tagen danach sah ich Caro auffallend oft über die Boote klettern ...

Ich sage dazu nichts. Ist ja ihre Sache. Ich hoffe nur, dass hinterher, wenn sie merkt, was für ein Schlawiner er ist, nicht das große Heulen und Zähneklappern ausbricht.

Ansonsten läuft es nicht übel mit Caro. Sie tut Odile wirklich gut, ich habe das Gefühl, die zwei mögen einander, obwohl sie wirklich absolut verschieden sind. Nur Caro und Veronika harmonieren nicht besonders. Beide behaupten, die andere nett zu finden, und sie sind immer übertrieben freundlich zueinander, aber ich traue der Sache nicht. Bisher haben Veronika und Odile manchmal was zusammen gemacht: shoppen, in Cafés rumsitzen, oder was Frauen halt so machen. Aber seit Caro eingezogen ist, hängen sie und Odile viel zusammen und ich weiß, dass die beiden heimlich über Veronika lästern.

Ist das nicht der reinste Kindergarten? Frauen! Da wollen sie ernst genommen werden, aber sie benehmen sich nicht so.

Ich halte dazu meinen Mund. Sollen die Damen das unter sich ausmachen, ich bin raus.

Trotzdem versucht Veronika nach wie vor, Odile nachzuahmen. Kauft sich denselben Lippenstift und Nagellack, trägt ähnliche Kleidung, hohe Schuhe und kopiert ihre Frisur. Sie hat sich sogar schon angewöhnt, so zu lachen wie Odile, und einige ihrer Redewendungen übernommen.

Aber sie kann sich anstrengen, wie sie will, sie ist eben nicht Odile.

5

DEFINIERE FREUNDSCHAFT

»Würden Sie sagen, dass Sie und Odile befreundet sind?«, fragt Dr. Davis.

Ich zögere. »Ja, schon«, sage ich schließlich. »Aber nicht im Sinne von: Wir erzählen uns immer alles und stecken dauernd zusammen.«

»Das wäre dann ja auch eine Kinderfreundschaft.«

»Odile nannte mich manchmal ihre kleine Schwester.«

»Ihre *kleine* Schwester?«, wiederholt Dr. Davis. »Eine kleine Schwester ist aber etwas völlig anderes als eine Freundin.«

Wortklauberei, denke ich und sage: »Mir ist egal, wie sie mich nennt. Odile hat sich jedenfalls von Anfang an um mich gekümmert.«

»Inwiefern?«

»Zum Beispiel hat sie dafür gesorgt, dass ich mehr Geld verdiene.«

»Wie das?«

»Odile kennt einige der Caterer, die diese Modenschauen und Events beliefern, auf denen sie auftritt. Sie hat mir bei denen Jobs zugeschanzt. Die sind deutlich besser bezahlt als die Touristenkneipe, in der ich zwei Abende die Woche gearbeitet habe. Jetzt mache ich zwei, drei solcher Catering-Jobs im Monat und muss dafür nur noch einmal pro Woche in die Kneipe.«

»Hat sie sich Sorgen gemacht, dass Sie die Miete nicht zahlen können?«

»Nein! So denkt Odile nicht. Ursprünglich war ihr Plan, mich ihrer Model-Agentur vorzustellen. Aber ich habe das abgelehnt.«

»Warum?«

»Stillstehen und dumm aussehen ist echt nicht mein Ding. Bevor ich mich mit halb offenem Mund fotografieren lasse, reiche ich lieber Champagner und Fingerfood herum.«

Er lächelt und fragt: »War Odile verärgert, weil Sie das mit dem Modeln abgelehnt haben?«

»Aber nein!«

Sie war nicht sauer, aber sie hat auch nicht so rasch lockergelassen. *Komm schon, du hast so was Frisches, Natürliches, du siehst aus, als wärst du gerade vom Surfbrett gesprungen, solche Mädchen sind gefragt,* hat sie gesagt und gemeint, ich könnte einen Haufen Geld damit verdienen. Aber ich wollte trotzdem nicht.

»Sie hat das akzeptiert«, sage ich zu Dr. Davis. »Sie ist so was wie meine Stilberaterin. Mit ihr shoppen zu gehen, ist ein Erlebnis. Sie hat das Talent, in Windeseile das Sortiment zu scannen und irgendein Teil herauszuziehen, das ich selbst niemals ausgesucht hätte. Wenn ich es dann anprobiere, ist es wie ein Wunder: Es passt und es steht mir. Sie hat mir auch geraten, mir das Haar wachsen zu lassen, und mir dann selbst einen neuen Schnitt verpasst. Sie schnippelt gern anderen Leuten an den Haaren herum, auch Maart lässt sich von Odile die Haare schneiden, aber wohl eher aus Sparsamkeit.«

Ich sehe Odiles Haar vor mir, glatt und glänzend und lang. Als ich sie kennenlernte, war sie brünett, die Farbe erinnerte an abgeblühte Magnolienblüten. Inzwischen ist sie blond und Jan reißt Blondinenwitze über uns beide.

»Wissen Sie denn, ob Odile in Ihnen eine Freundin sieht?«, will Dr. Davis wissen. *Definiere Freundschaft*, denke ich, und damit er endlich Ruhe gibt, sage ich: »Sie hat sogar einmal behauptet, ich wäre ihre *einzige* Freundin. Ich habe sie gefragt, wie sie das meint, und sie sagte, ich wäre die Einzige, die mit ihr zusammen ist, ohne etwas von ihr zu wollen.«

»Aber Sie haben dennoch einiges von ihr bekommen.«

»Aber ich habe es nie verlangt.«

»Wie war das für Sie, als sie sagte, Sie wären ihre einzige Freundin?«

»Seltsam«, antworte ich.

Einerseits war es schön, so etwas gesagt zu bekommen, andererseits fand ich es auch irgendwie traurig, wenn ich bedenke, wie viele Leute sie kennt. Auf jeden Fall war es ein Blick hinter die Fassade. Ich habe erkannt, dass Odile in all dem Trubel, mit dem sie sich umgibt, wohl manchmal ziemlich einsam ist.

»Betrachten Sie denn Odile als Ihre Freundin?«

Ich seufze. Wird das heute noch mal aufhören? Dieses Freundschafts-Ding scheint bei ihm eine Obsession zu sein.

»Odile hat mir eine Welt gezeigt, die ich bisher nur vom Hörensagen und aus Filmen kannte. Sie hat mich in Clubs mitgenommen, zu denen ich sonst nie Zutritt gehabt hätte.«

»Hat Ihnen das imponiert?«

»Irgendwie schon«, gebe ich zu.

Ab und zu hat sie mich auch dort als ihre *kleine Schwester* vorgestellt, fällt mir ein. Mir war das immer peinlich, weil ich mich neben der strahlenden Odile wie das hässliche Entlein fühlte. Auf den Gedanken, dass man neben ihr Minderwertigkeitskomplexe kriegen könnte, kommt Odile leider nicht. Ich denke, sie wollte damit unsere Verbundenheit zum Ausdruck bringen. Möglicherweise ist es auch eine Warnung an gewisse Herren, dass sie gut auf mich aufpasst.

»Es gab da diesen seltsamen Vorfall«, beginne ich. »Es war auf der Finissage einer Ausstellung seltsamer Machwerke eines recht angesagten Künstlers. Sie fand in einem Loft statt, und zwei Typen hatten mich in ein Gespräch verwickelt. Die zwei wollten unbedingt mit mir noch woandershin fahren, in irgendeinen megacoolen Club. Ich wollte das aber auf gar keinen Fall. Odile hat später behauptet, die zwei hätten versucht, mich in den Aufzug zu zerren. Ich glaube, wir standen nur zufällig vor dem Aufzug, und die Türen waren offen, weil gerade jemand ausgestiegen ist. Ich denke nicht, dass ich wirklich in Gefahr war. Aber Odile sah das anders, sie ging dazwischen wie eine Furie. Sie verpasste einem der Kerle sogar einen Tritt in den Schritt. Dann packte sie mich am Arm und wir gingen nach Hause.«

»Haben Sie das nicht als Bevormundung empfunden?«

»Nein. Es war mir nur ein bisschen peinlich, aber ich dachte: Womöglich hat sie recht. Sie kennt die Szene besser als ich. Sie hat eben auf mich aufgepasst. So was machen Freundinnen.«

Kaum habe ich es ausgesprochen, bricht das alte Elend über mich herein, denn ich musste sofort an Marie denken. Marie war ebenfalls meine Freundin, wir gingen zusammen zur Schule. Und ich habe sie im Stich gelassen … Vielleicht hatte ich deshalb ständig das Gefühl, auf Odile aufpassen zu müssen. Oder auch, weil Maart es mir jedes Mal ans Herz legt, wenn Odile und ich ausgehen. Der weiß ja, wie sie ist. Nur war das nicht gerade einfach, um nicht zu sagen: unmöglich. Odile hört nicht auf meinen Rat, schon gar nicht, wenn sie mich nicht darum gebeten hat, und das tut sie eigentlich nie. Odile hat ein extrem entspanntes Verhältnis zu Partydrogen und One-Night-Stands, meistens in Kombination. So stilsicher sie sonst ist, ihr Geschmack, was Kerle angeht, lässt zu wünschen übrig. Sie steht auf zwei Arten von Typen: Den Künstler – erfolgreich oder verkanntes Genie, Maler, Musiker oder Poet, wird alles gern genommen – und den Maßanzug-Fuzzi in den Vierzigern, Typ Unternehmensberater oder Erbe einer Reederei. Kategorie zwei ist mir besonders zuwider. Wann immer ich wieder einmal allein mit dem Taxi nach Hause fahren musste, nachdem Odile ihren Hintern auf den Sitz eines Jaguars oder Maseratis geschwungen hat, hatte ich Angst um sie und habe mir gleichzeitig geschworen: *Dies war das allerletzte Mal, dass du Odile irgendwohin begleitet hast!*

Aber ich kann auf die Dauer nicht nachtragend sein, und was Odile angeht, war ich schon immer inkonsequent. Man kann ihr nur schwer widerstehen. Einmal habe ich vielleicht noch Nein gesagt, aber spätestens nach zwei Wochen war ich wieder dabei. Auch aus Neugierde, denn man weiß es ja nie vorher: Es kann stinklangweilig sein oder ein Fest, von dem man noch nach Wochen schwärmen wird. Und bin ich nicht nach Amsterdam gezogen, um etwas zu erleben? (Und natürlich, um meinen Master zu machen, schon klar.)

Aber im Grunde meines Herzens bin ich kein Partygirl und ich habe die Sommerabende auf dem Boot viel mehr genossen.

Dieser Sommer, der sich jetzt dem Ende zuneigt, war wie ein Geschenk. Ein Tag sonniger und wärmer als der andere, untypisch für Holland und darum umso schöner. In meiner Erinnerung reihen sich die Sommerabende auf dem Achterdeck aneinander wie Perlen. Ich sehe Odile vor mir, und wie die tiefstehende Sonne ihr Haar glänzen lässt, ich höre ihr Lachen. Wir haben Wein getrunken, manchmal Gras geraucht und geredet. Über alles Mögliche geredet. Es gab Augenblicke, in denen wir uns sehr nah waren. In einem solchen Augenblick konnte ich nicht anders, ich musste Odile von Marie erzählen. Meiner Freundin Marie, die ein bisschen so war wie Odile, das wurde mir in diesem Moment erst so richtig klar.

Es gab einen Club, wir nannten ihn immer despektierlich die

Dorfdisko, und im Prinzip war es ja auch nichts anderes. Man kam da nur mit dem Auto hin, was im Lauf der Jahre einige von uns das Leben kostete. Es war kurz vor dem Abi, ich hatte Marie und Sandra gleich gesagt, dass mich meine Mutter um zwölf Uhr abholen würde, weil ich am nächsten Tag noch lernen wollte. Aber Marie war um die Zeit schon reichlich angetrunken, amüsierte sich total und wollte nicht mitkommen. Es war nicht das erste Mal, und ich war es leid, sie zu überreden.

»Ich weiß nicht, ob es mir gelungen wäre, aber ich hätte es wenigstens versuchen sollen, und Sandra auch. Aber wir haben sie einfach dagelassen …«

An dieser Stelle versagte mir die Stimme.

»Und dann?«, fragte Odile. »Ist sie mit Besoffenen mitgefahren und verunglückt?«

Ich schüttelte den Kopf. »Die Typen, die sie nach Hause fahren wollten, haben sie unterwegs vergewaltigt. Drei Kerle, wir kannten sie seit Jahren, sie kamen aus einem der Nachbardörfer, wir sind früher jeden Tag zusammen im Schulbus gefahren … Ganz scheißnormale Typen, nur eben besoffen, ich hätte das nie gedacht. Sie sind alle mit Bewährungsstrafen davongekommen, nachdem sie behauptet hatten, es sei einvernehmlicher Sex gewesen. Marie wurde dann auch noch schief angesehen und gemobbt.«

»Du kannst ihnen nicht trauen«, sagte Odile. »In jedem von ihnen steckt ein Teufel.«

Sie wollte wissen, was aus Marie geworden sei. »Ich weiß es nicht. Sie ist gleich nach dem Abi weggezogen, wir haben keinen Kontakt mehr. Ich kann das verstehen.«

»Sie macht dir sicher keine Vorwürfe«, meinte Odile.

»Nein, aber bestimmt will sie alles abschütteln, das sie an damals erinnert.«

»Ja«, nickte Odile. »Manchmal muss man das tun, auch wenn es wehtut.«

Danach nahm sie mich in den Arm und wir beide heulten ganz ungeniert, bis Maart dazukam und verwundert fragte, ob alles in Ordnung sei.

»Klar«, schniefte Odile und wischte sich übers Gesicht. »Kleiner Anflug von …wie sagt ihr Deutschen?«

»Weltschmerz«, sagte ich.

»Genau. Anflug von deutschem Weltschmerz.«

Sprachmemo von Maart, 19. Februar

Ich hab's kommen sehen: Zwischen Jan und Caro ist es schon wieder aus. Ich bin noch nicht dahintergekommen, wer mit wem Schluss gemacht hat, aber das ist ja auch egal. Caro scheint das recht cool wegzustecken. Seltsam, ich hätte sie anders eingeschätzt. Ich dachte, sie ist eine, die sich entweder mit Haut und Haaren verliebt oder es gleich ganz sein lässt. Ich fürchte fast, Odiles Lebenswandel hat schon auf sie abgefärbt.

Jedenfalls geht Caro mit Jan um, als ob nichts gewesen wäre. Jan ist wirklich ein Phänomen. Dieser Kerl schafft es fast immer, dass seine Ex-Freundinnen ihm nichts nachtragen und sogar mit ihm befreundet bleiben. Wie macht der das?

Zurzeit frieren wir uns hier den Arsch ab. Es ist seit Tagen richtig saukalt, viel kälter als sonst, zweistellige Minusgrade in der Nacht. Unser Hausboot ist für arktische Temperaturen natürlich nicht gemacht. Der obere Raum ist eher wie ein Wintergarten, nicht mal mit Doppelglas. Die Heizung schafft es nicht mehr, wir hocken die meiste Zeit unten in unseren Zimmern, da geht es noch einigermaßen. Caro hat mir eine Wärmflasche geschenkt. Erst habe ich sie ausgelacht, aber inzwischen habe ich das Ding tatsächlich schon benutzt. Ich verbringe ziemlich viel Zeit in der Uni und übernachte öfter als sonst in Veronikas WG. Zwar mit schlechtem Gewissen, aber wenigstens mit warmen Füßen.

Die Mädels haben auch schon eine Strategie entwickelt, wie sie der Kälte entgehen: Wenn sie nicht an der Uni sind, gehen sie ins Rijksmuseum oder ins Van Gogh oder in ein anderes, da herrscht in Amsterdam ja kein Mangel. Kann nicht schaden, wenn die zwei auch mal ein bisschen in Kultur machen, auch wenn es nur zum Aufwärmen ist.

6

FÜHLEN SIE SICH MANCHMAL EINSAM?

»Carolin?«, reißt mich Dr. Davis' Stimme aus meinen Gedanken. »Es ist gut, wenn Sie nachdenken, aber würden Sie mich bitte daran teilhaben lassen?«

»Oh. Entschuldigung. Wo waren wir stehen geblieben?«

»Ob Sie Odile als Ihre Freundin betrachten.«

Ich weiß nicht so recht, was ich darauf antworten soll. Auf Odile ist nämlich leider überhaupt kein Verlass. Wie oft haben Maart und ich schon etwas geplant und Madame ist dann einfach nicht oder viel zu spät erschienen, weil sie es vergessen hatte oder was Besseres vorhatte.

Bis ich Odile kennenlernte, verstand ich unter dem Begriff Freund oder Freundin jemanden, auf den ich zählen kann, und zwar immer. (Auch wenn ich bei Marie gründlich versagt hatte.) Aber seit ich Odile kenne, haben sich bei mir ein paar Maßstäbe verschoben.

Zu Dr. Davis sage ich: »Wissen Sie, ich mag Odile sehr, ich verdanke ihr einiges, ich bin gern mit ihr zusammen und ich würde ihr jederzeit helfen, wenn sie Probleme hat. Aber hätte ich ein Haustier, würde ich es übers Wochenende eher ins Tierheim geben, als es Odile anzuvertrauen.«

Er lacht. »Schöner Vergleich.« Er steht auf, holt unsere leeren Kaffeetassen wieder her, stellt sie nebeneinander auf den Tisch und sagt. »Stellen Sie sich zwei Waagschalen vor. Jede von ihnen beiden legt etwas hinein … Ist die Waage ausgeglichen?«

»Ja.«

Ich sehe ihm und seiner Augenbraue an, dass er überrascht ist.

»Es muss ja nicht jede von uns dasselbe in die Schale legen.«

»Was legen Sie hinein, Carolin?«

»Verlässlichkeit. Geduld. Die Fähigkeit, zu verzeihen. Und ich bin für sie da, wenn sie mit jemandem reden will.«

»Und was legt Odile in die Schale?«

»Spaß. Horizonterweiterung. Schmink- und Kleidungstipps.«

Da ist sie wieder, die Augenbraue.

»Das mag für Sie als Mann nach nicht viel klingen, aber für Frauen meines Alters ist es sehr wichtig, zu lernen, wie man das Maximum aus sich herausholen kann. Die Konkurrenz schläft nicht, weder im Privaten noch im Job.«

»Ich habe nichts gesagt.« Dr. Davis hebt die Hände zu einer Unschuldsgeste, aber ich sehe, wie er verstohlen grinst. Dabei hat er bestimmt einen Stilberater. Oder zumindest einen sehr guten Herrenausstatter. Und einen Friseur, der ihm die Haare färbt.

»Was meinten Sie mit Horizonterweiterung?«, hakt er nach.

»Jedenfalls nicht, was Sie denken! Ich rede von Kunst. Odile ist vielleicht nicht gerade die fleißigste Studentin, aber sie versteht eine Menge von Malerei, überhaupt von Kunst. Es ist ihre Leidenschaft, das merkt man. Manchmal gehen wir zusammen in Galerien und Museen, auch in die bekannten, in denen ich schon war. Aber mit ihr ist das ein ganz neues Erlebnis. Sie hat mir so viel erklärt und ich habe Dinge bemerkt, die mir sonst nie aufgefallen wären. Davon abgesehen, schleppt sie mich an Orte, die ich sonst nie besuchen würde. Sie hat irgendeine Schnapsidee und überredet mich, mitzukommen. Dadurch bringt sie an mir Seiten zum Vorschein, die ich selber noch nicht kannte.«

»Gute oder schlechte Seiten?«

»Mal so, mal so«, gestehe ich. »Wir waren mal mit einer ganzen Clique auf so einem Gelände, auf dem man mit Paintball-Waffen Krieg spielt. Ich dachte immer, das wäre was für Vollidioten, aber Odile meinte, ich müsste es unbedingt ausprobieren. Zu meinem Entsetzen hat es mir dann sogar großen Spaß gemacht, Krieg zu spielen.«

»Böses Mädchen!«, kommentiert Dr. Davis. »Hat Odile Sie jemals dazu überredet, Drogen zu nehmen?«

»Nein. Anfangs hat sie mir auf Partys ab und zu was angeboten, aber sie hat mich nie gedrängt. Leider hat sie sich auch von mir nicht ausreden lassen, etwas zu nehmen.«

»Aha. Allmählich sehe ich klarer.«

»Schön«, antworte ich. »Wenigstens einer von uns.«

Ich starre auf die leeren Tassen. Eine zweite Tasse Kaffee wäre nicht schlecht, aber schon höre ich Dr. Davis sagen: »Beschreiben Sie mir Ihre Beziehung zu Maart Verstappen.«

»Auf ihn kann man sich verlassen.«

Das hoffe ich zumindest inständig. Es gab ja noch nie eine Feuerprobe. Ja, Maart ist immer pünktlich und er hält sich an den Putzplan, und wenn er am Morgen gesagt hat, dass er Einkaufen geht, dann tut er das auch und vergisst es nicht, wie gewisse andere Leute in unserer WG, die dann einfach eine Küchenrolle mittendurch säbeln, wenn sie vergessen haben, Klopapier zu kaufen. Aber zwischen Klopapier kaufen und jemanden aus der geschlossenen Psychiatrie rauszukriegen, ist ja doch noch ein Unterschied. Und in den letzten Tagen war unser Verhältnis ja durchaus nicht ungetrübt …

Ob er seine Mailbox schon abgehört hat? Vielleicht ist er schon auf dem Weg hierher oder hat in die Wege geleitet, dass irgendjemand mich hier rausholt. Oder er hat mit der Polizei gesprochen, man hat ihm Gott weiß was erzählt, und er hat kapituliert. Aber meine Mutter wird er doch … *Scheiße!*

Siedend heiß fällt mir ein, dass sie gar nicht erreichbar ist. Zumindest nicht auf der Festnetznummer, denn sie macht gerade diese Hurtigruten-Kreuzfahrt durch die norwegischen Fjorde mit ihrem neuen Freund. Ich denke immer noch *neuer Freund,* obwohl das jetzt auch schon wieder vier Jahre sind. Ja, super, das ist ja mal wieder ein tolles Timing!

»Würden Sie ihn als einen Freund bezeichnen?«

»Was, wen?«

»Maart Verstappen«, sagt Dr. Davis und wirkt leicht irritiert.

»Ich würde sagen, wir sind befreundete Mitbewohner.«

»Definieren Sie *befreundete Mitbewohner.*«

»Wir kochen oft zusammen, gehen auch mal joggen oder bouldern und ab und zu auch feiern. Aber wir breiten nicht unser Gefühlsleben voreinander aus.«

Besonders nicht in letzter Zeit.

»Dafür hat er ja seine Freundin«, füge ich hinzu. »Veronika.«

Veronika Anderhub. Schweizerin, so alt wie ich, studiert *irgendwas mit Medien.* Sie ist klein, höchstens eins sechzig, und wenn sie Maart küsst, springt sie an ihm hoch wie ein junger Hund. Mir wird bewusst, dass ich bei der Nennung ihres Namens die Augen verdreht habe.

»Mögen Sie Veronika?«

Ich versuche erst gar nicht zu schwindeln. »Wir haben keinen Draht zueinander. Außerdem versucht sie ständig, Odile zu kopieren. Es ist lächerlich! Als wollte ein Mops einen Afghanen nachahmen.«

Dr. Davis beißt sich auf die Lippen.

»Was meinen Sie, warum will sie Odile kopieren?«

»Na, weil Odile Stil und Klasse hat.«

Im Gegensatz zu Veronika, die nur eine angemalte Puppe ist und genauso hohl im Kopf.

»Außerdem ist sie eifersüchtig und denkt, Maart steht heimlich auf Odile.«

»Ist das so?«

»Er passt doch gar nicht in Odiles Beuteschema.«

»Das war nicht die Frage.«

»Klar, er hat Augen im Kopf, sicher findet er sie toll. Alle Kerle, die nicht schwul sind, stehen mehr oder weniger auf Odile. Aber verliebt …?«

»Haben Sie eine Idee, warum sich Maart dann eine Freundin sucht, die Odile kopiert?«, fragt Dr. Davis und blickt mich gespannt an.

»Nein«, muss ich zugeben. Jetzt, da er es so bündig formuliert, kommt mir das wirklich ein bisschen seltsam vor. Gleichzeitig frage ich mich, was es bringen soll, über Maart und Veronika und mein Verhältnis zu den beiden zu sprechen. Wieso habe ich überhaupt davon angefangen? Unweigerlich kommt mir die Warnung von Ben, dem selbst ernannten Norman Bates, in den Sinn. *Alles, was Sie sagen, kann gegen Sie verwendet werden …*

»Haben Sie jemanden, mit dem Sie Ihr Gefühlsleben teilen?«, will er jetzt wissen.

»Ich habe ein Stofftier neben meinem Kopfkissen.«

Hatte, fällt mir ein. Ich *hatte* ein Stofftier neben meinem Kopfkissen. Schluffi der Schlafhund. Mein alter Vertrauter, der ein so grausames Ende fand … Ich merke, wie mir die Tränen kommen.

Zusammenreißen, Carolin!

»Demnach haben Sie keinen festen Freund«, dringt die

Stimme von Dr. Davis zu mir durch. »Haben Sie sonst Freunde in Amsterdam, abgesehen von Ihren Mitbewohnern?«

Ich verstehe den Sinn von allen diesen Fragen nicht.

»Die drei Jungs, die ein paar Boote weiter wohnen. Jan, Paolo und Ezra. Auch Studenten. Mit denen hängen wir öfter mal ab.«

»Wie war es in Groningen mit den Freundschaften?«

»In Groningen gehörte ich zu einer Clique von Studienanfängern, die viel zusammen gemacht hat. Aber diese Kontakte sind nach meinem Umzug nach Amsterdam rasch eingeschlafen. Auch meine Freundschaften aus der Schulzeit verkommen immer mehr zu Social-Media-Freundschaften. Aber wenn wir uns an Weihnachten alle sehen, ist es noch ein bisschen wie früher.«

Nur Marie fehlt.

»Warum Amsterdam?«, fragt Dr. Davis.

»Wie meinen Sie das?«

»Warum sind Sie für Ihren Master nach Amsterdam umgezogen? Konnten Sie Ihr Fach nicht in Groningen studieren?«

Dieselbe Frage hat mir meine Mutter damals auch gestellt.

»Wie gesagt, ich stamme vom Dorf, und zu Beginn meines Studiums war Groningen schon ein urbanes Highlight für mich. Aber danach wollte ich endlich in einer *richtigen* Stadt leben, in einer angesagten, hippen, coolen Stadt. Meine Mutter war allerdings nicht so begeistert davon.«

»Warum nicht?«, fragt Dr. Davis.

»Sie stammt aus dem Gelderland und ist ein Landei aus Überzeugung. Sie kannte Amsterdam bis dahin nur von ein paar Besuchen in den Achtzigern, und in ihren Augen ist es ein einziger Drogensumpf, Sündenpfuhl und Brutstätte des Verbrechens. So wie jede Großstadt, aber Amsterdam besonders.«

»Ich verstehe«, sagt Dr. Davis.

Schön, dass wir uns so gut verstehen, denke ich.

»Fühlen Sie sich manchmal einsam?«

»Ach, wissen Sie, dazu bin ich einfach zu beschäftigt«, antworte ich. »Ein Masterstudium ist schließlich kein Zuckerschlecken. Dazu die diversen Jobs, die Mitbewohner …«

Vor allen Dingen Odile. Die versteht es, einen auf Trab zu halten.

Sprachmemo von Maart, 10. Mai

Seit ein paar Tagen ist der Sommer über Amsterdam hereingebrochen. Kaum vorstellbar, dass wir neulich noch versucht haben, mit dem Backofen zu heizen. Jetzt ist die Stadt auf einmal wieder proppenvoll, die Leute kommen aus allen Löchern gekrochen und sitzen nur noch auf der Straße herum, als hätten sie kein Zuhause, und die Touristen fallen ein wie die Heuschrecken. Der Verkehr der Ausflugsboote auf dem Oosterdok und in den Kanälen hat exorbitant zugenommen. Auch unser Leben hat sich größtenteils nach draußen verlagert, und das auf den anderen Booten auch. Der Typ nebenan klampft jeden Abend auf seiner Gitarre herum, die Alten-WG spielt Skat. Ich habe drei Hanfsamen gekauft und eingepflanzt, mal sehen, ob sie was werden. Es ist das reinste Idyll. Ich will hier nicht weg, auf gar keinen Fall.

Aber Veronika hat andere Pläne. Im Juni wird in ihrer 3er-WG ein Zimmer frei und sie will, dass ich bei ihnen einziehe. Aber ich möchte das nicht. Vielleicht irgendwann später, aber jetzt noch nicht, wir kennen uns ja erst ein knappes Jahr.

Für Veronika ist es *schon* ein Jahr.

Bisher war Veronika eigentlich immer recht unkompliziert. Warum kann es nicht so bleiben, wie es ist? Ich habe versucht, ihr zu erklären, dass Distanz meiner Meinung nach wichtig ist für eine Beziehung, weil man sich sonst auf die Nerven geht. Oder der Alltag die Gefühle erstickt. Hört man ja ständig, dass das früher oder später passiert.

Aber Veronika ist eingeschnappt und unterstellt mir, dass ich in Odile verliebt sei und deshalb nicht zu ihr ziehen will.

»Das ist Bullshit«, habe ich ihr gesagt, aber sie hat jetzt diesen Floh im Ohr und seither lebe ich praktisch auf einem Pulverfass. Sie stichelt andauernd gegen Odile, manchmal wird sie dabei regelrecht ausfallend. Ich halte meistens meinen Mund und komme mir dabei wie ein Verräter vor. Im Grunde müsste eigentlich *ich* sauer auf Veronika sein, weil sie mir anscheinend nicht vertraut, aber ich kann es ihr nicht verdenken. Ich an ihrer Stelle würde mir auch nicht vertrauen! Veronika hat wahrscheinlich instinktiv erfasst, dass Odile auf eine gewisse Weise tatsächlich zwischen uns steht. Ich kann nichts dagegen tun. Ich weiß nicht, was es ist, ich weiß nur: Es wäre mir unvorstellbar, *nicht* in Odiles Nähe zu leben.

Abgesehen davon, steht es Veronika nicht zu, über Odile herzuziehen und Gerüchte über sie zu verbreiten. Ich hoffe nur, dass sie sich bald wieder einkriegt. Sonst muss ich das beenden.

Mit unserer WG läuft dagegen alles nach Plan. Caro und Odile haben sich angefreundet. Allerdings hat Odile nach wie vor diesen Hang zu halbseidenen Typen. An diesen bescheuerten Ferdinand habe ich mich ja schon fast gewöhnt. Ich habe ihn gecheckt, er ist harmlos, ein angeberischer Arsch, der ein bisschen mit Pillen dealt und sich für einen Künstler hält. Aber da ist seit Neuestem dieser Kerl mit der öligen Frisur und dem Jaguar. Ein echter Kotzbrocken! Aber wehe, ich sage was. Dann wird sie sofort pampig, knallt mir eine eiskalte Bemerkung vor den Latz, von wegen, dass mich das nichts anginge. Also halte ich lieber die Klappe. Scheint momentan mein Schicksal zu sein: Klappe halten und abwarten. Aber ich kann mir nicht helfen, ich habe ein mieses Gefühl, was Odile und diesen Typen angeht. Ich muss unbedingt mehr über ihn herausfinden.

7

IN DIESEN SCHUHEN LÄUFT SIE BESTIMMT NICHT WEIT

»Carolin, Sie haben vorhin erwähnt, dass Sie sich Sorgen um Ihre Mitbewohnerin Odile machen …«

Na, endlich. Ich dachte schon, er wird gar nicht mehr nachfragen. »Sie ist verschwunden.«

»Wie, verschwunden? Einfach so? Ohne etwas zu sagen?«

»Ja, *einfach so*. Hätte sie gesagt, wohin sie verschwindet, würde ich mir ja keine Sorgen machen.«

»Wann haben Sie Odile zum letzten Mal gesehen, wissen Sie das noch?«

»In der Nacht vom 11. auf den 12. August.«

Das alles habe ich schon Kommissar van Eyk berichtet, also kann ich es auch ihm erzählen. »Es war ein Samstag. Jans Geburtstagsparty, er ist 28 geworden. Es war klar, dass wir alle hingehen. Oder – na ja, eigentlich kamen wir zu sechst. Maart mit Veronika, Odile hatte Ferdinand dabei …«

»Wer ist Ferdinand?«

»Ferdinand hat mit Odile eine On-Off-Beziehung. Er nennt sich Bildhauer und macht Holzskulpturen in einer Ateliergemeinschaft in irgendeinem Hinterhof. Wenn man ihn fragt, hält er sich wahrscheinlich für ihren Freund, aber da ist er nicht der Einzige. Ich hatte Besuch von meiner alten Schulfreundin Sandra und sie ist natürlich auch mitgekommen. So läuft das ja oft. Zu Silvester hatten wir zwölf Leute zu uns eingeladen, aber gekommen sind dreißig. Ich hatte schon Angst, dass das Boot sinkt …«

»Sie hatten Angst, dass das Boot sinkt?«, wiederholt Dr. Davis und sieht mich fragend an.

Ich schüttle den Kopf. »Nicht wirklich. Das war nur so ein Spruch. So ein Boot hält schon dreißig Leute aus. Ich wollte damit nur sagen, dass ich überrumpelt war, weil wir plötzlich mehr als doppelt so viele Gäste hatten als geplant. Aber es war sehr lustig«, erinnere ich mich.

Die Silvesterparty … Irgendwie bin ich danach in Jans Koje gelandet. Und am nächsten Tag und am übernächsten auch. Doch schon nach wenigen Wochen merkten wir beide, dass wir charakterlich nicht besonders harmonieren. Jan meinte, das wäre egal, wir könnten ja trotzdem ab und zu miteinander Sex haben. Das ist typisch Jan. Einem anderen hätte ich die Meinung gesagt und ihn abblitzen lassen, aber ihm konnte ich nicht böse sein, irgendwie schafft man das nicht bei ihm. Tatsächlich hatten wir danach noch ein paar gemeinsame Nächte. Aber irgendwann war mir das dann doch zu wenig, und das habe ich ihm auch gesagt. Er meinte nur *okay, geht klar. Kein Ding. Sag Bescheid, wenn du es dir anders überlegst.* Jan halt.

Es hat tatsächlich funktioniert. Es ist uns nicht peinlich, wenn wir uns sehen, er kommt trotzdem noch ab und zu auf ein Bier vorbei, wir können uns unbefangen unterhalten, da ist keine leise Wehmut, nicht mal dann, wenn er wieder mal für drei, vier Wochen eine »feste« Freundin hat. Wenn es doch immer so einfach wäre …

»Kenne ich«, nickt Dr. Davis, der gedanklich noch bei der Silvesterparty ist. »Zu meiner Studienzeit verliefen die Partys ähnlich. Nur habe ich nie auf einem Hausboot gewohnt.«

»Jedenfalls war es bei Jans Party genauso. Die Hälfte der Leute kannten die Gastgeber gar nicht, aber das macht ja auch nichts. Fast jeder brachte was mit, Essen, Getränke … Es war …«

Ich wollte sagen, dass es ein netter Abend war, aber so ganz stimmt das nicht. Für mich und Sandra schon, aber für andere nicht. Es gab nämlich zwei Kräche an dem Abend.

»Es war was?«, hakt Dr. Davis nach.

»Maart und Veronika hatten Streit. Ich bin nicht sicher, was genau der Anlass war. Wahrscheinlich hat Maart etwas Nettes über Odile gesagt, oder jemand anderes, und Maart hat dem zugestimmt. Wenn Veronika genug intus hat, reicht so was schon, damit sie ausrastet. Wenn Sie mich fragen, hat die Frau null Selbstbewusstsein und ist krankhaft eifersüchtig.«

»Okay, Carolin, dass Sie Veronika nicht mögen, ist inzwischen klar geworden«, meint Dr. Davis mit einem gutmütigen Lächeln, ehe er hinzufügt: »Ich frage mich allerdings, warum das so ist. Sind Sie eifersüchtig?«

»Quatsch!«

»Gut, lassen wir das mal dahingestellt«, lächelt Dr. Davis. »Erzählen Sie weiter von der Party.«

»Es war noch gar nicht spät, vielleicht elf Uhr, da ist Veronika wütend abgezischt. Maart wollte sie aufhalten und hat ihr vorgeschlagen, zusammen auf unser Boot zu gehen. Aber sie wollte nicht. Sie hat ihre hochhackigen Schuhe ausgezogen und angefangen, über die Boote zu klettern …« Ich unterbreche mich, grinse und sage: »Natürlich habe ich auf dem Grund meiner schwarzen Seele gehofft, dass sie ins Wasser fällt, aber das ist leider nicht passiert. So betrunken war sie dann doch wieder nicht. Als sie auf dem Pier stand, hat sie ganz laut gebrüllt, sodass alle es hören konnten: »Und du weißt schon, dass Catwalk auch Nutten vermittelt? Und Odile ist eine davon. Catwalk ist der Name von Odiles Model-Agentur«, füge ich hinzu.

»Stimmt das?«, fragt Dr. Davis.

Ich antworte ausweichend: »Ich kenne die Geschäftspraktiken dieser Agentur nicht, ich hatte nie direkt mit denen zu tun …«

»Weil Sie ja abgelehnt haben, für die zu arbeiten«, fügt Dr. Davis ein.

»Ganz genau.«

»Es gibt Escort-Services, die sich als Model-Agentur tarnen, und Model-Agenturen, die zweigleisig fahren«, lässt mich Dr. Davis wissen.

»Wenn Sie das sagen …«, antworte ich und fahre fort: »Aber was ich bestimmt weiß, ist, dass Veronika an diesem Abend einfach nur etwas Gemeines über Odile sagen wollte.«

»Wo war Odile zu diesem Zeitpunkt?«

»Im Innenraum, sie hat getanzt. Aber selbst, wenn sie es mitbekommen hätte, dürfte es sie nicht groß gekratzt haben. Ich meine, wer nimmt Veronika schon ernst?«

»Was tat Maart?«

»Zuerst sah es so aus, als wollte er Veronika nachlaufen, aber als sie das mit den Nutten gerufen hat, hat er sich abrupt umgedreht und sich ein frisches Bier genommen. *Endlich,* habe ich gedacht, *endlich zeigt er mal ein bisschen Rückgrat!* Wir haben dann weitergefeiert. Okay, Maart war erst ein bisschen bedröppelt, aber er hat sich wieder eingekriegt. Dann, um Mitternacht herum, gab es das nächste Drama.«

Ich mache eine Kunstpause und nutze sie, um noch einen Schluck Wasser zu trinken. Es dürfte auf die Mittagszeit zugehen, es ist inzwischen recht warm im Zimmer.

»Du meine Güte, was für eine Nacht«, bemerkt Dr. Davis ein kleines bisschen spöttisch.

»Das können Sie laut sagen«, nicke ich. »Vielleicht standen die Sterne irgendwie ungünstig, weil alle Welt auf Krawall gebürstet war.«

»Was ist noch passiert? Erzählen Sie.«

»Ich musste aufs Klo.«

Dr. Davis lüpft wieder seine rechte Augenbraue.

»Bei über dreißig Gästen, die meisten nicht mehr ganz nüchtern, ist ein Klo nicht mehr wirklich appetitlich. Also bin ich kurz zu uns rüber. Das Licht war an, aber trotzdem bin ich total erschrocken, als Odile die Treppe raufkam. Sie hatte sich umgezogen, superelegantes Kleid, hohe Schuhe, Hochsteckfrisur, das volle Programm. Wobei man wissen muss, dass Odile so was in kürzester Zeit hinkriegt, wofür andere eine Stunde vor dem Spiegel sitzen. Ich fragte, wohin sie wolle, sie sagte, sie hätte noch eine Verabredung, und dann ist sie raus. Ich habe mich nicht groß gewundert, so etwas kommt bei ihr öfter vor, dass sie von jetzt auf gleich die Location wechselt. Als ich wieder auf dem Pier war, habe ich gesehen, wie Odile sich mit Ferdinand gestritten hat. Der war stinksauer, weil sie noch wegwollte. *Du wolltest dich einfach wegschleichen?,* hat er geschrien. Odile hat schnippisch gemeint, von Wegschleichen könne keine Rede sein, und es wäre ihr neu, dass sie sich bei ihm abmelden müsse. Dann hat sie sich umgedreht und ist gegangen. Ferdinand hat ihr ein paar echt fiese Ausdrücke hinterhergerufen und sogar noch eine Bierflasche nach ihr geworfen.«

»Hat er getroffen?«

»Nein, zum Glück nicht. Ich bin noch kurz am Pier stehen geblieben und habe Odile nachgeschaut, wie sie die Rampe zur Straße hochstöckelte. Sie hatte eine ziemlich große Tasche dabei, das ist mir aufgefallen, und dann dachte ich noch: *In diesen Schuhen läuft sie bestimmt nicht weit.* Wahrscheinlich hat sie einer von ihren Schnösel-Mackern ein paar Meter weiter aufgegabelt.«

»Was geschah dann?«

»Nichts. Ferdinand hat sein Fahrrad aufgesperrt und ist losgefahren. Er war stinksauer und besoffen, er fuhr in Schlangenlinien. Ich bin zurück auf Jans Boot, wir sind da noch bis vier Uhr früh geblieben.«

»Dort am Kai haben Sie Odile also zum letzten Mal gesehen?«

»Ja«, antworte ich. »Das war das letzte Mal. Am nächsten Tag waren wir entsprechend verkatert, aber Sandra wollte trotzdem unbedingt ins Van-Gogh-Museum. Also sind wir da hin. Von Maart und Odile habe ich nichts gesehen an dem Morgen. Oder Mittag, eigentlich war es schon Mittag.«

Während wir in der Warteschlange vor dem Museum standen, sagte Sandra plötzlich: »Diese Odile ist ja reichlich überkandidelt.« Das Wort stammt von Sandras Mutter, wir hatten uns kaputtgelacht, als wir es das erste Mal gehört hatten, seitdem ist überkandidelt ein Insider-Begriff für Zicken zwischen uns.

Es ist immer etwas heikel, wenn man alte und neue Freunde zusammenbringt. Deshalb sagte ich zu Sandra, ich käme ganz gut aus mit Odile, aber sie sei nicht meine Freundin. Sie meinte, das hätte sie auch gewundert. Das wiederum machte mich ein bisschen sauer. Dann waren wir mit Kartenkaufen dran und haben bis zu Sandras Heimfahrt am frühen Abend nicht mehr über Odile gesprochen.

Wir haben das ganze Wochenende lang auch nicht über Marie gesprochen. Eigentlich sprechen wir seit Jahren nicht mehr über sie.

Später dachte ich noch einmal über Sandras Worte nach. Es stimmt schon, dass Odile überkandidelt wirkt, wenn man sie nicht besser kennt.

Mein erster Eindruck von ihr war ja auch sehr ambivalent.

Da war dieser unsägliche *Einstellungstest,* im Zuge dessen

Odile verlangt hat, dass ich was koche und dazu singe. Ich bin natürlich sofort gegangen. *Adieu, Hausboot!,* habe ich gedacht. Ich war schon vorn an der Straße, vor Wut kurz vorm Platzen, da hat Odile mich dann doch noch eingeholt. Ich sehe sie noch vor mir, sie trug diesen langen, weiten Mantel, er war offen, und ein roter Schal wehte ihr hinterher und ihre Haare flatterten im Wind. Sie hielt mich an den Händen fest, als ich über die Straße gehen wollte, und dann erklärte sie, dass sie mich nur habe testen wollen. Sie könne Leute, die sich allem unterordnen, nicht leiden.

»Und ich kann Leute nicht leiden, die ihre Machtposition ausspielen, um andere zu demütigen«, habe ich ihr entgegengeschleudert, und jetzt kamen mir doch noch die Tränen, was mich noch wütender machte.

Aber Odile hat nur die Arme ausgebreitet und gemeint: »Siehst du! Du bist genau die Richtige! Oh, bitte, Carolin, sei nicht sauer!« Sie hat mich umarmt, so als hätte ich schon Ja gesagt, dabei war ich wirklich noch schwer am Überlegen. Dann sah ich Maart auf uns zukommen und ich hörte, wie Odile mir zuflüsterte: »Wenn du nicht einziehst, zieht Maart aus.«

»Soll das eine Erpressung werden?«, habe ich entsetzt gefragt.

»Nein! Das hat *er* zu mir gesagt, gerade eben. Du kannst ihn fragen.«

Dann stand Maart vor uns, hat mich mit einem Dackelblick angesehen und ich dachte: *Er* ist ja wirklich okay. Ziemlich okay sogar. Und wenn er so was sagt … Das Hausboot ist auf jeden Fall sensationell und dieser Odile muss man halt ihre Grenzen aufzeigen. Ich kann es ja mal probieren.

8

WAS NICHT HÄTTE PASSIEREN DÜRFEN

»Als Odile am Sonntag nicht auftauchte, haben Maart und ich uns noch nichts gedacht«, erzähle ich weiter. »Es kam schon mal vor, dass sie bei einem ihrer Lover für ein, zwei Tage versumpfte. Trotzdem habe ich ihr gegen Abend eine Nachricht geschickt, so nach dem Motto: *Hey, alles klar bei dir?* Aber sie hat nicht geantwortet. Maart und ich waren noch müde vom Vorabend und ich zusätzlich von Sandras dreitägigem Besuch. Nicht, dass Sie was Falsches denken, ich habe mich sehr darüber gefreut, aber jetzt, hinterher, war ich doch erleichtert, mich um niemanden mehr kümmern zu müssen. Ich muss gestehen, ich war sogar ganz froh, dass auch Odile nicht da war, und ich glaube, Maart ging es genauso. Es war dieses Gefühl, das Eltern haben müssen, wenn ihr süßes, geliebtes, aber auch anstrengendes Kind mal einen Abend bei der Oma verbringt.«

»*Das* Gefühl kenne ich«, seufzt Dr. Davis aus tiefstem Herzen und lässt ein kleines, glucksendes Lachen hören, während ich mich frage, wie schlimm es wohl sein muss, einen Psychiater als Elternteil zu haben.

Ich versinke in den Bildern dieses Sonntagabends, dem letzten, an dem die Welt noch in Ordnung zu sein schien. Das Wetter war immer noch schön, so als wollte dieser Sommer niemals enden. Boote tuckerten vorbei, Möwen schrien, Enten schaukelten auf den Wellen. Wir hatten ein paar Reste aus dem Kühlschrank zusammengetragen und saßen auf dem Achterdeck. Maart baute einen Joint für uns. Er raucht wenig und noch seltener geht die Initiative von ihm aus. Aber er hat drei Hanfpflanzen hochgezogen: Peter, Paul & Mary. Sie stehen auf dem Deck und sind inzwischen über einen Meter hoch und eigentlich längst reif für die Ernte, aber Maart bringt es nicht übers Herz, sie zu *killen,* wie er sagt, also schnippeln wir immer nur ein paar Blüten zum sofortigen Gebrauch ab. Die Pflanzen verströmen einen sehr intensiven Duft, sodass man eigentlich gar nicht rauchen muss, es reicht schon, wenn man hinten auf dem Deck sitzt und atmet.

»Ich wusste gar nicht, dass du einen Joint bauen kannst«, frotzelte ich.

»Jetzt siehst du es«, sagte Maart und betrachtete ihn andächtig. »Er ist geradezu vorbildlich.«

»Fast zu schade zum Rauchen«, sagte ich.

»Soll ich ihn ins Hanfmuseum bringen?«

»Was machst du in den restlichen Ferien, fährst du noch weg?«, fragte ich.

»Nein, ich muss arbeiten. Höchstens mal ein Wochenende nach Hause.«

»Du fährst da nicht oft hin.«

»Nein.«

Er schwieg eine Weile, dann beantwortete er die Frage, die ich ihm gar nicht gestellt hatte: »Sie gehen alle zur Jagd. Mein Vater, meine zwei Brüder und jetzt sogar noch meine Schwester. Wir haben drei Jagdhunde im Zwinger und meine Mutter hilft beim Zerlegen des Wildes und sie macht Wurst davon und natürlich Braten. Immer wenn ich komme, gibt es irgendeinen Braten.«

»Oh«, sagte ich. Maart war Vegetarier.

»Sie sprechen andauernd vom Jagen und vom Töten und irgendwo hängen immer tote Tiere rum oder Felle von toten Tieren. Es ist widerlich. Wenn sie gerade mal kein Wild erlegt haben, dann wird eins der Hühner geschlachtet für eine Suppe. Manchmal denke ich, sie machen das extra, wenn ich komme, aber es war schon immer so. Als Kind hat mein Vater mich zum Ansitz mitgenommen, und wenn er etwas geschossen hatte, musste ich ihm beim Aufbrechen helfen.«

»Aufbrechen?«

»Ausnehmen. Jägersprache.«

»Ach so.«

»Für meinen Vater ist ein Kerl, der nicht zur Jagd gehen will, ein Weichei, und Kerle, die kein Fleisch essen, sind Schwuchteln.«

»Ich habe es mir bei euch immer so idyllisch vorgestellt, wie bei den Waltons.«

»Die Waltons? Echt jetzt?«

Ich grinste.

Maart zündete seinen vorbildlichen Joint an und blies ein paar Wolken in den lauen Wind. Auf seinen Unterarmen glänzten goldene Härchen in der tief stehenden Sonne. Er reichte den Joint an mich weiter.

»Mein Vater«, sagte ich zwischen zwei Zügen, »hat mich immer zum Angeln mitgenommen. Wir saßen da und schauten aufs Wasser und redeten nicht. Das fand ich eigentlich schön. Ich habe immer gehofft, dass wir nichts fangen. Das Geräusch, wenn er dem Fisch auf den Kopf geschlagen hat, das habe ich immer noch im Ohr.« Ich schüttelte mich.

»Dann weißt du ja, wovon ich rede.«

Wir sahen einer Ente zu, die das Heck umkreiste und zu uns hochschaute, in der Hoffnung auf einen Leckerbissen.

»Was macht Veronika?«, fragte ich.

»Schmollt.«

War ja klar. Aber ich wollte es von ihm hören. *Wenn er es ausspricht, wird ihm vielleicht klar, wie kindisch sie sich benimmt.* Ich streute noch ein bisschen Salz in die Wunde: »Dabei solltest eher du schmollen. Es war gemein, was sie über Odile gesagt hat. Das mit dem Catwalk und den Nutten.«

Ich wartete darauf, dass Maart seine Freundin verteidigte, aber er schwieg, rauchte, schwieg, rauchte, und sagte nach einer halben Ewigkeit: »Vielleicht ist da ja auch was dran.«

»Hä?«

»Dass Odile …«

»Spinnst du? So was hat sie doch gar nicht nötig. Selbst wenn ihre Eltern nicht mehr für sie zahlen würden, würde sie mit ihren Model-Jobs noch immer genug verdienen.«

»Ums Geld geht es dabei nicht«, antwortete Maart und reichte mir den Joint. Ich nahm noch einen tiefen Zug.

»Klar, Nutten arbeiten alle nur zum Spaß«, höhnte ich und fuhr fort: »Du kennst doch Veronika, sie wollte einfach nur gemein sein.« Das mit dem *gemein sein* war mir so rausgerutscht, aber ich bereute es nicht. Es stimmte ja. Wenn es sein muss, dachte ich, werde ich Maart in aller Deutlichkeit sagen, was ich von Veronika halte. Aber vermutlich wusste er das schon.

Jedenfalls überhörte er meinen letzten Satz und sagte: »Wir beide kennen Odile und wissen, dass sie alle möglichen schrägen Sachen ausprobiert.«

»Ja, aber selbst Odile hat ihre Grenzen«, sagte ich, war mir aber gar nicht mehr so sicher.

»Hast du gewusst, dass sie letztes Jahr als Aktmodell für angehende Kunstmaler gearbeitet hat?«

»Nein!«

»Doch.«

»Das passt zu ihr.« Ich musste ausgiebig kichern, bei mir wirkt

Gras immer recht schnell. Außerdem konnte ich nichts *Schräges* daran finden, im Gegenteil. Ich fand das wunderbar altmodisch und charmant und sogar ein bisschen prickelnd. »Immerhin studiert sie Kunst«, erinnerte ich Maart. »Na ja, zumindest ist sie eingeschrieben. Vielleicht wollte sie mal das Kunstobjekt *sein,* als neue Erfahrung.«

»Eben, genau das meine ich«, sagte Maart.

»Ich finde Aktmodell sein ziemlich originell«, verteidigte ich Odile. »Jedenfalls besser als der Model-Job. Dabei geht's nur um Kommerz und dämliche Klamotten. Dann lieber Aktmodell für angehende Künstler.«

»Würde es dir einen Kick geben, dich nackt malen zu lassen?«, fragte Maart.

»Ja, vielleicht.«

»Abgründe tun sich auf«, grinste Maart.

»Du denkst, Odile würde sich *wegen des Kicks* als Callgirl vermitteln lassen?«, fragte ich vorsichtshalber noch einmal nach, denn ich war schon ein bisschen bekifft und wollte nicht, dass Missverständnisse aufkommen. »So was denkst du von ihr?«

Er zuckte mit den Achseln.

»Das wäre … echt schräg«, sagte ich verunsichert. Tief im Innern musste ich mir eingestehen, dass Maarts Theorie nicht gar so abwegig war. Zuzutrauen wäre es Odile. Dass ich es vehement bestritt, lag nur daran, dass die Unterstellung ursprünglich von Veronika stammte.

»Hast du eine Ahnung, wo sie steckt?«, wechselte Maart das Thema.

Ich bemerkte die leise Unruhe hinter seinem beiläufigen Tonfall.

»Nein«, sagte ich. »Ich habe ihr vorhin geschrieben, aber sie hat nicht geantwortet.«

»Wann vorhin?«

»Sechs, sieben.«

Inzwischen war es halb elf und schon fast dunkel.

»Komisch«, meinte Maart. Er hatte ihr ebenfalls geschrieben und auch ihm hatte sie nicht geantwortet.

»Sie wird beschäftigt sein«, meinte ich leichthin. »Du weißt, sie mag es nicht, wenn wir ihr hinterhersimsen. Vielleicht sitzt sie schon da drüben in einem der Schaufenster.« Ich deutete vage in Richtung Rotlichtviertel.

Maart ging auf meinen Scherz nicht ein. »Kennst du den Typen, mit dem sie neuerdings ab und zu rumzieht?«

»Meinst du Ferdinooond?« Ich sprach den Namen übertrieben Französisch aus. »Klar, kenn ich den. Der hält sich ja auch für Gottes Geschenk an die Frauenwelt.« Ich nahm noch einen Zug. »Er hat diesen kleinen Kugelarsch, wie ein Knödel …«

»Ein Köttbullar!«

»… und dazu das breite Kreuz, wahrscheinlich von der Kettensäge. Das passt überhaupt nicht zusammen.«

»Oben Holzfäller, unten Gigolo«, grinste Maart.

»Genau«, kicherte ich. »Und dazu dieses kleine feuchte Mündchen, voll eklig.« Ich schüttelte mich.

»Wie 'ne Rosette«, sagte Maart.

»Wie Trump«, sagte ich.

Wir prusteten beide los. Nachdem wir uns wieder eingekriegt hatten, sagte Maart: »Aber den meine ich nicht.«

»Nicht Ferdinooond?«

»Nein. Den kenne ich ja. Ich meine den, der sie immer mit dem schwarzen Dingsbums, dem schwarzen Jagular, abholt.«

»Jagular?«, wiederholte ich lachend.

»Lagu … Jagul … Scheiße, jetzt krieg ich's nicht mehr raus!« So langsam wirkte das Gras auch bei Maart.

»Maßanzug, Mitte dreißig oder geliftete vierzig, dunkles Haar und ein Ja-gu-ar, meinst du den?«, fragte ich.

»Ja, das Arschgesicht meine ich.«

»Den habe ich nur einmal gesehen«, sagte ich.

»Der sieht aus wie ein Zuhälter.«

»Ich dachte, Zuhälter fahren Amischlitten und tragen dicke Goldketten.«

»Du guckst zu viel Gangsta-Rap«, meinte Maart.

»Quatsch. So was guck ich gar nicht.«

»Nur die billigen Zuhälter sehen so aus. Die, die Edelnutten vermitteln, sehen so aus wie dieser Typ«, meinte Maart.

»Der mit dem Ja-gu-lar«, feixte ich.

Er boxte mich in die Seite, ich rempelte zurück.

Wir lachten. Dann küssten wir uns. Lächelten etwas verlegen. Küssten uns noch einmal.

Und natürlich passierte, was nicht hätte passieren dürfen. Wir landeten im Bett.

»Carolin?«

Ich sehe Dr. Davis an und blinzle, als wäre ich aus einem Traum aufgewacht.

»Ist Ihnen etwas eingefallen?«

»Nein. Nichts Wichtiges.«

»Sie kamen mir gerade ziemlich abwesend vor.«

Ich schüttle den Kopf und sage: »Auch am Montag haben wir nichts von Odile gehört und am Telefon war immer nur die Mailbox. Da haben Maart und ich angefangen, uns Sorgen zu machen.«

In Wirklichkeit war Odile am Montag noch nicht meine größte Sorge. Ich habe eigentlich gar nicht an sie gedacht, als ich im

Morgengrauen aufwachte, neben Maart in dessen zerwühltem Bett. Mir war sofort klar, dass das die Katastrophe war. Ich schlich mich hinüber in mein Zimmer und wünschte, ich könnte die Zeit zurückdrehen, den gestrigen Abend ungeschehen machen. Mir war hundeelend zumute. Ich wusste, dass es ab jetzt schwierig und verkrampft werden würde, so wie immer, wenn zwei Sex hatten, die besser keinen gehabt hätten. Man kann nicht Sex haben und dann wieder »alte Kumpels« spielen. Außer, wenn man Jan heißt, natürlich. Ich hatte in Groningen ein paarmal mitbekommen, wie WGs an solchen Geschichten zerbrachen. *Wie bescheuert kann man sein, das würde mir nie passieren,* hatte ich damals noch großspurig getönt.

Es war nicht so, dass ich nie daran gedacht hätte. Ich gebe zu, dass ich vom ersten Moment an zu spüren glaubte, dass da etwas wäre, zwischen Maart und mir. Ich weiß auch noch, dass ich ziemlich geplättet war, als Veronika das erste Mal auftauchte, um »die Neue« in Augenschein zu nehmen. Und dass wir uns vom ersten Moment an nicht leiden konnten. Das mit Maart war nicht dieses rasende Verliebtsein, bei dem man zum Zombie wird und an nichts anderes mehr denken kann. Es war mehr so ein Gefühl, ein Wunsch wie: Wäre schön, könnte sich vielleicht ganz gut entwickeln. Die ganze Zeit hatte ich im Stillen gehofft, dass ihm irgendwann die Augen aufgehen würden, was Veronika betraf.

Aber so, wie es jetzt gelaufen war, war es einfach nur scheiße!

Ich wagte mich erst aus meinem Zimmer, als Maart schon gegangen war. Die Uni hatte Ferien, aber er leitete einen Vorbereitungskurs für künftige Erstsemester. Der Kurs wird gut bezahlt und er braucht das Geld, sein Jäger-Vater hält ihn kurz.

Ich versuchte, Odile anzurufen, und sprach ihr auf die Mailbox, sie solle sich, verdammt noch mal, bei mir melden.

Danach überlegte ich, wie ich jetzt mit Maart umgehen sollte. Wie er sich wohl fühlte? Schuldig? Schlechtes Gewissen? Hatte er Angst, dass ich Veronika etwas erzählen würde? Er würde doch nicht womöglich das Bedürfnis haben, ihr diesen Ausrutscher zu beichten? Oder war er seit gestern Nacht in Liebe zu mir entbrannt und würde Veronika in den Wind schießen und ab sofort mit mir zusammen sein wollen?

Träum weiter, Carolin!

Ich hatte regelrecht Angst vor dem Wiedersehen mit Maart. Ich versuchte, ein bisschen zu lernen und an meiner Hausarbeit zu basteln, aber ich konnte mich nicht konzentrieren. Schließlich setzte ich mich vor die Glotze und schaute fünf Folgen *Sense8* auf Netflix.

Maart kam erst gegen neun Uhr abends zurück. Er schnappte sich eine Bionade aus dem Kühlschrank und setzte sich auf die andere Couch. Immerhin verkroch er sich nicht gleich in seinem Zimmer, wie ich befürchtet hatte. Ich hatte zwischenzeitlich eine kleine Ansprache vorbereitet: *Hör zu, Maart,* wollte ich sagen, *wenn du willst, können wir einfach so tun, als wäre nichts gewesen. Ich meine, wir wissen natürlich, dass es passiert ist, man kann es nicht ungeschehen machen und auch nicht aus dem Gedächtnis radieren, aber ich möchte nicht, dass es jetzt zwischen uns komisch und verkrampft wird. Wir sollten dieser Angelegenheit nicht mehr Bedeutung beimessen, als sie verdient. Ich werde natürlich niemandem etwas sagen, keine Sorge.*

Dazu würde ich ihn kumpelhaft angrinsen, so wie sonst auch. Vielleicht noch ein bisschen kumpelhafter als sonst. Damit er auch wirklich begriff, dass ich das ganz locker-flockig wegsteckte und echt keine große Sache daraus machen wollte.

Aber jetzt brachte ich keinen Ton heraus, ich konnte ihm nicht mal in die Augen sehen und er mir auch nicht.

Kurz, bevor unser Schweigen völlig peinlich werden konnte, fragte er: »Hast du was von Odile gehört?«

»Nein. Du?«

»Ich auch nicht. Hab ihr schon dreimal geschrieben und die Mailbox vollgequatscht.«

Ich sagte: »Sie ist sicher genervt, weil wir uns Sorgen um sie machen. Du weißt, das mag sie nicht. Vielleicht will sie ein Exempel statuieren, damit wir sie künftig in Ruhe lassen.«

Maart meinte: »Ja, klar nervt sie das. Aber bisher hat sie noch jedes Mal geantwortet, und wenn es nur das Mittelfinger-Emoji war.«

»Was sollen wir tun?«

»Keine Ahnung.« Er trank seine Bionade aus, stand auf und ging die Treppe runter in sein Zimmer.

Ich setzte mich aufs Achterdeck und heulte ein bisschen.

»Hat sie sich bei dir gemeldet?«, fragte Maart am nächsten Abend, es war der Dienstag.

»Nein. Ich hätt's dir sofort geschrieben.«

Ich saß mit meinem Rechner demonstrativ am Esstisch. Wenn Maart mir weiterhin aus dem Weg gehen wollte, dann musste schon *er* sich verkriechen, ich würde meine Gewohnheiten nicht ändern.

Maart war gerade nach Hause gekommen und machte sich belegte Brote. Es sah aus, als würde er sein Essen mit runternehmen wollen. Ich merkte, wie ich anfing, mich darüber zu ärgern. Würde das jetzt ewig so weitergehen? Würde er mir aus dem Weg gehen und mich nur noch als lästig empfinden, weil mein Anblick ihm ein schlechtes Gewissen machte?

Das kann ja heiter werden. Am besten fange ich schon mal an, mir eine neue WG zu suchen …

In diesem Moment vermeldete mein Handy eine neue WhatsApp-Nachricht. Auch Maarts Handy hatte gepiepst. Die Nachricht kam von Odile.

Hey, folks, I will be traveling for a while and can not always contact you. See you soon, love, Odile.

Ich drückte auf Anrufen. Mailbox. Ich probierte es übers normale Mobilfunknetz. Mailbox. Ich tippte zurück: *Ruf an, sofort!* Schickte es auch noch als SMS.

Maart machte dasselbe.

Minutenlang starrten wir auf unsere Displays.

Dann sagte Maart: »Denkst du, was ich denke?«

»Das hat nie im Leben Odile geschrieben«, sagte ich.

»Sie hätte höchstens so was wie *geht mir nicht auf den Sack* geschrieben«, meinte Maart.

»Das zum einen. Und es kommt keine einzige Abkürzung vor und kein holländisches oder französisches Wort«, ergänzte ich.

Odiles Textnachrichten glichen einem Geheimcode, es hatte bei mir Wochen gedauert, ehe ich in der Lage gewesen war, ihre Abkürzungen und den Drei-Sprachen-Mix einigermaßen zu entziffern.

»Nicht ein einziges Emoji«, erkannte Maart. »Und dieses Englisch … Das klingt nach Google-Übersetzer.«

»Jetzt mach ich mir richtig Sorgen«, gestand ich. »Wer, bitte schön, schreibt von ihrem Handy und geht dann nicht ran?«

»Wir müssen was unternehmen«, meinte Maart.

Mein Herz machte einen idiotischen kleinen Hüpfer, denn von seinem Satz war bei mir vor allem das Wörtchen *wir* haften geblieben. Wenigstens hatten wir jetzt einen handfesten Grund, wieder miteinander zu sprechen. Falls er einen Plan hatte, würde er ihn mir bestimmt verraten, sofern er endlich einmal damit aufhören könnte, an dem Riesenstück Gouda herumzusäbeln.

Ich wartete. Multitasking ist eben nicht jedermanns Sache.

Endlich fand er seine Sprache wieder. »Wir müssen zur Polizei gehen.«

»Polizei?«, wiederholte ich erschrocken. »Sie wird stinksauer sein, wenn wir die Polizei alarmieren.«

»Hast du eine bessere Idee?«

»Nein. Aber lass uns noch bis morgen damit warten.«

»Ja, klar. Hast du gedacht, ich geh jetzt da hin?«

Nein, habe ich nicht. Aber das hätte man auch einen Tick freundlicher sagen können, grollte ich.

»Hast du irgendwas zu Veronika gesagt?«

Seine Frage durchzuckte mich wie ein Stromschlag.

»Was? Was meinst du?«

»Du weißt schon. Wegen der Sache von neulich …« Sagte er zum Kühlschrank. So bemerkte er wenigstens nicht, wie ich vor Verlegenheit rot anlief.

Die Sache von neulich. So nannte er es also. Der Begriff stieß mir übel auf, aber was hätte er denn sonst sagen sollen? *Unserer heißen Liebesnacht?*

»Nein, natürlich nicht«, antwortete ich scharf und dachte: *Wann denn auch?*

Sie war seit Sonntagabend noch nicht wieder hier gewesen, und ich wusste nicht, ob ich es schaffen würde, mich ihr gegenüber unbefangen zu verhalten. Ich hasste Veronika nicht genug, um mein Wissen um Maarts Betrug auszukosten, während sie ahnungslos war. Im Gegenteil, es belastete mich und sie tat mir sogar irgendwie leid. Dachte er, ich schreibe ihr eine WhatsApp-Nachricht: *Ätsch, ich habe mit deinem Freund geschlafen?* Wofür hielt der mich eigentlich?

»Wie kommst du darauf?«, fragte ich.

Widerstrebend gestand Maart, dass auch Veronika seit Samstagabend die Kommunikation mit ihm eingestellt hatte. »Ich war schon zweimal an ihrer Wohnung, aber sie war nie da.«

»Was haben Lotte und Julian gesagt, wo sie ist?«

»Julian ist in Griechenland und Lotte ist schon ausgezogen.«

Stimmt, da hatte es neulich eine atmosphärische Verstimmung gegeben, ich hatte es am Rande mitbekommen. Wäre es nach Veronika gegangen, würde Maart jetzt in Lottes Zimmer wohnen. Aber er wollte nicht. Wegen Odile, wie Veronika vermutete. Die Ironie des Schicksals ließ mich ein wenig in mich hineingrinsen: Da hat Veronika die ganze Zeit ein wachsames Auge auf Odile, und dann steigt ihr Freund mit der harmlosen, netten Carolin ins Bett.

»Vielleicht hat sie nur nicht aufgemacht«, sagte ich.

»Das wäre ja …« Er verschluckt den Rest.

Kindisch, ergänzte ich in Gedanken und sagte: »Sie wird bei einer Freundin sein und dort schmollen.«

Nein, um Veronika machte ich mir keine Sorgen. Hinter ihrem zur Schau gestellten hilflosen Kleinmädchengehabe verbarg sich eine pragmatisch denkende Person, die sehr gut auf sich selbst aufpassen konnte. Bei Odile, so mein Verdacht, verhielt sich das genau umgekehrt.

Ein dumpfer Knall ließ mich zusammenzucken.

Maart hatte aus Versehen das Senfglas von der Arbeitsplatte gewischt. Für einen Moment stand er regungslos mit gesenktem Kopf da und schaute das Senfglas an, als sei gerade etwas sehr Kostbares in tausend Stücke zerbrochen. Dabei war es noch vollkommen heil.

Er hob es auf, nahm den Teller mit den belegten Broten und schickte sich an, die steilen Stufen hinabzugehen.

»Maart!«

Die freie Hand auf dem Treppengeländer, blieb er stehen. Zum ersten Mal seit Tagen begegneten sich unsere Blicke. Seiner wirkte weidwund und gleichzeitig voller Ablehnung. Bestimmt nahm er an, dass ich ihm nun eines dieser Gespräche aufdrücken wollte, die die meisten Kerle fürchten wie der Teufel das Weihwasser.

Ich brachte wenigstens einen kleinen Teil meiner vorbereiteten Rede an. »Maart, ich finde, wir sollten *der Sache von neulich* nicht mehr Bedeutung beimessen, als sie verdient.«

Er nickte und rang sich ein schiefes Lächeln ab. »Okay.«

»Okay«, sagte ich und lächelte genauso maskenhaft wie er.

Den ganzen Abend und die halbe Nacht grübelte ich über die seltsame Textnachricht. Gleichzeitig hoffte ich, doch noch das Türschloss zu hören und gleich danach Odile, die auf hohen Hacken die Treppe hinunterklappert. Ich hätte sie gerade so dringend gebraucht, als Puffer zwischen Maart und mir. Aber alles blieb ruhig und am nächsten Morgen war Odile immer noch weg.

Sprachmemo von Maart, 14. August

Ich bin gerade ziemlich neben der Spur. Erst hören wir tagelang nichts von Odile, dann kommt diese seltsame Nachricht, die definitiv nicht sie geschrieben hat. Ich muss zugeben, in den ersten Tagen war ich noch nicht übermäßig besorgt, eher sauer, aber jetzt sieht das anders aus. Besonders, wenn man Odiles Umgang bedenkt, und ihre Angewohnheit, sich jedes Scheißzeug reinzuziehen, das man ihr auf diesen versnobten Partys unter die Nase hält. Außerdem weiß ich ein paar Dinge über Odile, von denen Carolin keine Ahnung hat.

Carolin.

Da ist am Sonntag diese blöde Sache passiert. Das war so wirklich nicht geplant, ich weiß auch nicht recht, wie es dazu kam. Na ja, oder doch. Ich gebe zu, manchmal spukte es mir schon durch den Kopf, wie es wäre ...

Bisher war es zwischen Caro und mir unkompliziert, und ich weiß nicht, ob das jetzt immer noch so ist. Sex verdirbt ja meistens alles. Scheiß Gras!

Der Sex war übrigens ziemlich gut, soweit ich mich erinnere.

Carolin meinte zwar, wir sollten kein großes Ding daraus machen, und da war ich sofort ihrer Meinung. Zuerst dachte ich, es könnte wirklich klappen. Mit Jan hat sie es ja auch prima hingekriegt.

Aber ich bin nicht Jan und natürlich funktioniert es nicht. Sie benimmt sich anders als vorher. Schleicht irgendwie ständig um mich herum mit diesem halb schuldbewussten, halb fordernden Hundeblick.

Ich weiß nicht, was sie sich vorstellt, dass wir jetzt eine *Beziehung* haben? Ich bin ja trotzdem noch mit Veronika zusammen, das muss ihr doch klar sein.

Deshalb versuche ich, ein bisschen Abstand zu halten und auf Distanz zu gehen, doch ausgerechnet jetzt rückt Caro mir ständig auf die Pelle. Komme ich von meinem Tutorial nach Hause, sitzt sie schon am Tisch, als hätte sie den ganzen Tag auf mich gewartet. Ich mache mir Frühstück – Caro erscheint auf der Bildfläche, obwohl sie ausschlafen könnte.

Dass Veronika ebenfalls gerade abgetaucht ist, juckt Caro natürlich gar nicht. Okay, um fair zu sein: Es juckt mich auch nicht groß. Wäre nicht das erste Mal, dass sie mir tagelang aus dem Weg geht, um mich für irgendwas zu »bestrafen«. Um sie mache ich mir keine Gedanken.

Aber Odile ...

Ich dreh noch durch.

Wir müssen zur Polizei, es führt kein Weg daran vorbei.

9

AUCH ZUR SOMMERFRISCHE HIER?

Mittagspause. Tom das Pferd holt mich aus dem Sprechzimmer ab und begleitet mich zum Speisesaal. Ich äußere den Wunsch, statt zu essen lieber einen Spaziergang im Park zu machen. Er antwortet, ich dürfe nicht allein in den Park.

»Dann komm doch mit. Hofgang unter Aufsicht, sozusagen.«

»Dafür habe ich keine Zeit. Ich bin ja schließlich nicht dein persönlicher Butler.«

»Scheißladen!«

Er reagiert nicht. Bestimmt hat er ein dickes Fell und hier schon ganz andere Sachen zu hören bekommen. Oder ich habe als Irre aus Block C Narrenfreiheit.

Ich bin stinksauer, denn ich will wirklich gern raus. Ich brauche dringend frische Luft, außerdem will ich mich da draußen nach einem Fluchtweg umsehen, für den Fall, dass Maart mir nicht helfen will oder nicht helfen kann. Aber vor allen Dingen mag ich nicht in den Speisesaal. Dort ist es jetzt wahrscheinlich voll und alle werden »die Neue« anstarren und sich fragen, warum ich wohl hier bin.

Aber Tom lässt mir keine Wahl – außer Essen auf dem Zimmer, und das will ich auf gar keinen Fall riskieren. Wer weiß, wann ich dann wieder rauskomme, womöglich erst morgen früh. Dr. Davis hat nämlich gemeint, es sei nicht sicher, ob er heute Nachmittag noch eine Stunde für mich erübrigen könne. Ich sei nun einmal nicht seine einzige Patientin.

Ja, es ist voll im Saal und viele starren mich an. Ich ignoriere die Blicke und marschiere hoch erhobenen Hauptes zur Essensausgabe. Sollen sie doch glotzen, dann habe ich es wenigstens hinter mir. Unterwegs halte ich Ausschau nach einem freien Tisch, aber ich kann keinen finden. Na, super! Woher soll ich wissen, zu wem ich mich setzen kann?

Es ist nicht so, dass ich fürchte, jemand würde mich angreifen. Es ist eher die Befürchtung, dass etwas Peinliches passieren könnte. Ich finde es schon immer extrem unangenehm, wenn ich auf der Straße Leuten begegne, die offensichtlich nicht alle Tassen im Schrank haben und laut vor sich hin schimpfen oder seltsame Reden halten. Ehrlich gesagt, machen die mir doch immer ein bisschen Angst. Hier schimpft zwar gerade niemand vor sich hin, aber man weiß nie …

Ich entscheide mich für Bandnudeln mit Pilzragout. Ich brauche Kohlenhydrate für meine Nerven.

»Na, Werteste, immer noch hier?« Ben alias Norman Bates grinst mich triumphierend an, als ich meinen Teller davontrage. Der hat mir jetzt gerade noch gefehlt! Noch immer nirgendwo ein freier Tisch.

»Möchtest du dich zu uns setzen?«

Alles in mir schreit *nein,* aber ich nicke schicksalsergeben und er begleitet mich zu seinem Tisch. Auch die Dame im Tüpfelkleid sitzt dort, neben ihr die Magersüchtige und ihr gegenüber ein Typ mit strähnigem Haar.

Es ist derselbe Tisch wie schon heute früh, der mit der 17 auf dem Metallschildchen und dem Lilienstrauß in der Mitte.

»Darf ich vorstellen? Das ist Carolin. Carolin, das sind Wilhelmine und Fleur. Und das ist Luuk.«

Luuk hat ein schmales Wieselgesicht, das irgendwie verschoben wirkt, wie ein Porträt von Picasso. Er starrt mich mit gesenktem Kopf von unten herauf an. Ich nicke nur, ich mag seinen Blick nicht. Ich warte darauf, dass Ben noch von irgendwoher einen freien Stuhl organisiert, aber stattdessen sagt er: »Luuk, du wolltest gerade aufstehen und der Lady deinen Platz anbieten.«

Luuk, der hastig seinen Schokopudding mit Flan in sich hineinschaufelt, antwortet: »Ich bin aber noch nicht fertig.«

»Doch, bist du!«

»Kein Problem, Leute, ich setz mich woandershin«, sage ich und schicke mich an, die Kurve zu kratzen, da höre ich, wie Miss Magersucht Luuk anherrscht:

»Luuk, geh auf dein Zimmer und spiel mit deinem Wurm!«

Ich rechne damit, dass es jetzt Ärger gibt, aber Luuk schnappt sich sein Schälchen und den Löffel und kuscht wie ein Hund, dem man einen Stein nachgeworfen hat.

Ich sehe ihm nach. Das Ganze gefällt mir überhaupt nicht. Sicher ist Luuk jetzt sauer auf mich. Ich habe zwar keine Ahnung, wie lange ich noch hier sein werde, aber wer will schon Feinde unter Psychiatrie-Patienten haben?

»Verzeihung«, sagt Ben zu mir. »Nimm Platz, Carolin.«

Zögernd setze ich mich auf den Stuhl, der noch unangenehm warm ist von Luuks Körper. »Warum hast du nicht einfach noch einen Stuhl dazugeholt?«, frage ich ihn.

»Stühle dazustellen sehen die Kellner gar nicht gern«, sagt Wilhelmine. »Der Mann hatte hier sowieso nichts verloren.«

Mit gemischten Gefühlen beginne ich, meine Nudeln zu essen. Wilhelmine ist dabei, einen Apfel zu schälen und in schmale Schnitze zu zerteilen, die sie vor Fleur hinlegt. Fleur, die Blume. Vielleicht war sie das mal. Jetzt ist nur noch ein dürrer Grashalm übrig. Ihre langen, knochigen Finger schnappen nach den Apfelstückchen und sie steckt sie sich brav in den Mund. Was wird das, Bindungsvertiefung durch Handfütterung? Wenn sie kaut, kann man sehen, wie sich ihre Kieferknochen unterhalb der Schläfen bewegen. Ich muss mich zwingen, nicht dauernd hinzusehen. Wie ein Totenschädel! Vor ihr steht ein halb voller Teller Tomatensuppe.

»Kommen Sie vom Sport?«

Ich sehe Wilhelmine verwirrt an, aber dann kapiere ich: der Trainingsanzug. »Nein«, antworte ich der alten Dame. »Ich habe nur nichts anderes hier. Deshalb haben sie mir den Trainingsanzug gegeben.«

»Der ist nicht von hier«, sagt Fleur. Sie hat genug von dem Apfel und legt den nächsten Schnitz von Wilhelmine auf meinen Tellerrand. Das finde ich zwar ein bisschen übergriffig, aber nachdem ich gesehen habe, wie sie vorhin mit Luuk umgesprungen ist, esse ich den Apfel lieber auf und frage: »Bist du sicher?«

»Die geben einem immer die blauen Kittel.«

Nachdenklich kaue ich auf dem nächsten Apfelschnitz herum. Demnach muss man mir den Anzug in der Untersuchungshaft gegeben haben. Ich trage Sträflingskleidung! Doch das ist nicht einmal das Schlimmste. Irgendjemand hat mich aus- und wieder angezogen wie eine Puppe! Herrgott, warum nur kann ich mich daran nicht erinnern?

»Du musst dir wegen Luuk keine Gedanken machen«, sagt Ben. »Der will das so.«

»Er will, dass ihr ihn schlecht behandelt?«, frage ich zweifelnd.

»Er will bestraft werden«, sagt Fleur.

»Wofür?«

»Sein kleiner Bruder ist bei einer blöden Mutprobe ums Leben gekommen«, erklärt Ben. »Luuk fühlt sich schuldig und findet, dass er in den Knast gehört. Es tut ihm gut, wenn wir so tun, als wäre er im Knast und außerdem in der Hackordnung ganz unten.«

»Aha«, sage ich.

»Man muss das nicht verstehen«, meint Fleur.

»Mein lieber Norman«, wendet sich Wilhelmine nun flüsternd an Ben. »Sagen Sie, wissen Sie etwas über diese drei Mohammedanerinnen?«

Mein Blick ist dem Wilhelmines gefolgt. Zwei Tische weiter glucken drei tief verschleierte junge Frauen zusammen.

»Das sind Syrerinnen«, klärt Ben seine Tischgenossin auf. »Sie haben sie doch schon gesehen, Wilhelmine. Die sind schon seit zwei Monaten hier.«

»Die waren schon mal im Restaurant?«

»Ja, schon öfter.«

»Sind die auch zur Sommerfrische hier?«

Ich muss mir ein Grinsen verkneifen, während Ben erklärt. »Ich nehme es doch an, ja. In Syrien ist es um diese Jahreszeit unerträglich heiß.«

Wilhelmine blinzelt verwirrt und macht Anstalten aufzustehen, Ben springt auf und hilft ihr in die Höhe. »Danke, Norman, Sie sind sehr freundlich. Ich muss mich entschuldigen, ich werde mich etwas hinlegen.«

Wilhelmine lächelt Fleur an, wobei die vielen Runzeln in ihrem Gesicht die Richtung ändern wie ein Schwarm Heringe: »Fleur, Sie kommen doch heute Nachmittag zu unserer Pokerpartie?«

»Nein, danke«, sagt Fleur. »Ich bin essgestört, nicht geisteskrank.« Sie lächelt nun auch und entblößt dabei eine Reihe viel zu großer Zähne. Sie hat große, blaue Augen mit langen Wimpern und eine Stupsnase. Bestimmt wäre sie mit zehn, fünfzehn Kilo mehr am Leib recht hübsch.

Ben begleitet Wilhelmine bis zur Saaltür, wo sie von einer jungen Pflegerin in Empfang genommen wird.

»Poker?«, frage ich.

Fleur nickt. »Sie zockt reihenweise die Leute ab, lass dich bloß nicht mit ihr ein.«

»Danke für die Warnung.«

»Wo ist dein Zimmer?«, fragt mich Fleur. »Dann bring ich dir ein paar Sachen zum Anziehen vorbei.«

Ich glaube zwar kaum, dass die mir passen werden, aber ich nicke und sage: »Das wäre echt super. Du kriegst sie auch wieder.«

»Ich brauche sie nicht mehr.«

»Sie ist in Block C«, sagt Ben, der sich gerade wieder zu uns gesetzt hat.

»Warum?«, fragt Fleur.

»Ich weiß es nicht«, gestehe ich. »Amnesie.«

Fleur sieht mich plötzlich voller Misstrauen an. Wahrscheinlich bereut sie ihr Angebot, mir Sachen von sich zu schenken.

»Du solltest wissen, dass eine Kamera in der Deckenlampe versteckt ist«, sagt Ben.

»Was?« Mein Blick wandert suchend nach oben, zum Kristalllüster, der in den Strahlen der Mittagssonne funkelt, die durch die hohen Fenster hereinscheint.

»Nicht hier. Auf den Zimmern in Block C. Falls du also irgendwelche Schweinereien veranstalten willst, dann sieh zu, dass du das unter der Bettdecke machst«, sagt Ben.

Mir gefallen weder seine letzte Bemerkung noch die Art, wie er mich dabei ansieht. »Da ist auch ein Bewegungsmelder«, sage ich. »Mitten in der Nacht ging das Licht an.«

»Ja, ich weiß.«

Demnach war also auch Ben schon in Block C. Immerhin hat

er seine Mutter mit einem Beil erschlagen, das könnte der Grund dafür gewesen sein. Aber wieso bin ich dort?

»Wie war's bei Dr. Davis?«, will er jetzt wissen.

»Er will mir nicht sagen, warum ich hier bin. Das gehört anscheinend zu seiner *Methode.*«

»Ja, er lässt einen gern im Unklaren, unser *Mr. Scheißfreundlich.* Pass bloß auf, der Kerl ist mit allen Wassern gewaschen, der schleicht sich wie ein Krebsgeschwür in dein Hirn.«

Die drei syrischen Mädchen stehen synchron auf und verlassen im Gänsemarsch, dicht hintereinander, den Speisesaal.

»Arme Dinger«, flüstert Ben. »Man munkelt, dass sie aus den Fängen des IS befreit wurden. Man mag sich ja nicht vorstellen, was die dort mit denen gemacht haben.« Bei diesen Worten sieht er mich erneut mit diesem Hannibal-Lecter-Blick an, dass es mir eiskalt den Rücken hinunterläuft, und fragt im nächsten Moment: »Will jemand Nachtisch? Ich hol mir noch welchen.«

Ich schüttle den Kopf. Ich werde nicht ganz schlau aus Ben. Spielt er den Psychopathen nur oder blitzt er tatsächlich ab und zu bei ihm durch? Fleur steht auf und hebt die Knochenhand. »Man sieht sich.«

»Bestimmt«, seufze ich.

Je länger ich hier bin, desto mehr schwindet mein Glaube an Maart als meinen Retter in der weißen Rüstung. Wie auch? Wenn ich quasi als U-Haft-Ersatz hierhergebracht wurde, dann wird er rein gar nichts ausrichten können, um mich hier rauszuholen.

Die syrischen Mädchen geistern mir noch im Kopf herum, und dabei wird mir klar, dass hier drin nicht nur »Irre« sitzen, sondern auch ganz normale Menschen, denen das Leben so dermaßen übel mitgespielt hat, dass sie allein nicht mehr damit zurechtkommen. Plötzlich höre ich im Geist Dr. Davis' Stimme:

Sie leiden an einer Amnesie, möglicherweise ausgelöst durch Drogen oder durch ein Trauma. – Es ist ein Schutzmechanismus, das ist ganz normal. – Ihre Kleidung wurde von der Polizei beschlagnahmt, zur Sicherung forensischer Spuren …

Ich fange an zu zittern.

Ein Trauma, das schlimm genug ist, um eine Amnesie auszulösen. Ein so schreckliches Erlebnis, dass das Hirn das Geschehene sozusagen aus dem Arbeitsspeicher verbannt und auf einer externen Festplatte ablegt, auf die man keinen Zugriff mehr hat.

Eine Vergewaltigung. Das würde alles erklären.

Nein! Nein, das kann nicht sein. Das müsste ich doch gemerkt haben. So etwas merkt man doch, selbst wenn man sich nicht erinnert. Oder?

Nein, das ist Unsinn. Ich hatte keinerlei Verletzungen, keine blauen Flecken, keinen einzigen Kratzer. Ich mag zwar Blut an meinen Händen gehabt haben, aber es war offensichtlich nicht meines.

Wessen Blut war es dann?

»Du bist blass, Carolin, geht's dir nicht gut?«, fragt Ben.

»Nein, nicht wirklich«, stoße ich hervor. Ich halte es nicht länger aus hier drin und vor allem nicht in seiner Gegenwart. Luft, ich brauche Luft. Vom Speisesaal führt keine Tür nach draußen, aber irgendwo muss es eine geben. Diese Yogatruppe von heute Morgen ist doch auch im Park gewesen.

Auf dem Flur laufe ich natürlich prompt Tom in die Arme.

»Madame Carolin. Wohin des Weges?«

»Ich muss an die Luft, ich kippe sonst gleich um.«

»Das Thema hatten wir doch schon.«

Ich schlucke meinen Ärger hinunter und frage Tom, wo ich den Nachmittag verbringen kann, wenn ich nicht in den Park darf und nicht in meiner *Zelle* eingeschlossen sein will.

»Es gibt den Aufenthaltsraum und die Bibliothek. Oder ich sehe mal, ob in einem der Kunstkurse noch ein Platz frei ist.«

»Bibliothek klingt verlockend«, sage ich.

»Wie Madame wünschen. Aber bleib dort und geistere nicht im Haus herum, sonst kommst du in die Gummizelle.«

Es gibt hier wirklich ein paar Witzbolde zu viel, denke ich missgelaunt.

Der Raum ist etwas verwinkelt und sieht aus, wie man sich die Bibliothek in einem englischen Herrenhaus vorstellt. Kein Wunder, dass Wilhelmine Tüpfelkleid glaubt, sie wäre hier zur Sommerfrische. Vor allen Dingen ist es angenehm still hier drin. Dunkle Holzregale klettern die Wände hoch, die oberen Etagen mit den in Leder gebundenen Exemplaren sind nur mit einer Leiter zu erreichen, die allerdings fehlt. Es gibt sogar einen Kamin, aber der sieht nicht aus, als hätte man ihn in letzter Zeit benutzt. An einem kleinen Tischchen spielen zwei ältere Männer Schach, in einem der Ledersessel kauert eine Frau und strickt, wobei sie stumm die Lippen bewegt. Sicher ein Zählmuster. Von mir scheint niemand Notiz zu nehmen, was mir absolut recht ist.

Was die Abteilung Belletristik angeht, hat man anscheinend in den Achtzigern aufgehört, Bücher nachzukaufen. Aber mir ist ohnehin gerade nicht nach Schöngeistigem, ich halte mich lieber an die Fachbuchabteilung. In einen der Sessel gekringelt lese ich alles, was ich über Amnesie finden kann. Zwei Stunden später hat sich zwar mein Wortschatz vergrößert, aber das alles hilft mir auch nicht groß weiter. Wird mein Gedächtnis zurückkommen – und wenn ja, wann? Zumindest besteht Hoffnung, das habe ich als Essenz der Recherche herausfinden können.

Ich schnappe mir einen anderen dicken Wälzer. *Atlas der Persönlichkeitsstörungen.*

Nach einer Stunde Lektüre ist mein Weltbild erschüttert. Geistesgestörte, wohin man schaut, und das nicht nur hier drin. Schätzungsweise fünf Prozent der Bevölkerung sind beispielsweise Psychopathen. Fünf Prozent! Das bedeutet: in jeder Schulklasse, in jedem Seminar, in jedem Straßenbahn- und ICE-Großraumwagen mindestens ein Psychopath! Ich habe es ja immer geahnt …Besonders erschreckend: Die wenigsten davon sind weggesperrt, im Gegenteil. Die Gefährlichen, Intelligenten sitzen an der Spitze von Unternehmen, Parteien, Verbrecherorganisationen und Staaten. Mir fallen da auch gleich ein paar prominente Beispiele ein.

Ich weiß überhaupt nicht mehr, wem ich noch trauen kann. Nicht einmal, was mich selbst betrifft, bin ich mir sicher.

Um vier kommt Tom und bringt mich in mein Zimmer. Im Aufzug fällt mir auf, dass der Knopf mit der 3 nur in Kombination mit einem Schlüssel funktioniert. Wohl, damit harmlose Gemüter nicht aus Versehen an so gefährliche Delinquenten wie mich geraten. Als der Lift hält und wir aussteigen, begegnen wir zwei anderen Pflegern, die einen Mann eskortieren. Sein Schädel ist kahl rasiert und er trägt eine Zwangsjacke. Ich habe so ein Ding noch nie im Original gesehen und bin so erschrocken, dass ich das Trio mit offenem Mund anstarre. Der Mann mit der Zwangsjacke fixiert mich aus kleinen, bösen Augen, bis sich die Aufzugtür schließt. Ich kriege Gänsehaut. Das also ist einer meiner Flurnachbarn.

»Jemand hat ein Geschenk für dich abgegeben.«

Zuerst denke ich, dass Tom den neuen Stuhl meint, der vor dem Tisch steht, aber nein, auf der Kommode liegt ein Stapel Klamotten: eine Jeans, zwei T-Shirts, ein Shirt mit Spaghetti-Trägern, eine Art Sport-BH und ein ärmelloses, sackartiges

Kleid in einem matten Grünton. Als ich die Jeans hochnehme, fallen ein schwarzer Kajalstift, ein Lipgloss, ein halb volles Döschen brauner Lidschatten und eine Wimperntusche aus der hinteren Tasche. Mir kommen vor Rührung die Tränen. Ein Mädchen, das mich kaum kennt und selbst genug Probleme hat, schenkt mir diese Sachen und verhilft mir dazu, mich wieder wie ein Mensch zu fühlen.

Fleur, überlege ich beim Anblick der Kleidung, muss bis vor Kurzem noch ganz normal ausgesehen haben. Oder sie kauft ihre Kleidung absichtlich zu groß, damit sie darin verschwinden kann. Warum nur isst sie nicht richtig, was steckt hinter dieser Selbstzerstörung? Sexueller Missbrauch? Oder nur zu viel *Next Topmodel* geschaut? Wie viel Selbsthass muss man empfinden, um sich selbst beim Verhungern zuzusehen? Oder ist es wie bei Junkies, hat ihr Wille längst keinen Einfluss mehr auf ihr Verhalten?

Mir fallen Odiles klapperdürre Model-Kolleginnen ein.

»Maggie und Laura gehen nach dem Essen aufs Klo und stecken sich den Finger in den Hals«, hat sie mir erzählt.

»Das ist pervers. Machst du das etwa auch?«, habe ich Odile gefragt.

»Sehe ich so aus?«, hat Odile entrüstet entgegnet. »Ich will nicht rumlaufen wie mein eigenes Röntgenbild. Für mich ist das Modeln ein Job, kein Lebenstraum.«

Danach haben wir uns einen Becher *Häagen-Dazs Belgian chocolate* geteilt.

Nein, auf Essen könnte ich nicht verzichten, und wenn meine Hosen anfangen zu kneifen, mache ich lieber Sport statt Diät.

Wild darauf, meine neue Garderobe anzuprobieren, ziehe ich mein Oberteil aus, als mir Bens Warnung einfällt.

Ich klettere auf den Stuhl und inspiziere die Deckenlampe.

Tatsächlich, da ist die Linse der Kamera, im Bewegungsmelder versteckt.

Na, wartet! Ich hole ein Utensil aus dem Bad, dann steige ich wieder auf den Stuhl und nehme eine kleine Manipulation vor.

Danach probiere ich das Kleid an. Es zwickt ein bisschen unter den Armen, aber es steht mir gut. Nicht übel. Die Jeans sitzt, obwohl es eine 36 ist und ich sonst 38 trage. Auch ich habe anscheinend in den letzten Tagen abgenommen. War das Gefängnisessen so miserabel? Die Hose ist ein bisschen kurz, aber man kann sie als 7/8-Modell durchgehen lassen. Auch die T-Shirts passen und dieses BH-Dings ebenfalls. Ich lasse das blaue T-Shirt und die Jeans gleich an und feuere den Trainingsanzug in die Ecke. Normal angezogen fühle ich mich schon gleich viel besser.

Ich will mich gerade schminken, als Tom ins Zimmer stürmt und anklagend auf den mit Zahnpasta beschmierten Bewegungsmelder blickt.

»Denkst du, du bist die Erste, der das einfällt?«, schnauzt er mich an.

»Ich lege Wert auf meine Privatsphäre.«

»Das ist hier nicht das gottverdammte Hilton! Die Kamera dient deiner Sicherheit.«

»Sicherheit am Arsch! Seid ihr alle Spanner, oder was?«, brülle ich ihn an. »So was kann doch nicht erlaubt sein!«

Tom zuckt mit den Achseln. »Jetzt weißt du es ja.«

Ich bin stinksauer. »Ich verlange, dass diese Kamera ausgeschaltet wird. Und ich will mein Licht einschalten, wann ich will!«

»Ist nicht meine Entscheidung.«

»Wessen dann?«

»Frag Dr. Davis. Wo du schon gerade so nett angezogen bist, kannst du gleich mitkommen, er hat noch etwas Zeit.«

»Wie gnädig«, sage ich und trotte wütend hinter ihm her.

Ich bin nicht die Einzige, die schlechte Laune hat. Vor dem Aufzug begegnet uns eine Frau mit kurzem, hennarotem Haar, um das sie ein blaues Tuch geschlungen hat.

»Hallo, Greta«, sagt Tom.

»Fick dich!«

Tom dreht sich um. »Sorry, Theresa. Hab dich verwechselt. Kommt nicht wieder vor.«

»Schön wär's, Schwachkopf.«

»Dir auch noch einen schönen Tag, Theresa.«

Wir gehen in verschiedene Richtungen weiter, wobei ich aus dem Augenwinkel sehe, dass Theresa den ausgestreckten Mittelfinger hochhält.

»Was war das denn?«, frage ich.

»Ein klassischer Fall von MPS.«

»Was?«

»Multiple Persönlichkeitsstörung oder auch Dissoziative Identitätsstörung«, erklärt Tom. »Man weiß nie, wen man gerade vor sich hat, es ist wie Roulette.«

»Du meinst, so wie bei Dr. Jekyll und Mr Hyde?«

»Genau.«

»Wow.« Ich drehe mich um, um das Monster noch einmal zu bestaunen, aber Theresa/Greta ist schon weg.

»Und bei der eben ist Greta der nette Dr. Jekyll und Theresa der fiese Mr Hyde?«

»Schön wär's«, seufzt Tom. »Nein, leider sind beides Biester.«

Sprachmemo von Maart, 16. August

Gestern waren Caro und ich auf der Wache in der Beursstraat. Ich kam direkt von der Uni, Caro hat schon auf mich gewartet. Wir sind sofort zusammen rein und haben unser Anliegen vorgebracht.

Mann, die haben sich da vielleicht überschlagen vor Eifer!

Man hat uns zuerst von einem Büro zum anderen geschickt, bis sich endlich so ein alter Sack in Uniform dazu herabgelassen hat, Odiles Personalien aufzunehmen und den Zeitpunkt zu notieren, an dem wir sie zum letzten Mal gesehen haben.

»Und was unternehmen Sie jetzt?«, hat Carolin gefragt.

Der Typ hat eine Weile herumgedruckst, und letztendlich hat er durchblicken lassen, dass sie erst mal nur abwarten. Eine erwachsene junge Frau, die offenbar freiwillig gegangen ist, da schlagen bei denen noch keine Alarmglocken, auch nicht nach vier Tagen. Caro hätte vielleicht nicht erwähnen sollen, dass Odile, als sie ihr auf dem Boot zuletzt begegnet ist, eine größere Umhängetasche dabeihatte und dass ihr Schminktäschchen aus dem Bad verschwunden ist. Das hat den Diensteifer von diesem Walross nicht gerade beflügelt. Er meinte, wir sollten unsere Telefonnummern dalassen, wir würden dann schon was hören, falls sich was ergibt.

Aber da ist Carolin echt pampig geworden. Sie hat verlangt, den Dienststellenleiter zu sprechen, und hat sich mit dem alten Sack richtig rumgezofft. Ich habe Caro noch nie so sauer und so penetrant erlebt, aber gut zu wissen, dass sie Eier hat.

Plötzlich kam ein jüngerer Typ, Ende zwanzig, Anfang dreißig, in Zivil aus einem der hinteren Büros und hat sich mit müder Stimme erkundigt, was da los sei.

Carolin hat ihn mit einem Wortschwall überschüttet und er hat uns in sein Büro gebeten, wahrscheinlich, damit endlich Ruhe ist.

Er hat sich als Kommissar Benedikt van Eyk vorgestellt. Er hat die

Figur eines Footballspielers, und mit seinem messerscharf gezogenen Scheitel hat er mich sofort an die FBI-Agenten aus alten Filmen erinnert.

Wir haben noch einmal unser Sprüchlein aufgesagt. Caro hat ihm die seltsame Chatnachricht gezeigt und dann aufgezählt, was sie heute schon alles in Sachen Odile unternommen hat. Nichts davon hat sie zuvor mir gegenüber auch nur mit einem Wort erwähnt. Okay, ich habe sie ja auch nicht gefragt, und vorhin, vor der Tür, war wenig Zeit.

Caro hatte bereits sämtliche Krankenhäuser in Amsterdam angerufen und sich nach Odile erkundigt und sie hat mit der Model-Agentur telefoniert, ob Odile vielleicht auf die Schnelle einen Auftrag bekommen hat und verreisen musste. Das ist nämlich schon vorgekommen, wenn ein anderes Model ausfiel. Ein Anruf, und Odile rein ins Taxi, ab zum Flughafen, und dann vier Tage Palma oder Tunis, um dort irgendwelche Klamotten zu fotografieren. Nur, dass sie von dort meistens Fotos geschickt hat und erreichbar war!

Van Eyk hörte Caro zu, die Augenlider auf Halbmast, er sah aus wie einer von den Hunden meines Vaters, der sich gegen den Schlaf wehrt.

Ich bin nicht ganz sicher, aber es kam mir so vor, als wirkte er auf einmal wacher, als Caro die Agentur Catwalk erwähnte. Er ließ sie den Namen wiederholen und machte sich eine Notiz in ein schwarzes, ledergebundenes Buch. Macht einen auf Hemingway, habe ich noch gedacht. Mir fiel ein, was Veronika neulich über Catwalk und über Odile gesagt hat, aber ich hielt meinen Mund. Bloß nicht auch noch Veronika in die Angelegenheit mit reinziehen!

Van Eyk fragte nach Fotos von Odile und Carolin zeigte ihm ein paar auf ihrem Handy. Es waren fast alles Partyfotos. Nicht besonders geschickt von ihr, denn dadurch entstand bei diesem Bullen garantiert ein recht einseitiges Bild von Odile.

»Ihre Freundin feiert wohl sehr gern«, hat er denn auch bemerkt.

Caro hat genickt und ihm auch gleich noch unter die Nase gerieben, dass Odile auch ab und zu Partydrogen einwirft. Ich habe sie unter dem Tisch mit dem Knie angerempelt und sie ziemlich finster angesehen, aber sie hat nur ganz leicht die Schultern hochgezogen und dann hat sie berichtet, dass sie vorhin bei Ferdinand in der Werkstatt war. Aber er sei nicht da gewesen.

Natürlich wollte van Eyk wissen, wer Ferdinand ist, und Carolin hat ihn als einen von Odiles *Gelegenheits-Lovern* bezeichnet und erzählt, dass er am Samstag stinksauer war und Odile sogar eine Flasche nachgeworfen hat.

Ich kann Ferdinand nicht leiden, aber trotzdem finde ich, Caro hätte das mit der Flasche nicht unbedingt erwähnen müssen. Bei ihr klang es nämlich, als wäre es ein Mordanschlag gewesen.

Der Bulle hat sich natürlich sofort daraufgestürzt und dann hat Carolin behauptet, sie hätte an Odile schon zweimal blaue Flecken bemerkt, am Rücken und an den Beinen.

Wie gesagt, ich bin wirklich kein Fan von Ferdinand, aber das wurde mir jetzt doch zu krass.

»Was redest du denn da?«, habe ich Caro gefragt, denn das mit den blauen Flecken habe ich zum ersten Mal gehört und mir ist das noch nie aufgefallen. Auch der Kommissar hat gleich die Ohren gespitzt.

Aber Carolin meinte das ernst. Sie, Caro, habe die Hämatome – sie sagte tatsächlich *Hämatome* – selbst gesehen, und Odile habe auf ihre Nachfrage hin behauptet, sie sei bei einem Fotoshooting von einem Podest gestürzt, und das andere Mal sagte sie, sie hätte sich mit dem Fahrrad hingelegt.

»Aber das sah nicht nach Fahrradsturz aus«, meinte Carolin, und ich habe mich gefragt, seit wann sie eine Expertin für Hämatome und deren Herkunft ist.

»Wie sah es denn aus?«, fragte van Eyk.

»Nach einem Typen, der jähzornig ist und sich womöglich nicht immer im Griff hat«, sagte Carolin.

»Bullshit«, platzte ich raus. »Du denkst doch nicht, dass sie sich das gefallen lassen würde? Wir reden hier von *Odile!* Der Typ könnte sein Testament machen.«

Caro hat mich mit einem Unschuldsblick angesehen und gemeint, sie habe es lediglich erwähnen wollen. So was soll ja schon vorgekommen sein, und was zwischen zwei Menschen vorgehe, könne man als Außenstehender nie wissen.

»Aber wir sind keine *Außenstehenden,* wir sind ihre Freunde!«, habe ich erwidert.

Caro hat van Eyk die Adresse von Ferdinands Werkstatt gegeben und erwähnt, dass sie dort mal mit Odile zum Feiern war. »Eine Vernissage, aber es war mehr eine wilde Party. Er macht Holzskulpturen. Mit der Kettensäge.«

Mir wurde es jetzt zu viel, ich sagte: »Sag doch gleich, dass er ihre Leiche zerstückelt und in die nächstbeste Gracht geworfen hat.«

Sie hat die Augenbrauen hochgezogen und gemeint: »Weiß man's?«

Der Bulle hat überheblich gegrinst, was mich noch mehr genervt hat. Aber die Gelegenheit war günstig, um van Eyk von dem Typen im Jaguar zu erzählen. Als ich das Wort *Jaguar* erwähnt habe, ist Caro ein bisschen verlegen geworden und ich wusste, woran sie dachte, und ich musste auch kurz daran denken. Dann habe ich mich wieder auf den Kommissar konzentriert und ihm gesagt, dass der Typ Alexander heißt, und ihm die Autonummer von dem Jaguar diktiert, die ich in meinem Handy notiert hatte.

Ich hätte ihm noch mehr sagen können. Zum Beispiel, dass ich den beiden vor zwei Wochen heimlich mit dem Rad nachgefahren bin. Ist bei dem Verkehr in Amsterdam gar kein Problem. Ja, über diesen smarten Alexander gibt es so einiges zu erzählen, und es würde mich nicht wundern, wenn er hinter Odiles Verschwinden steckt. Aber ich denke, die Autonummer reicht erst mal. Die führt automatisch zu seiner Adresse, und den Rest wird van Eyk dann schon rausfinden, schließlich ist er der Bulle, nicht ich. Es war auch so schon genug. Beide, Caro und er, haben mich ganz überrascht angesehen, und prompt wollte van Eyk wissen, warum ich mir die Autonummer notiert habe, und Caro auch, ich hab's ihr angesehen, obwohl sie nichts gesagt hat.

Also habe ich geantwortet: »Ganz einfach, weil mir der Kerl von vornherein nicht ganz koscher vorkam.«

Er fragte, ob sich Odile am Samstagabend womöglich mit diesem Alexander getroffen hat, aber das wussten wir beide nicht. Caro meinte, sie habe sie nur weggehen sehen, aber nicht, wohin, und ich war zu der Zeit leider damit beschäftigt gewesen, mich mit Jan und den Jungs zu besaufen.

»Möglich wäre es«, meinte Carolin. »In den Schuhen, die sie anhatte, ist sie jedenfalls bestimmt nicht weit gelaufen.«

Dann wollte van Eyk die Namen der Partygäste wissen.

»Wir kannten die Hälfte gar nicht«, sagte ich.

»Dann nennen Sie uns die, die Sie kennen.«

Ich habe damit angefangen, Namen aufzuzählen, und habe *extra* Veronikas Namen weggelassen. Habe Caro noch einen Blick zugeworfen, aber die hat mich einfach ignoriert und raustrompetet: »Und dann noch Veronika Anderhub, Maarts Freundin.« Dann hat sie gleich auch noch gepetzt, dass Veronika früher von der Party weggegangen ist. Ich hatte dabei den Eindruck, dass sie es genoss.

So kam eins zum anderen, und es passierte genau das, was ich hatte vermeiden wollen: Ich war praktisch gezwungen, van Eyk von unserem Streit zu erzählen, und weil er schon nach ihrer Handynummer fragte, musste ich ihm auch noch gestehen, dass sie momentan abgetaucht ist.

Ich weiß, wie so etwas für einen Bullen aussieht.

Wir haben ihm noch unsere Telefonnummern dagelassen, dann sind wir gegangen.

Draußen haben Caro und ich dann Krach gekriegt, aber so richtig. Ich will das jetzt nicht alles wiedergeben, ich will es eigentlich lieber vergessen.

Am Ende hat sie mich jedenfalls ein eingebildetes Arschloch genannt, und ich sie eine Intrigantin, und dann habe ich mein Rad geschnappt, mich umgedreht und bin davongefahren.

Ich muss sagen, ich bin so was von sauer auf Caro! Das mit ihr läuft gerade in eine völlig falsche Richtung.

10

SIE SIND NOCH NICHT SO WEIT

»Neues Outfit!«, begrüßt mich Dr. Davis. »Woher haben Sie das?«

»I know people in high places«, sage ich und lege sofort los: »Es ist ein Unding, dass man mir nicht sagt, dass eine Kamera im Zimmer ist! Ich bin überzeugt, dass das nicht zulässig ist. Ich will sofort raus aus diesem Block C. Vorhin war da ein Typ in einer *Zwangsjacke* auf dem Flur! Und erzählen Sie mir nicht, dass kein anderes Zimmer frei ist. Wenn das so sein sollte, dann rufen Sie bitte Kommissar van Eyk an. Dann möchte ich lieber in Untersuchungshaft. Vielleicht sagt man mir dort wenigstens endlich, was passiert ist.«

Mr Samtauge ist während meines Ausbruchs ruhig und mit vor dem Bauch verschränkten Armen sitzen geblieben. Zwischenzeitlich sind hier lose Sitten ausgebrochen, was man daran erkennt, dass er sein Jackett ausgezogen hat. Die Luft ist stickig, denn die Sonne scheint ins Sprechzimmer, schraffiert durch die herabgelassenen Jalousien. Jetzt kann ich nicht mal mehr in den Park schauen.

»Wollen wir eine Runde spazieren gehen?«, schlägt er vor. »Vielleicht kühlt sich draußen Ihr erhitztes Gemüt wieder ab.«

Nichts lieber als das. Aber Vorsicht! Vermutlich heißt seine Methode Zuckerbrot und Peitsche.

»Wird das ein Bestechungsversuch, damit ich Ruhe gebe?«

»Nein, ich wollte lediglich frische Luft schnappen.«

Wir nehmen den Aufzug, gehen den Flur entlang und durch eine weitläufige Eingangshalle mit einem Fliesenboden in Schachbrettmuster. Eine breite Flügeltür aus Eichenholz, in die ein Wappen geschnitzt ist, scheint der offizielle Eingang der Villa Rosengarten zu sein. An einer Wand steht eine Art Empfangstresen wie in einem Hotel. Nur die Fächer mit den Schlüsseln fehlen, stattdessen hängen dort Kunstwerke, die aussehen, als wären es Produkte der Maltherapie. Ein paar davon sind gar nicht so übel, nehme ich auf die Schnelle wahr.

Zwei Frauen halten die Stellung hinterm Tresen und versuchen, einen beschäftigten Eindruck zu erwecken, als wir die Halle durchqueren. Gegenüber dem Eichenportal gibt es eine kleinere Tür. Sie öffnet sich, als Dr. Davis eine Karte aus seiner Hosentasche holt und sie vor einen Scanner hält.

Draußen fülle ich erst einmal meine Lungen mit Sauerstoff, um den Anstaltsmief daraus zu vertreiben.

Zum ersten Mal sehe ich die Villa Rosengarten von außen. In der Mitte, eingerahmt von zwei Seitenflügeln, steht das Haupthaus, ein dreistöckiger Bau aus dem dunkelroten Backstein, der auch für die Häuser in Amsterdam typisch ist. Mit seinen Verzierungen, Vorsprüngen, Erkern und dem Schieferdach, das in der Spätnachmittagssonne silbrig glänzt, erinnert der Bau an einen altmodischen Hochzeitskuchen. Im ersten Stock muss das Sprechzimmer von Dr. Davis liegen und darüber die Bibliothek. Der linke Seitenflügel ist nüchterner gehalten und die Stockwerke sind niedriger. Das scheint der Wohntrakt der Insassen zu sein. Die Fenster des obersten Stockwerks sind vergittert. Ich zähle sechs Fenster, und da meines nach hinten rausgeht, gibt es vermutlich zwölf solcher Zellen. Der berüchtigte Block C. Im ersten und zweiten Stock vermute ich die Zimmer der harmlosen Fälle – Magersüchtige, Demente und Muttermörder. Im Erdgeschoss sieht es nach Therapieräumen aus.

Der rechte Seitenflügel besteht aus dem Speisesaal mit seinen schmalen, hohen Sprossenfenstern und der sich anschließenden Küche, die aussieht, als wäre sie erst später angebaut worden. Zwei junge Typen mit Kochjacken und Kochmützen stehen vor der Tür auf der Stirnseite des Anbaus und rauchen. An die Küche schließt sich der Nutzgarten an, vom Park getrennt durch einen niedrigen Lattenzaun. Unter einem Walnussbaum steht sogar ein Hühnerstall in einem Gehege aus Draht. Ein gutes Dutzend bunter Hühner scharrt im Dreck herum. Dahinter erstrecken sich Gemüsebeete. Zwei Frauen sind damit beschäftigt, Tomaten zu ernten, Luuk gräbt ein Beet um, beaufsichtigt von einem Typen mit einem großen Strohhut. Erst, als dieser hochschaut und den Hut zurückzieht, erkenne ich Ben. Er nickt mir verhalten zu, ich nicke kurz zurück. Dann schaut er Dr. Davis an und kreuzt seine beiden Zeigefinger, als gelte es, einen Vampir abzuwehren. Ich grinse verstohlen vor mich hin. Keine Ahnung, ob der Psychiater das mitgekriegt hat.

Im Park selbst ist jetzt richtig was los. Stimmt, wir haben ja heute Sonntag, fällt mir ein. Sämtliche Bänke sind besetzt von Leuten, die sich unterhalten, lesen oder nur ins Grüne blicken. Auf der Wiese wird unter viel Geschrei Fußball gespielt. Es sind zwei Mannschaften zu je fünf Leuten, auch drei Frauen sind dabei. Etliche Insassen scheinen Besuch von der Außenwelt zu haben, Kleinfamilien und Paare haben sich zusammengefunden. Ich kann nicht genau sagen, woran es liegt, aber ich glaube, ziemlich genau zu erkennen, wer Besucher ist und wer Insasse. Es hat etwas mit der Haltung und dem Blick zu tun. Trotzdem sieht es fast so aus wie in einem normalen Park an einem Sonntag, nur dass keiner grillt, kifft oder trommelt.

»Arbeiten Sie immer sonntags?«, frage ich Dr. Davis.

»Ich kann es mir einteilen. Und Ihr Fall, so schien es mir, duldet keinen Aufschub.«

Ich bin also eine interessante Laborratte, darauf kann ich mir was einbilden.

Unter einer ausladenden Buche sitzen die drei syrischen Frauen auf einer Decke. Auf ihren Knien liegen kleine Hefte. Vor ihnen thront Wilhelmine auf einem Klapphocker. Sprachfetzen in überdeutlichem Englisch wehen zu uns rüber. *What is your name? – My name is Jasina. – What time is it? – It's a quarter past three.*

Seltsam. Vorhin, im Speisesaal, hat sie die drei Frauen offenbar nicht wiedererkannt, und jetzt erteilt sie ihnen Englischunterricht?

Wir gehen den Kiesweg entlang in Richtung Teich und dabei schiele ich immer mal wieder rüber zur Mauer.

Sie umgibt den Park samt Gemüsegarten und dürfte fast vier Meter hoch sein. Stellenweise ist sie mit Efeu und wildem Wein bewachsen, der jedoch auf Schulterhöhe abgeschnitten wurde. Kein Stacheldraht, keine Glasscherben obendrauf. Kameras? Ich sehe keine, aber das heißt nicht, dass keine da wären. Die Backsteine sind alt und teilweise schon etwas brüchig, aus manchen Fugen hat sich der Mörtel gelöst.

Maart und ich sind fast jeden Samstag zusammen Bouldern gegangen und ich bin inzwischen recht gut darin. Ich müsste nur allein und unbeobachtet in den Park kommen. Aber die wissen wahrscheinlich, warum sie Kandidaten aus Block C nicht unbeaufsichtigt hier rauslassen.

»Wer bezahlt eigentlich für meinen Aufenthalt hier?«, frage ich Dr. Davis. »Doch nicht etwa ich oder meine Mutter?«

»Nein. Machen Sie sich deswegen keine Gedanken.«

Die mache ich mir aber doch. »Wieso bin ich ausgerechnet hier? Ich kann mir nicht vorstellen, dass die Polizei jeden Durchgeknallten automatisch in diesen Luxusschuppen hier bringt.«

»Nun, Sie hatten wohl Glück. In der staatlichen forensischen Psychiatrie war vermutlich kein Platz mehr frei. Der heiße Sommer … Da knallen die Leute massenhaft durch«, greift er schmunzelnd meine Wortwahl auf.

»Unter *Glück* verstehe ich zwar was anderes, aber wenn Sie meinen.«

»*Carpe diem«,* antwortet er. »In diesem Sinne: Wo sind wir heute Morgen stehen geblieben? Als Sie und Maart beschlossen haben, zur Polizei zu gehen, richtig?«

»Richtig«, sage ich. »Am Mittwochnachmittag sind wir zur Polizei gegangen und haben Odile als vermisst gemeldet.«

Ich erzähle Dr. Davis, was auf der Polizeiwache los war. Dabei habe ich immer noch einen Anflug schlechten Gewissens, weil ich bei der Sache mit Ferdinand so dick aufgetragen habe.

Was ich nicht erwähne, ist, dass Maart und ich uns hinterher gestritten haben. Es war furchtbar. Wenn ich schon Gedächtnislücken haben muss, dann hätte ich diesen Streit auch gern vergessen, aber leider erinnere ich mich an jedes Wort.

Als wir draußen unsere Fahrräder aufgeschlossen haben, hat Maart mich angepflaumt: »Du hast Odile vor diesem Bullen ganz schlecht aussehen lassen. Der hält sie jetzt für ’ne Schlampe, er wird sich kaum anstrengen, nach ihr zu suchen.«

»Das sollte keine Laudatio werden, sondern wir wollen, dass sie gefunden wird«, habe ich zurückgepflaumt.

Er wollte wissen, warum ich *ihm* das von Odiles blauen Flecken nicht erzählt habe, und ich antwortete: »Odile hätte das sicher nicht gewollt. Außerdem hast du mir ja auch nicht erzählt, dass du dir die Autonummer von diesem Alexander notiert hast. Was ich übrigens schon ein bisschen schräg finde.«

»Das ist nicht schräg, das war eine rein instinktive Vorsichtsmaßnahme! Und du siehst ja, dass sie nicht umsonst war.«

Das musste ich immerhin zugeben.

»Warum zum Teufel hast du nicht vorher mit mir abgesprochen, was wir sagen?«, hat er mich gefragt.

Da ist mir der Kragen geplatzt. »Ja, wann denn?«, habe ich ihn angefahren und ihm vorgehalten, er würde ja neuerdings nur noch das Nötigste mit mir reden und so etwas käme dann dabei heraus. Außerdem müssten wir uns nicht absprechen, wir hätten schließlich nichts zu verbergen.

»Natürlich musstest du unbedingt Veronika mit reinziehen, das hat dir richtig Spaß gemacht, was?«

Ah, daher wehte der Wind! Das war der eigentliche Grund, warum er so sauer war.

»Er hat nach den Partygästen gefragt. Hätte ich ihn anlügen sollen?«, habe ich, ganz die Unschuld, gefragt.

»Nein, aber den Mund halten, so wie ich«, hat er geantwortet.

Es stimmt. Ich habe seinen Blick auf der Wache sehr wohl bemerkt und auch richtig gedeutet. Aber ich hatte einfach keine Lust, wegen Veronika zu lügen oder etwas zu verschweigen.

»Was sollte das bringen?«, habe ich ihn angefahren. »Van Eyk wird dieselben Fragen Jan, Ezra, Paolo und den anderen stellen. Willst du denen allen den Mund verbieten, sollen die alle für Veronika lügen?«

Aber er schien taub zu sein für mein Argument, welches, wie ich fand, durchaus logisch war. Und Logik war normalerweise total Maarts Ding. Nur heute anscheinend nicht.

»Du weißt ganz genau, dass Veronika mit Odiles Verschwinden nichts zu tun hat, und der Streit, den wir hatten, auch nicht«, hielt er mir vor. »Das alles geht diesen Bullen absolut nichts an.«

»Von dem Streit hast *du* ihm erzählt«, erinnerte ich ihn.

»Aber nur, weil du es sonst getan hättest!«

»Das ist nicht wahr!«, wehrte ich mich, erbost über diese Unterstellung.

Seine Augen wurden schmal und der Blick, mit dem er mich ansah, jagte mir Angst ein. So hatte ich ihn noch nie gesehen. Es war nicht nur Wut, da war eine Furcht einflößende Kälte in seinen Augen und auch in seiner Stimme, als er zischte. »Gib es doch wenigstens zu! Das hast du mit Absicht getan, weil du sie nicht leiden kannst und ihr eine reinwürgen willst! Was sollte Veronika denn für einen Grund haben, Odile etwas anzutun?«

»Da gäbe es einige Gründe«, erwiderte ich, mittlerweile auf hundertachtzig. »Wie wär's mit einem Minderwertigkeitskomplex und krankhafter Eifersucht?«

»So ein Quatsch«, fuhr er mich an. »Wenn hier jemand eifersüchtig ist, dann doch wohl du!«

»Das ist lächerlich«, brüllte ich. »Ihr seid mir total egal, du und deine heilige Veronika.«

Jetzt wurde auch Maart laut: »Sie ist nun mal meine Freundin, finde dich damit ab!«, schrie er. »Daran hat sich rein gar nichts geändert.«

Wir haben dann noch ein paar unschöne Vokabeln ausgetauscht und dann ist er weggefahren.

Danach war ich völlig durch den Wind. Das Rad habe ich erst mal stehen gelassen und bin ziellos durch die Stadt gelaufen. Ich glaube, ich habe auch ein bisschen geheult.

Auch nach fast einem Jahr finde ich Amsterdam noch immer faszinierend, und normalerweise hebt es meine Stimmung recht schnell und zuverlässig, wenn ich mir einen Bummel entlang der

Grachten erlaube. Erst recht, wenn das Wetter so schön ist, wie es an diesem Tag war. Ich sehe mir die Häuser an, diese prächtigen Altbauten mit den wunderschönen Fassaden, die vom Reichtum der Stadt früher und jetzt zeugen, und ich frage mich, wer wohl das Glück hat, darin zu leben. Ich betrachte die Kunstwerke in den Galerien und die Schaufenster der vielen kleinen Geschäfte und Boutiquen. Ich freue mich über sorgfältig arrangierte Blumentöpfe auf den Stufen der Hauseingänge und über Vorgärten, kaum größer als ein Duschhandtuch, aber liebevoll gepflegt und mit Blumen bestückt – und manchmal auch mit weggeworfenen Coffee-to-go-Bechern. Ich gebe zu, ich linse auch gern im Vorübergehen in Fenster. Es interessiert mich, wie die Leute eingerichtet sind und was für Bilder an den Wänden hängen. In den noblen Häusern der namhaften Grachten sieht man oft riesige Bilder an den Wänden hängen, die meisten modern und abstrakt.

Keine Gardinen zu besitzen, ist eine wunderbare Angewohnheit der Holländer. Meine Mutter hat das lange Zeit auch so gehalten, obwohl die Nachbarn sie immer wieder darauf angesprochen haben. Das sei gefährlich, ob sie denn keine Angst hätte vor Einbrechern und Spannern? Irgendwann hat sie dann doch zur Straße hin Vorhänge aufgehängt und sie abends zugezogen.

Nein, es war nicht irgendwann. Es war kurz, nachdem sie ihre Krebsdiagnose erhalten hatte, und ich war in Panik geraten, denn ich nahm an, sie hätte die Vorhänge aufgehängt, damit ihr niemand beim Sterben zusieht.

Manchmal lehne ich mich ans Geländer einer Brücke und beobachte den Bootsverkehr auf den Grachten. Am liebsten aber schaue ich mir andere Hausboote an. Man sieht die irrsten Sachen auf Hausbooten: Bambuswälder, Gartenzwerg-Armeen, eine riesige Plastikkuh auf Kunstrasen, selbst gebaute Windmühlen, Hollywoodschaukeln, lebendige Hühner. Oft weht frische Wäsche im Wind, was besonders schön aussieht.

Außerdem liebe ich die Märkte in der Stadt. Wenn man nur lang genug in Amsterdam herumläuft, stößt man immer auf einen: Obst, Gemüse, Fisch, Blumen, Klamotten, Kunstgegenstände. Ich liebe Märkte. Nach einem Bummel durch die Innenstadt bin ich meistens auf eine angenehme Art müde und gut gelaunt.

Aber an diesem Tag wollte das einfach nicht klappen. Anstatt mich an Amsterdams Flair zu berauschen, ärgerte ich mich nur über die Rollkofferbande auf dem Weg zu ihren Hotels und Airbnb-Zimmern und die Selfiestick-Idioten, die mir überall im Weg standen. Hey, sage ich mir sonst beim Anblick der vielen Touristen, so ist das eben, wenn man in einer *very instagrammable city* lebt. Die achtzehn Millionen Besucher im Jahr müssen ja schließlich irgendwohin. Aber heute sah ich in ihnen nur eine Horde von Invasoren, die das zerstört, was sie und ich lieben, und das Scheppern ihrer Koffer auf dem Kopfsteinpflaster traf mich wie lauter kleine Hammerschläge. *Fucking overtourism!*

Sie waren natürlich nur ein Ventil, das wusste ich. In Wirklichkeit war ich fix und fertig wegen Maart. Seine Anschuldigungen, seine harten Worte, sein böser Blick hatten mich tief getroffen.

Sie ist nun mal meine Freundin, finde dich damit ab.

Das hätte er mir nicht sagen müssen, das war mir schon klar. Was mich so erschreckte, war die Art, wie er es gesagt hat. So gefühllos und voller Verachtung, als wäre ich eine lästige Stalkerin.

Dabei hatte ich immer angenommen, er mag mich. Wenigstens ein bisschen.

Ich musste daran denken, dass er noch vor wenigen Monaten

Odile angedroht hat, auszuziehen, wenn ich nicht einziehe. So was sagt man doch nicht einfach so.

Was hatte ich getan, das ihn so gegen mich aufgebracht hat? War es meine Affäre mit Jan? Oder hatte er wegen unseres Sündenfalls vom Sonntag ein schlechtes Gewissen und ließ es an mir aus? War es doch die Sache mit Veronika? Wahrscheinlich alles zusammen. Wahrscheinlich hatte ich ihn auf ganzer Linie enttäuscht.

Dr. Davis ist unter einer Buche stehen geblieben. Die Sonne veranstaltet ein Lichtspiel in den Blättern.

»War Maart denn nicht sauer, weil Sie dem Kommissar den Namen seiner Freundin genannt haben?«

Treffer, versenkt. War ja klar. Der Mann scheint hellseherische Fähigkeiten zu besitzen. Oder er hört einfach gut zu. Vor allen Dingen die Zwischentöne, das Nichtgesagte.

»Ja, war er«, murmele ich. »Wir hatten deswegen auch noch einen Disput, hinterher.«

»Ach ja?«

»Na gut, es war ein handfester Krach«, räume ich ein. Warum auch nicht. So etwas kommt ja in den besten Familien und WGs vor.

»Es ging Ihnen nicht nur um die Wahrheit, als Sie Veronika beschuldigt haben, oder?«

»Ich habe Veronika nicht *beschuldigt*«, widerspreche ich nun auch Dr. Davis, genau wie Maart. »Ich habe lediglich erwähnt, dass Veronika auch auf der Party war. Er hätte es doch sowieso erfahren.«

»Wäre es da nicht klüger gewesen zu schweigen?«

»Da muss ich Ihnen voll und ganz zustimmen. Aber manchmal ist man halt nicht klug.«

»Wenn man verliebt ist?«

Ich begnüge mich mit einem Achselzucken, weil ich merke, dass ich mich auf dünnem Eis bewege. Wohlweislich habe ich Dr. Davis bislang verschwiegen, dass ich Sonntagabend mit Maart im Bett gelandet war und seitdem diese angespannte Stimmung zwischen Maart und mir herrschte.

Aber er wechselt nun zum Glück das Thema: »Trauen Sie Veronika eine Gewalttat zu?«

Ich schüttle den Kopf. »Nein, nicht wirklich. Andererseits hört man das bestimmt auch öfters von Nachbarn von Serienkillern.«

Ich hoffe auf seine Zustimmung, aber er schweigt und wartet ab.

»Hätte mich umgekehrt jemand gefragt, ob ich für Veronikas Unschuld meine Hand ins Feuer legen würde, dann hätte ich das auch nicht gekonnt«, rechtfertige ich mich. »Jeder Mensch ist zu Dingen fähig, die man nie vorher von ihm gedacht hätte, oder?« Ich deute in Richtung Gemüsegarten. »Würde man unserem Norman Bates hier zutrauen, dass er seine Mutter mit einem Beil erschlagen hat, wenn man ihn so sieht? Oder nehmen Sie mich. Wer weiß, was ich getan habe? Als ich heute Nacht aufgewacht bin, hatte ich Blut an meinen Händen. Blut! Ich hab's abgewaschen und das Wasser war ganz rot.«

»Carolin …«

»Wussten Sie das?«, rufe ich aufgebracht. »Ja, klar wussten Sie das! Sie wissen ja offenbar alles, Sie wissen bestimmt auch ganz genau, was ich getan habe. Vielleicht bin ich das reinste Monster …«

»Carolin!«

»Was, Carolin?«, fauche ich ihn an. »Benehme ich mich wie eine Irre? Tja, ich bin ja wohl auch eine, sonst wäre ich nicht hier eingesperrt, auf Ihrer Zwangsjacken-Station. Was habe ich getan, verdammt noch mal? Sagen Sie's mir doch endlich! Können Sie denn nicht verstehen, wie mir das Angst macht?«

Er sieht mich mit festem Blick an. »Carolin, Sie beruhigen sich jetzt!«, sagt er in bestimmtem Tonfall.

Ich merke, wie mir die Tränen in die Augen schießen. Keine Ahnung, warum ich gerade jetzt so ausgetickt bin. War wohl alles ein bisschen viel in den letzten Stunden.

»Sie sind noch nicht so weit. Geben uns noch etwas Zeit, sich und mir.«

Maart kam an diesem Tag nicht mehr nach Hause und ich war froh darüber. Ich war noch immer so verletzt und wütend, ich wollte ihn am liebsten überhaupt nie mehr sehen.

Ich verbrachte den Abend zunächst allein auf dem Deck vor einem Windlicht, so wie am Sonntag mit Maart, nur ohne den Joint. Peter, Paul & Mary sonderten ihren typischen Geruch ab und ich saß in der Grasduftwolke und grübelte vor mich hin. Irgendwann tauchten Jan und sein Mitbewohner Ezra, ein Engländer, auf. Jan sah sofort, dass etwas mit mir nicht stimmte. Er lud mich auf ihr Boot ein, auf einen Drink. Ich ging mit, wir tranken Gin-Tonic und ich erzählte ihm, dass Odile immer noch weg war, dass wir uns Sorgen machten, und von unserem Besuch heute bei der Polizei.

»*Vermisstenmeldung?* Echt jetzt? Das klingt ja dramatisch. Seid ihr sicher, dass sie nicht nur irgendwo versumpft ist und einfach nicht daran denkt, sich mal zu melden?«

»Ich weiß es nicht. Ich weiß gar nichts mehr«, gestand ich. Ich hatte keine Lust, ihm von der seltsamen Chatnachricht zu berichten. Für den Moment wollte ich das alles ausblenden.

Jan schien es zu spüren. »Komm, trink noch einen G'n T.«

Weil ich nicht allein sein wollte und gerade ziemlich durcheinander und sehr anlehnungsbedürftig war, verbrachte ich die Nacht bei Jan. Dass ich in einer Woche mit zwei verschiedenen Typen schlafe, war auch ein Novum, und ich bin nicht unbedingt stolz darauf. Aber es waren schließlich besondere Umstände. Odile würde sagen: *So what?*

Wenigstens wusste ich, dass sich Jan hinterher nicht so saudumm benehmen würde wie Maart. Und falls er es doch tun sollte, wäre es mir egal.

Weil Jan nur ein netter, unkomplizierter Kerl war.

Weil ich Jan nicht liebte.

Sprachmemo von Maart, 17. August

Veronika hat sich wieder bei mir gemeldet. Sie war mit zwei Freundinnen in Paris und ist vorgestern, am Mittwoch, wiedergekommen. So etwas habe ich mir fast gedacht.

Ich bin von der Polizeiwache direkt zu ihr gefahren und war am nächsten Morgen noch bei ihr, als auch schon Kommissar van Eyk angerufen und sie zu sich auf die Wache zitiert hat.

Veronika ist im Grunde auch nicht viel besser als Caro: Sie hat van Eyk gleich brühwarm ihre Theorie zu Odiles Verschwinden erzählt: Odile sei möglicherweise in kriminelle Machenschaften verstrickt – Drogenhandel, Zwangsprostitution, so was in der Art – und verstecke sich vor der Polizei.

Was ist nur los mit diesen Weibsbildern, warum hacken die alle gegenseitig aufeinander rum?

Um nicht noch Öl ins Feuer zu gießen, habe ich Veronika lieber nicht gesagt, dass sie die »Einladung« zur Befragung Caro zu verdanken hat. Ich kann jetzt keinen Zickenterror um mich herum gebrauchen, ich habe andere Sorgen.

Je mehr Zeit vergeht, desto mehr habe ich das Gefühl, dass Odile in der Scheiße steckt oder, noch schlimmer, dass ihr was Schlimmes zugestoßen ist.

Dabei hatte ich so gehofft, dass mit Caros Einzug alles besser wird. Ach, Caro. Hoffentlich hat sie sich nicht in mich verknallt. Das wäre blöd und ausgesprochen hinderlich. Denn was auch immer sie sich einbildet – mir ging es von Anfang an nur um Odile …

Jetzt kann ich nur hoffen, dass unser zackiger Kommissar seinen Job ordentlich macht und sie dort findet, wo ich sie vermute.

Moment, ich muss mal kurz hoch, bei uns oben ist Rambazamba, irgendwer brüllt da rum. Hoffentlich nicht Caro und Veronika, die sich an die Gurgel gehen.

11

SO WAS WIE SEELENVERWANDTE

»Und Schachmatt!«

»Was, schon wieder? Das glaub ich jetzt nicht!«

Ben lässt ein freudloses Lachen hören und blickt trübsinnig auf das Schachbrett, gerade so, als hätte ich ihn geschlagen, und nicht umgekehrt.

»Vierundzwanzig Züge, um ein Pantoffeltierchen wie dich zu killen …«, seufzt er dann.

Pantoffeltierchen! Unverschämtheit!

»Hey, nun mal langsam, Mr Bates!«, protestiere ich. »Ich war zu Schulzeiten immer die Beste in unserer Schach-AG, mich fegt man normalerweise nicht einfach so weg.«

Er gibt ein prustendes Geräusch von sich.

»Was?«

»Ach, Carolin, du bist so witzig!«

Ich weiß zwar nicht, warum, aber schön, wenn er sich so freut.

»Ich war dreimal hintereinander Europameister und auf Platz acht der Weltrangliste, ehe ich hier gelandet bin«, erklärt er mit einem stolzen Unterton.

»Echt jetzt? Heilige Scheiße!«

»Tut mir leid, Teuerste. So ist das, wenn man sich mit dem Meister anlegt.«

»Gratuliere«, knirsche ich. Ich habe Ben nach dem Abendessen zu einer Schachpartie in der Bibliothek überreden können, obwohl er zuerst meinte, er wäre vollkommen aus der Übung.

»Willst du noch eine Abreibung?«, fragt er.

Ich schüttle den Kopf. Eigentlich ging es mir nicht um das Schachspiel, ich suchte nur einen Ort, an dem ich ungestört mit ihm reden könnte. Jetzt bricht es aus mir heraus: »Ben, ich muss hier weg!«

»Du willst wirklich in den Aufenthaltsraum und dir eine dieser lustigen Quizsendungen ansehen?«

»Das meine ich nicht.« Ich beuge mich über das Schachspiel. Er hat mich gerade zweimal im Nullkommanichts vom Brett gefegt. Ich bin normalerweise nicht so schlecht im Schach, aber heute bin ich wohl nicht konzentriert genug. Obwohl außer uns niemand in der Bibliothek ist, flüstere ich: »Ich muss raus aus der Villa Rosengarten. Meine Freundin braucht meine Hilfe.«

»Du erinnerst dich also wieder?«

»Nicht an alles. Aber ich denke, sie ist in Gefahr. Ich … ich spüre es.«

»Ach! Und nur du allein kannst sie retten!«, kommt es mit unverhohlenem Sarkasmus.

»Ich muss es wenigstens versuchen. Das ist … das verstehst du nicht, es ist eine lange Geschichte. Aber ich muss hier wirklich weg.«

Ben lehnt sich zurück und schlägt die Beine übereinander. »Du denkst also, das wäre so einfach, ja? Du denkst, wir alle sind hier, weil der Park so schön ist und das Essen so gut?«

Oje. Ichbezogen, wie er nun einmal ist, scheint er meinen Wunsch als persönliche Kränkung zu betrachten.

»Wilhelmine schon«, versuche ich einen Scherz und lächle ihn an.

Ich darf es mir mit ihm nicht verderben, er ist in diesem Laden hier mein einziger Vertrauter – ja, auch wenn sich das angesichts seiner Vorgeschichte makaber anhört – und er kennt sich gut aus. Beim Abendessen hat er mir erzählt, dass er zurzeit fast jeden Nachmittag im Gemüsegarten arbeitet. Vielleicht weiß er, ob und wie die Mauer gesichert ist, vielleicht kennt er eine Schwachstelle im System.

»Hier kommt man nicht raus, das ist der Sinn einer geschlossenen Psychiatrie. Außerdem, meine Teuerste, haben wir uns doch gerade erst kennengelernt. Ich möchte nicht, dass du gehst. Es ist so erfrischend, endlich mal ein neues Gesicht und jemand, mit dem man sich auf Augenhöhe unterhalten kann.«

»Was meinst du mit *Augenhöhe?*«, frage ich mit einem unguten Gefühl. »Denkst du, ich habe auch jemanden umgebracht?«

Ben setzt wieder sein wölfisches Grinsen auf, an das ich mich so ganz allmählich gewöhne. Ich möchte dieses Thema jetzt lieber nicht vertiefen. »Ben, darf ich dich was fragen?«

»Die Stimmen haben es mir befohlen«, sagt er. »Das wolltest du doch wissen: Warum ich meine Mutter umgebracht habe.«

»Äh, ja.«

»Siehst du, wir verstehen uns. Wir sind beinahe so was wie Seelenverwandte.«

»Die Stimmen?«, wiederhole ich.

»Oh ja. Mein Kopf war voll davon. Sie waren wie Untermieter, ungebetene Untermieter zwar, unkündbar und lästig manchmal, besonders die Kinder. Aber ich war wenigstens nicht allein.«

»Hattest du auch Bilder zu den Stimmen?«, frage ich. »Ich meine, waren es richtige Personen, konntest du sie auch sehen?«

Dies ist garantiert eine der schrägsten Unterhaltungen, die ich je in meinem Leben geführt habe. Dennoch ertappe ich mich dabei, wie ich über seine Schulter blicke, als erwartete ich, dass sich eine Schar Gespenster um seinen Sessel herum gruppiert.

»Ich konnte sie nicht wirklich *sehen,* nicht, wie ich dich jetzt sehe. Aber sie waren da, ich hatte keinen Einfluss darauf. Die Bilder waren plötzlich in meinem Kopf, zusammen mit der Stimme. Ich sah ihre Gesichter, die Gestalt, die Kleidung.«

»Hast du immer getan, was sie dir gesagt haben?«

»Sie haben mir nicht nur etwas *gesagt,* sie haben sozusagen das Steuer übernommen. Mein wahres Ich – wer immer das auch ist – war in solchen Momenten verschwunden oder zumindest nicht handlungsfähig.«

»Wie viele waren es?«

Er blickt nachdenklich zur Decke. »Sieben, acht, so um den Dreh, mal mehr, mal weniger. Manche waren sehr selten präsent, andere sehr oft.«

»Und das mit deiner Mutter …«

»Es war unausweichlich. Und sie hatte völlig recht.«

»Wer, sie – deine Mutter?«

»Nein. Die Stimme, die mir …« Er verstummt und ich bemerke, wie sich seine Finger in die Armlehnen krallen, und obwohl auch ich gerade eine innere Stimme höre, die mir sagt, dass ich jetzt besser den Mund halten sollte, frage ich: »Welche Stimme war es?«

»Eines der Kinder. Das kleine Mädchen, Rosie. Sie hatte blonde Zöpfe und Sommersprossen und trug immer ein rosa Kleid mit Rüschen. «

»Was hat Rosie gesagt?«

»Dass wir uns jetzt wehren müssen.«

»Wogegen wehren?«

Er zögert, dann sagt er: »Meine Mutter war keine besonders nette Mutter. Du willst nicht wissen, was sie alles mit mir gemacht hat.« Er fängt an, seine Hände zu verknoten, und wirft unruhige Blicke durch den Raum. Ich wünschte, ich hätte nicht gefragt. Wer weiß, was die Erinnerung daran bei ihm auslöst.

»Aber es gab doch auch andere Stimmen, harmlose«, sage ich rasch, um ihn aus seinen dunklen Gedanken zu reißen.

»Ja.« Er strahlt mich an. »Der Käpt'n zum Beispiel. Der hat mir beim Schachspielen die Züge eingeflüstert.«

»Verstehe«, sage ich. Aber dann kommt mir ein beunruhigender Gedanke. »Also … hast du deshalb gerade haushoch gewonnen?«

Ben grinst. Schweigt.

Ich finde es auf einmal gar nicht mehr so gut, dass wir allein in der Bibliothek sind. Da ich aber auch nicht weiß, wie es bei ihm ankommt, wenn ich mich jetzt allzu hastig verdünnisiere, beschließe ich, wenigstens das Thema zu wechseln, und frage: »Bist du auch bei Dr. Davis in Behandlung?«

Habe ich wirklich gerade *auch* gesagt?

»Ja, die Ehre wurde mir zuteil. Dieser Mistkerl zwingt mich seit fünf Jahren, diese Medikamente zu nehmen, die dafür sorgen sollen, dass ich keine Stimmen mehr höre«, sagt Ben.

Im Geist sehe ich den mürrischen Truthahn und sein Gefolge, wie sie Ben festschnallen und ihm irgendwas spritzen oder ihm gewaltsam den Mund öffnen.

Ben, der ähnlich wie Dr. Davis ein As im Gedankenlesen zu sein scheint, sagt: »Ich gebe alle drei Tage einen goldgelben Becher an meinen Pfleger ab – zusammen mit meiner Würde. Im Labor stellen sie dann fest, ob ich ein braver Junge war und meine Pillen genommen habe.« Er fängt an, ein bisschen irre zu kichern, und zeigt dabei auf mich. »Du hattest eben ganz schön Bammel, gib es zu.«

»Ein bisschen«, gestehe ich. »Bist du nicht froh darüber, dass die Stimmen weg sind?«

»Wer sagt, dass sie weg sind?«

»Ich dachte …«

»Keine Angst, sie sind weg. Ich fühle mich einsam ohne sie. Irgendwie nicht wie ich selbst.«

»Ich wäre lieber allein, als mich von Stimmen in meinem Kopf vollquatschen zu lassen«, gebe ich zu bedenken.

»Wie man's gewohnt ist«, meint Ben lakonisch. »Jetzt komme ich mir vor wie ein Zombie. Mein Hirn läuft nur noch auf Sparflamme.«

»Mir kommst du nicht vor wie ein Zombie«, versichere ich.

»Warum habe ich dann Mühe, gegen so Koryphäen wie dich zu gewinnen? Sorry, nichts für ungut.«

»Das mit deinen Medikamenten könnte man doch auch ambulant erledigen«, fällt mir ein. »Dazu müsstest du nicht hier sein.«

»Meine Rede. Doch unser verehrter Dr. Davis meint, ich wäre noch nicht so weit.«

»Den Satz habe ich heute auch schon gehört«, stoße ich wütend hervor. »Er will mir ums Verrecken nicht sagen, was vorgefallen ist, warum ich hier bin. Er meint, es wäre besser, wenn ich selbst mich erinnere. Und er sagt, dass ich vielleicht gar nichts Schlimmes getan habe, dass ich vielleicht nur eine Zeugin von etwas Schrecklichem war.«

»Ha!«

»Was? Das könnte doch sein«, beharre ich. Weil ich will, dass es so ist.

»Warum, glaubst du, bringt man dich in Block C unter? Harmlose Traumatisierte sind in Abteilung A, bei den kleinen Syrerinnen.«

»Er sagt, es wäre nichts anderes frei gewesen«, sage ich kleinlaut.

»Was für ein verlogener Sadist!« Ben lacht aus vollem Hals.

»Du kannst ihn echt nicht leiden, was?«

»Wer mag schon seinen Kerkermeister? Außer die Leute mit Stockholm-Syndrom, davon scheint's hier ein paar zu geben.«

Ich nutze die gelöste Stimmung und komme auf mein eigentliches Anliegen zurück: »Wie komme ich in den Park? Ich meine, ohne Aufpasser.«

Ben zuckt mit den Achseln. »Was nützt dir der Park? Da lungert immer irgendwer vom Personal rum. Und es gibt Kameras.«

»Überall?«

»Nein, nicht überall. Aber hast du zufällig die Mauer gesehen?«

»Ist mir aufgefallen. Ich bin gut im Klettern.«

»So gut wie im Schachspielen?«

»Es muss eine Möglichkeit geben«, beharre ich. »Das hier ist nicht Alcatraz.«

Sondern nur ein charmantes kleines Irrenhaus am Rande der Stadt.

»Wir müssen Schluss machen«, sagt Ben kurz angebunden und steht auf. »Wenn man um zehn nicht auf seiner Station ist, gibt's Ärger.«

»Ich wüsste nicht, welcher Ärger meine Situation noch toppen könnte«, knurre ich.

»Es ist besser, du lässt es nicht darauf ankommen.«

Mit dem Ratschlag, mir etwas zum Lesen aufs Zimmer mitzunehmen, lässt er mich stehen und geht hinaus.

In meinem Zimmer gibt es Neuerungen. Neben dem Bett steht ein Nachttisch mit einer ganz normalen Leselampe. Der Bewegungsmelder mit der Kamera ist mit einem schwarzen Tape zugeklebt worden. Offenbar gibt mir Dr. Davis einen Vertrauensvorschuss.

Ich habe mir einen Kriminalroman von Patricia Highsmith

aus der Bibliothek mitgenommen, aber ich merke, dass ich mich nicht darauf konzentrieren kann.

Ich denke an Maart. Hat er meinen Anruf schon gehört? Sicher. Was denkt er jetzt? Oder … oder weiß er längst, dass ich irgendetwas Schlimmes getan habe? Vielleicht ist er der Meinung, dass ich dort, wo ich jetzt bin, ganz richtig aufgehoben bin. Vielleicht ist er immer noch wütend auf mich.

Ach, Maart, wenn es nur zwischen uns nicht so blöd gelaufen wäre.

Erst nach ein paar Tagen, als ich wieder halbwegs normal mit Maart reden konnte, erfuhr ich Einzelheiten: Um ihre Schmollphase möglichst amüsant zu gestalten, war Veronika am Sonntagabend spontan mit zwei Freundinnen aus ihrem *Irgendwas-mit-Medien*-Studiengang nach Paris geflogen. Zum Shoppen. Klar, was kann man auch sonst in Paris machen? Zurück in Amsterdam, hatte sie die Lust am Beleidigtsein verloren, galt es doch jetzt, Maart ihre neuen Klamotten vorzuführen. Etwa um den Zeitpunkt herum, an dem ich wütend und gekränkt durch die Stadt gelaufen war, hatte Maart sich bereits in Veronikas Arme geworfen und sich mit ihr versöhnt. Und ist dann gleich in ihrer Wohnung geblieben.

Im Übrigen, so berichtete mir Maart Tage später, habe Veronika mit ihrem Spruch, die Agentur Catwalk würde auch Nutten vermitteln, nicht in erster Linie Odile beleidigen wollen, sondern die Agentur. (Wer's glaubt, wird selig!) Denn dort hatte sie sich als Model beworben und war abgelehnt worden. Odile hatte das mitbekommen und sie deswegen aufgezogen.

Das wiederum konnte ich mir gut vorstellen!

Ich merke, dass ich Tränen in den Augen habe. Ich weiß nicht, ob wegen der Erinnerung an diesen Streit mit Maart oder wegen meiner Situation. Die Arme um die Knie geschlungen sitze ich auf dem Bett, habe Angst vor der Nacht, die ich allein in diesem Zimmer verbringen muss, und Angst vor dem, was morgen und übermorgen geschehen wird. Angst vor der Wahrheit.

Sie sind noch nicht so weit.

Was ist so schlimm, dass er es mir nicht sagen kann? Was muss geschehen, damit er es mir sagt?

Ich bin nicht sonderlich gut im Bewältigen von Lebenskrisen, vielleicht hat sein geschultes Auge das sofort erkannt.

Als ich vierzehn war, erhielt meine Mutter eine Krebsdiagnose. Sie hat die Krankheit besiegt, nach einem Jahr ging es ihr wieder gut, aber ich werde nie die Angst vergessen, die ich um sie hatte, und auch um mich, falls sie sterben sollte. Es war eine so tief gehende, existenzielle Angst, wie ich sie nie zuvor und nie mehr danach empfunden habe.

In den Monaten, in denen meine Mutter eine Chemotherapie nach der anderen bekam und man nicht wusste, ob das alles helfen würde, habe ich keine besonders gute Figur abgegeben. Die Angst fraß mich von innen auf, ich konnte nichts tun, sie erfüllte mich voll und ganz, nichts anderes hatte mehr Platz. Meine Mutter hat mich angefleht, mir nicht so viele Sorgen zu machen und mich auf die Schule zu konzentrieren, damit täte ich ihr den größten Gefallen. Dennoch setzte ich sämtliche Klausuren in den Sand und musste die Klasse wiederholen.

Ich bin mit fünfzehn konfirmiert worden, und ich habe im Kirchenchor gesungen, weil es sonst keine Möglichkeit zum Singen gab. Trotzdem hatte ich immer große Zweifel an der Existenz eines Gottes, sei er nun lieb oder nicht. Doch damals habe ich gebetet. *Lieber Gott, falls es dich gibt …*

Nachdem es meiner Mutter tatsächlich wieder gut ging, habe ich Gott für dieses Wunder gedankt. Aber Dankbarkeit hat eine kurze Halbwertszeit und mein kritischer Verstand ließ sich auf die Dauer nicht abschalten, mein Weltbild nicht auf den Kopf stellen, nur weil diese eine Sache mit meiner Mutter gut ausgegangen war. Vielleicht war es ja doch die moderne Medizin und nicht der liebe Gott.

Jetzt gerade bin ich wieder an einem Punkt, an dem ich mir wünsche, ich wäre religiös und könnte aus tiefster Inbrunst an Gott glauben und zu ihm beten.

Lieber Gott, falls es dich gibt … lass Odile noch am Leben sein. Mach, dass ich bald hier rauskomme und sie finde …

Sprachmemo von Maart, 18. August

Mann, gestern war vielleicht noch was los bei uns!

Das Gebrüll, das ich bis in mein Zimmer gehört habe, kam von Ferdinand und Carolin. Hauptsächlich von Ferdinand. Ich rannte die Treppe hoch. Die beiden waren an der Tür, die zum Achterdeck rausführt, Ferdinand mit dem Rücken zu mir, deshalb hat er mich nicht gleich gesehen.

Er hat Caro angeschrien, wie sie dazu käme, den Bullen so einen Scheiß zu erzählen. Sie antwortete, dass er Odile immerhin eine Flasche hinterhergeworfen hätte. Außerdem sei er einer der Letzten gewesen, der sie am Samstag gesehen habe.

»Und?«, hat er sie angefahren. »Was denkst du dir jetzt aus in deinem Spatzenhirn?«

Ich gebe zu, einen Moment lang habe ich voller Schadenfreude gedacht: Tja, Caro, das kommt davon, wenn man Leute verpetzt!

Ferdinand ist einen Kopf größer als Carolin und er sah wirklich übel gelaunt aus. Caro hatte Schiss, das konnte ich ihr ansehen, aber sie blieb bemerkenswert ruhig und sagte, sie habe nur ihre Beobachtungen weitergegeben, nichts weiter. Und dann fragte sie ihn: »Ist dir eigentlich egal, dass Odile seit Tagen verschwunden ist?«

Es sah ganz danach aus, denn Ferdinand wollte lediglich wissen, was Caro der Polizei sonst noch über ihn und Odile erzählt hatte.

»Gar nichts«, antwortete sie.

Ich wollte mich schon gerade wieder verziehen, weil ich den Eindruck hatte, dass die Unterhaltung wieder in halbwegs zivilisierten Bahnen verlief, da hörte ich, wie Carolin sagte: »Aber es würde mich nicht wundern, wenn du Dreck am Stecken hättest.«

Warum, dachte ich, *warum kann Caro nicht einfach ihre Klappe halten, warum muss sie Leute unnötig provozieren?* Ich hatte nicht ganz zu Ende gedacht, da holte dieser Arsch aus und schlug Caro mit der flachen Hand ins Gesicht. Es hat richtig laut geklatscht und Caro hat geschrien und ihm dann, vermutlich ein Reflex, sofort auch eine geklebt. Das ging nur so klatsch – klatsch, im Sekundentakt.

Danach ist Ferdinand völlig ausgerastet. Er hat Caro geschüttelt wie einen Apfelbaum. »Was hast du den Bullen erzählt?«, hat er gebrüllt, ein paarmal hintereinander, als wäre sie taub. Und sie hat gerufen: »Au, du Arsch, lass mich los, ich habe gar nichts erzählt!«

Er hat aber nicht losgelassen und da musste ich eingreifen. Ich bin hin und habe ihn an seinen albernen Schmalzlocken gepackt und seinen Kopf mit einem Ruck zurückgerissen. Und wo ich ihn schon so weit hatte, habe ich ihm gleich noch eine gescheuert, richtig, mit der Faust ins Gesicht. Ich habe das bis dahin noch nie gemacht und kann es nicht empfehlen, denn es tut echt weh an den Knöcheln. Aber in meinem Inneren tat es gut, denn ich frage mich bis heute, warum Odile mit so einem Idioten rumvögelt. Sie hat wirklich einen grottigen Männergeschmack, ich muss es leider immer wieder feststellen.

Ich muss seine Nase getroffen haben, denn es hat beim Draufhauen geknirscht. Er hat mich angesehen, blanke Wut in den Augen, Blut lief ihm aus der Nase und ich dachte: So, Maart Verstappen, das war's jetzt für dich, gleich wird dich dieser Gorilla auseinandernehmen.

Aber Caro hat sich todesmutig zwischen uns gestellt und hat gebrüllt, er solle sofort abhauen, sie rufe sonst die Polizei.

Ferdinand hat sich die Nase gehalten – die hat wirklich geblutet wie Sau – und zu Caro noch gesagt: »Frag lieber mal deinen Freund hier nach Odile. Der ist doch völlig besessen von ihr.«

Ich war drauf und dran, ihm gleich noch eine zu verpassen, aber er hat sich umgedreht und ist tatsächlich gegangen.

Eigentlich war ich noch nicht wieder bereit, mit Caro zu reden, aber in dem Moment konnte ich nicht anders, sie war völlig neben der Spur, sie hat sogar geheult. Also hab ich gesagt. »Krieg dich wieder ein, es ist ja nichts Schlimmes passiert.«

»Nichts passiert?«, hat sie geschrien. »Der Kerl hätte mich womöglich umgebracht!«

Und ich – es tut mir inzwischen leid, das war nicht so toll von mir –, ich habe zu ihr gesagt: »Dann geh doch am besten gleich zu den Bullen und petze es.«

Sie hat mich nur traurig angesehen, und als sie damit fertig war, ist sie zum Kühlschrank gegangen und hat ein Coolpack aus dem Gefrierfach geholt. Ich dachte erst, dass sie es für ihre Wange benutzen will, denn die war immer noch rot, wo Ferdinands Pranke sie getroffen hat. Aber sie hat es mir gegeben, für meine Hand.

Sie hat mir plötzlich leidgetan, ihre Hände haben gezittert, ich glaube, sie hatte einen Schock, obwohl sie versucht hat, es runterzuspielen: »In alten Western trinken sie nach einer Prügelei immer einen Whiskey«, meinte sie.

»Wir haben keinen da«, sagte ich.

»Wie wär's mit Küstennebel?«

Das ist der Fusel, den sie aus Friesland mitgebracht hat. Sie wollte uns zwei Gläser einschenken, unsere Unstimmigkeiten sozusagen in Küstennebel ertränken, aber so einfach wollte ich es ihr nicht machen. Ich hatte mir vorgenommen, erst wieder mit ihr zu reden, wenn sie sich wegen der Veronika-Sache entschuldigt hat. Also habe ich abgelehnt und bin wieder runter, in mein Zimmer. Es ist mir nicht leichtgefallen, denn sie hat mich angeschaut wie ein junger Hund, den man vor dem Laden anbindet.

Jetzt tut es mir fast schon wieder leid.

Diesen Ferdinand soll der Teufel holen! Ich bin mir ziemlich sicher, dass er mit Odiles Verschwinden nichts zu tun hat, aber was zur Hölle redete er da für einen Scheiß, von wegen ich wäre besessen von Odile? Lächerlich! Das trifft viel eher auf ihn zu. Der ist zu allem auch noch so naiv, sich für ihren einzigen Liebhaber zu halten. Wäre er nicht so ein Arsch, hätte ich ihm vielleicht so einiges erzählt ...

Ich bin nicht *besessen* von Odile. Aber einer muss schließlich auf sie aufpassen. Nur hat es leider nicht viel genützt, und das ist es, was mich wahnsinnig macht. Ich habe meinen Job nicht gut gemacht.

Ich habe eine Ahnung, wo Odile sein könnte. Leider kann ich ihr dorthin, wo ich sie vermute, nicht folgen. Ich kann im Moment nur hoffen, dass Kommissar van Eyk seine Hausaufgaben gründlich macht.

12

DAS UNGEHEUER AN DER WAND

Kaum zu glauben, aber ich habe gut und lange geschlafen. Nur kurz vor dem Erwachen hatte ich wieder diesen abartigen Traum von dem Tisch und den Kerzen und den Gesichtern um mich herum und dem Wasser und dem Blut. Bleibt das jetzt so, werde ich jetzt jeden Morgen von diesem Traum geweckt werden?

Ich bin spät dran mit meinem Frühstück, der Saal ist schon fast leer. Nur Wilhelmine sitzt noch am Tisch und streicht dick Butter auf ihren Toast.

»Die Kellner sind heute wieder einmal sehr nachlässig«, klagt sie und sieht dabei sehr unglücklich aus.

»Soll ich Ihnen etwas holen?«, frage ich.

»Danke, nicht nötig«, meint sie. Dann hebt sie die Hand, schaut streng in Richtung Aufsichtspersonal und schnippt mit den Fingern. Ich unterdrücke ein Grinsen, aber das vergeht mir, als einer der Typen zu uns an den Tisch kommt und sich beflissen nach Wilhelmines Wünschen erkundigt.

»Gibt es noch diese bittere Orangenmarmelade?«

»Ich werde sofort nachsehen, gnädige Frau.«

Während ich noch denke, er verarscht sie, eilt er schon in Richtung Küche.

»War Fleur schon hier?«, frage ich Wilhelmine.

»Nein, leider nicht.«

Sie war gestern schon nicht beim Abendessen und ich habe mich bei ihr immer noch nicht für die Klamotten bedankt.

Eine junge Blonde mit einem Ring in der Nase kommt auf uns zu und stellt ein Schälchen aus Kristallglas, gefüllt mit Orangenmarmelade, auf den Tisch. »Haben Sie sonst noch einen Wunsch, Madame?«

»Nein danke, im Moment nicht«, flötet Wilhelmine.

»Wow«, sage ich. »Das probiere ich nachher auch mal.«

Wilhelmine schenkt mir ein gütiges Lächeln. »Orangenmarmelade? Die ist köstlich, ich kann sie nur empfehlen.«

Wenig später sitze ich wieder in meinem Sessel mit Aussicht auf den Park. Heute hängen die Wolken tief herab und der Park ist leer, auch die Yogagruppe ist nicht da. Ein grauer, deprimierender Montagmorgen. Wenn es mir nur gelingen könnte, an einem Vormittag in den Park zu gelangen. Oder am Abend …

Dr. Davis, der noch etwas mit seiner Vorzimmerdame zu tuscheln hatte, kommt herein.

Offenbar sind meine Gedanken ein offenes Buch für ihn, oder ich habe gar zu sehnsüchtig in die Ferne geschaut, denn kaum, dass er mir überschwänglich einen guten Morgen gewünscht hat, sagt er: »Das letzte Mal, dass uns jemand verlassen hat, der das nicht sollte, liegt schon vier Jahre zurück.«

»Und?«, frage ich, während ich hoffe, jetzt nicht rot geworden zu sein, »hat derjenige danach jemanden umgebracht oder Selbstmord begangen?«

»Die Person wurde ein paar Tage später von der Polizei aufgegriffen«, antwortet Dr. Davis mit Genugtuung, besonders als er hinzufügt: »Manchmal ist die Freiheit keine einfache Sache.«

Wahre Worte. Der Gedanke, Wilhelmines Beispiel zu folgen und mich für den Rest meines Lebens einem sanften Wahnsinn zu überlassen, hat etwas Verlockendes. Wenn man nicht gerade in Block C untergebracht ist, ist es hier doch gar nicht so schlecht, der sprichwörtliche goldene Käfig. Das Essen ist besser als in der Mensa, es gibt ein Sport- und Kunstprogramm, die Luft ist gut und der Park ist frei von Hundescheiße. Was will man mehr?

»Sie scheinen heute gut gelaunt zu sein«, bemerkt Dr. Davis. »Sie wirken viel aufgeräumter als gestern.«

»Danke, dass Sie die Kamera haben zukleben lassen«, sage ich.

»Das ist ein kleiner Vertrauensvorschuss.«

»Womit habe ich den verdient?«

»Ich finde, wir kommen gut voran.«

»Na ja …«

»Sie müssen Geduld mit sich haben. Ist Ihnen über Nacht noch etwas eingefallen?«

»Nur ein paar Details, nichts Weltbewegendes.«

»Immerhin«, lächelt er. »Wissen Sie noch, wo wir gestern stehen geblieben waren?«

Bei Veronika und meinem Streit mit Maart, fällt mir ein, aber ich habe keine Lust, das zu vertiefen. Also erzähle ich ihm lieber von Ferdinands Auftritt.

»Ihre Freundin Odile scheint einen Hang zu den bösen Jungs zu haben«, stellt Dr. Davis am Ende fest.

»Das können Sie laut sagen«, antworte ich und denke: *Dabei ist Ferdinand noch nicht einmal der Schlimmste.*

»Wie haben Sie sich danach gefühlt?«

Ich finde es immer wieder erstaunlich, dass die Augen von Dr. Davis gleichzeitig forschend und sanft sein können.

»Ich hatte echt Angst vor dem Kerl. Hinterher war ich total zitterig und ich hätte am liebsten geheult. Keine Ahnung, was passiert wäre, wenn Maart nicht dazugekommen wäre.«

»War das Ihre erste Erfahrung mit körperlicher Gewalt?«

»Meine Eltern haben mich nie geschlagen, falls Sie das meinen. Und soweit ich mich erinnere, habe ich mich auch nie ernsthaft geprügelt. Also ja.«

»Waren Sie wütend auf Ferdinand?«

»Wütend? Ich hätte ihn umbringen können!«

Was rede ich denn da? Ich muss wirklich besser auf meine Wortwahl achten. »Ich meine, klar war ich wütend auf ihn.«

Von diesem Vorfall zu sprechen, ist mir unangenehmer, als ich dachte. Ich sehe dann gleich wieder Ferdinands wutverzerrtes Gesicht vor mir und spüre das Brennen des Schlags auf meiner Wange und das Brennen der Demütigung in meinem Innern.

»Hat dieser Ferdinand noch etwas gesagt, bevor er ging?«

Mich durchzuckt ein kleiner Stromschlag. Wieso fragt er das?

»So genau weiß ich das nicht mehr. Ich denke nicht, dass er uns einen schönen Tag gewünscht hat, er war ziemlich aufgebracht.«

»Aber er hat etwas über Maart und Odile gesagt, nicht wahr?«

Der Mann wird mir langsam unheimlich. Woher zum Teufel weiß er das? Ich habe es extra nicht erwähnt, und Kommissar van Eyk habe ich den Vorfall mit Ferdinand von vornherein verschwiegen. Es wissen nur Ferdinand, Maart und ich davon. Das ist gruselig. Ben hat schon recht, man kann diesem Psychiater nicht trauen. Aber immerhin rückt er wenigstens nach und nach mit dem heraus, was er weiß. Woher auch immer.

Dr. Davis schaut mich erwartungsvoll an.

Ich gebe klein bei. »Bevor Ferdinand ging, sagte er so ungefähr: *Frag doch deinen Freund Maart nach Odile. Der ist doch völlig besessen von ihr.*«

Dr. Davis lächelt wie eine Sphinx. »War Veronika nicht ebenfalls dieser Ansicht?«, setzt er noch einen drauf.

»Von *Besessenheit* habe ich sie nie reden hören. Veronika kann es lediglich nicht ertragen, dass eine Frau, die besser aussieht als sie, mit ihrem Freund zusammenwohnt, das ist alles.«

»Gut, Veronika mag eifersüchtig gewesen sein, aber wie kommt Ferdinand denn dann zu so einer Behauptung?«

»Woher soll ich das wissen?«

»Vielleicht von Odile selbst?«

»Quatsch!«, entschlüpft es mir. »*Er* war besessen von Odile. Er hat wahrscheinlich in jedem Mann in ihrer Nähe eine Konkurrenz gesehen.«

»Dieser Ferdinand schien mir in erster Linie Angst zu haben, dass Sie der Polizei etwas über ihn und Odile erzählt haben könnten. Wissen Sie, was das sein könnte?«

»Nein. Aber ich könnte mir gut vorstellen, dass Ferdinand in krumme Geschäfte verwickelt ist.«

»Was für Geschäfte?«, bohrt Dr. Davis nach.

»Drogen, zum Beispiel. Aber es ist nur eine *Vermutung*«, betone ich.

»Können Sie sich vorstellen, dass Ihre Freundin Odile bei diesen Geschäften mit von der Partie ist?«

Ich zögere. »Na ja. Odile ist keine Heilige. Ganz ausschließen kann ich das nicht. Aber wenn, dann nur, um jemandem einen Gefallen zu tun. Sie ist bestimmt keine professionelle Dealerin.«

»Es würde zumindest sein Verhalten erklären.«

Ich zucke mit den Achseln.

»Haben Sie Kommissar van Eyk davon erzählt?«

Ich schüttle den Kopf.

»Warum nicht?«

»Ich wollte nicht, dass das Ganze eskaliert.«

Dr. Davis schlägt eine Kaffeepause vor und ich bin einverstanden. Vielleicht schaffe ich es, noch mal zu telefonieren. Aber wen soll ich überhaupt anrufen? Meine Mutter auf dem Handy, um ihr den Urlaub zu versauen? Kommt nicht infrage! Meinen Vater? Auf gar keinen Fall! Seine Nummer wüsste ich sowieso nicht auswendig.

Aber die Gelegenheit ergibt sich erst gar nicht. Dr. Davis streckt dieses Mal nur den Kopf durch die Tür und bestellt den Kaffee bei seinem Vorzimmer-Bonsai.

»Was sagt Ihnen der Name *Abraxas?*«

Ich will mir gerade die zweite Tasse Kaffee eingießen und halte mitten in der Bewegung inne. Ich spüre, dass wir uns dem Kern der Sache nähern, dem Rand des schwarzen Lochs in meinem Gedächtnis.

Gestern in meiner Angst und Panik war ich nicht sicher, ob ich ihm davon erzählen sollte, aber nachdem ich eine Nacht darüber geschlafen habe, ist mir klar, dass ich wohl nicht darum herumkommen werde, wenn ich hier Fortschritte machen will. Denn es kann gut sein, dass das Abraxas der Dreh- und Angelpunkt der ganzen Sache ist. Ich fürchte fast, es ist so.

Ich merke, wie es mir schwerfällt, die richtigen Worte zu finden. Ich taste mich vorsichtig heran und sage zunächst: »Abraxas ist eine Zeichnung an der Wand in Odiles Zimmer, ein vogelartiges Fabelwesen. Ich fand es immer ziemlich unheimlich, nur wusste ich zuerst nicht, dass das Ding Abraxas darstellen sollte. Sie wissen schon, diesen Gott oder Dämon, oder was auch immer dieses Ungeheuer für die alten Ägypter war.«

»Kenne ich«, nickt Dr. Davis.

»Aber Abraxas ist auch noch etwas anderes …«, beginne ich.

Dr. Davis nickt mir aufmunternd zu und sieht dabei schon wieder aus, als hätte er das schon gewusst.

Ich hingegen merke plötzlich, dass es mir beim Gedanken daran ganz heiß wird und mir etwas die Kehle zuschnürt. Hastig trinke ich einen Schluck vom kalt gewordenen Kaffee.

»Ganz ruhig, Carolin«, sagt Dr. Davis und lächelt mir aufmunternd zu. »Erzählen Sie der Reihe nach. Lassen Sie sich Zeit.«

Es war Samstagvormittag, Tag sieben nach Odiles Verschwinden. Vor genau einer Woche waren Odile und ich noch mit Sandra auf Shoppingtour gewesen, danach hatten wir uns für die Party aufgebrezelt.

Ich war allein. Maart war zu Veronika gefahren. Seit ihrer Rückkehr aus Paris hatte sie sich noch nicht wieder bei uns auf dem Boot sehen lassen. Bestimmt hatte Maart das eingefädelt, um zu verhindern, dass wir beide uns in die Wolle kriegen. Oder er befürchtete, ich würde Veronika verraten, dass er mit mir geschlafen hatte.

Von van Eyk hatte ich seit unserem Besuch vor drei Tagen nichts gehört und ich wurde langsam ungeduldig und meine Sorge um Odile wuchs. Gleichzeitig fürchtete ich mich davor, dass er mit ernstem Gesicht vor der Tür stehen könnte …

Tat er überhaupt etwas? Ja, doch, er hatte Ferdinand und Veronika befragt, aber hatte er sich auch diesen Alexander vorgeknöpft, dessen Autonummer ihm Maart gegeben hatte?

Ich wusste nichts mit mir anzufangen. Lernen ging gar nicht, ich konnte mich auf nichts konzentrieren, aber mich interessierte auch nichts anderes. Die Frage nach Odiles Verbleib erfüllte von Tag zu Tag mehr mein Leben. Sie war überall. Sie war schon da, wenn ich morgens die Augen aufschlug, sie stieg wie ein Flaschengeist aus meiner Kaffeetasse, sie sprang mir in fetten Lettern auf dem Display meines Smartphones entgegen, sie tanzte auf den Wellen, wenn ich übers Wasser schaute, sie drang aus dem Radio des Messie-Nachbarboots, und wenn ich ein Buch aufschlug, las ich dick und fett gedruckt: *Wo ist Odile?*

Ich malte mir in Endlosschleifen allerlei Szenarien aus. Das häufigste war: Odile ist auf einer dieser Schickeria-Partys und zieht sich einen üblen Stoff rein, sie fällt ins Koma, sie ist tot, und irgendwelche Leute, die nicht gern mit der Polizei zu tun haben, schaffen ihre Leiche weg, lassen sie auf Nimmerwiedersehen verschwinden. Ich sehe ihren Körper am Grund dümpeln, das lange Haar treibt wie ein Fächer im grünlichen Wasser hin und her. Seltsamerweise sehe ich sie nie unter der Erde, immer ist es im Wasser. Ist ja auch das Naheliegendste, hierzulande.

Beinahe hätte ich Kommissar van Eyk gar nicht aufs Boot gelassen. Ich war ängstlich und vorsichtig, Ferdinands Attacke lag erst einen Tag zurück und steckte mir noch in den Knochen. Außerdem hatte ich ihn auf den ersten Blick kaum erkannt. Ich dachte zuerst, er wäre ein Tourist, der das Hausboot sucht, auf dem man Zimmer mieten kann und das ein Pier weiter liegt. Deren Gäste verirren sich hin und wieder zu uns. Aber van Eyk hatte mich auf dem Deck erspäht und winkte, sodass ich näher kam. Nein, er machte nicht den Eindruck eines Todesboten. Er trug vielmehr Freizeitlook: Jeans, Segelschuhe, T-Shirt. Der Seitenscheitel war durcheinandergeraten, er sah ganz anders aus als im Dienst.

Zunächst kam es mir vor, als wäre er nur hier, um mir mitzuteilen, dass es nichts mitzuteilen gebe. Trotzdem fand ich es nett, dass er vorbeigekommen war. Ich fand auch ihn ganz nett und vertrauenswürdig. Ich naives Schaf konnte ja noch nicht ahnen, dass er mich in Kürze in die Psychiatrie einweisen lassen würde.

Ich bat ihn aufs Deck und setzte Kaffee auf.

Im schwülen Dunst von Peter, Paul & Mary, deren Existenz er kommentarlos zur Kenntnis genommen hatte – schließlich sind hierzulande bis zu fünf Pflanzen für jeden erlaubt –, saßen wir auf dem Achterdeck und tranken Kaffee. Er fragte nach dem Boot, auf dem Jans Party stattgefunden hatte, und ich deutete auf das Hausboot drei Liegeplätze weiter.

»Und dort drüben habe ich Odile zum letzten Mal gesehen.« Ich wies in Richtung Straße. »Sie stöckelte die Auffahrt hoch, und das war's.«

Er folgte meinem Blick und schien nachzudenken.

Während ich im Geist Odile mit ihrer großen Tasche über der Schulter davongehen sah, fiel mir plötzlich etwas ein: »Sie hat telefoniert. Als sie die Stufen raufkam und das Boot verließ, hat sie telefoniert.«

»Mit wem?«

»Weiß ich nicht. Aber es hörte sich an, als müsste sie jemanden beschwichtigen, der ziemlich sauer war.«

»Was sagte sie?«

»*Krieg dich wieder ein, wo ist das Problem? Was ändert denn das? Gut, ich bin ja schon unterwegs.* So was in der Art, an den genauen Wortlaut erinnere ich mich nicht. Sie klang für ihre Verhältnisse ungewöhnlich kleinlaut. Ich habe mich noch darüber gewundert, denn normalerweise legt Odile einfach auf, wenn ihr wer dumm kommt.«

»Was dachten Sie?«, wollte van Eyk wissen.

»Für mich klang es so, als hätte sie einen Termin für ein Fotoshooting verschludert. Andererseits – mitten in der Nacht?«

Er ließ das kurz sacken, dann fragte er, was ich über Alexander Djurkha wisse.

»Nichts.« Das war die Wahrheit. Zu diesem Zeitpunkt kannte ich nur seinen Vornamen und auch den nur durch Maart. Und dass er einen schwarzen Jaguar fuhr.

»Mir ist lediglich aufgefallen, dass Odile, wenn sie sich mit ihm traf, immer sehr elegant gekleidet und sorgfältig, aber eher dezent geschminkt war. Einmal habe ich sie aufgezogen und gefragt: *Geht's in die Oper?* Sie hat nur erwidert: *Und wenn es so wäre?* Sie war immer recht verschlossen, wenn es um Alexander ging, sie hat nie etwas von ihm erzählt.«

Van Eyk nahm dies mit einem Nicken zur Kenntnis.

»Waren Sie schon bei diesem Alexander Djur-Dingsbums?«, fragte ich gespannt.

»Djurkha. Ja. Aber er weiß angeblich nichts.« Van Eyk hat das Wort *angeblich* auf eine Art betont, die mir signalisiert, dass er ihm nicht glaubt.

»Was ist das für ein Name, woher kommt der?«

»Er ist Georgier. Lebt aber schon seit zwanzig Jahren in Holland.«

»Kann man denn nicht Odiles Handy orten?«, fragte ich.

Dazu, so van Eyk, brauche man eine richterliche Genehmigung, und dafür wäre es wohl noch zu früh.

Zu früh nach einer Woche?! Ich konnte es nicht fassen. »Wie viel Zeit muss denn vergehen? Ein Jahr?«, fragte ich bissig.

Er bat mich um Geduld. Dann trank er seinen Kaffee aus und wollte Odiles Zimmer sehen.

Wir stiegen die Treppe runter und ich zeigte ihm die Tür.

»Waren Sie seit dem Verschwinden von Odile da drin?«, fragte er.

»Ja«, gab ich zu. »Ich habe gehofft, einen Hinweis zu finden, wo sie sein könnte. Aber da war nichts.«

»War die Tür abgeschlossen?«

»Nein«, sagte ich. »Was eigenartig ist, denn normalerweise schließt sie ab, wenn sie geht.«

»Sie schließt ab?«, wiederholte er. »Immer?«

»Ja, ich denke schon. Ich prüfe das natürlich nicht jedes Mal nach, ich will ja auch gar nicht in ihr Zimmer. Es gehört zu den ungeschriebenen Gesetzen einer WG, dass man in den Zimmern der anderen nichts verloren hat.«

»Schließen Sie und Maart auch ab?«

»Ich nicht. Bei Maart weiß ich es nicht genau, aber ich glaube nicht.«

Er schien sich seinen Teil zu denken und ich knipste das Deckenlicht an. Normalerweise schaut man sich in einem fremden Zimmer erst einmal nach allen Seiten um, aber van Eyks Blick saugte sich augenblicklich an dem Wandgemälde fest, das die gesamte Wand hinter Odiles Bett einnimmt.

»Hat sie das gemalt?«, fragte er, ohne den Blick von dem Bild abzuwenden.

»Das nehme ich doch an. Odile studiert Kunst und sie malt.«

»Wissen Sie, was es bedeutet?«, fragte er.

Ich schüttelte den Kopf. »Ein Fantasiewesen, denke ich. Ich wollte sie immer mal fragen, aber ich habe es dann wieder vergessen. Ich möchte jedenfalls kein solches Ungeheuer an meiner Wand haben, ich finde es gruselig mit diesen langen Klauen und den Schuppen und es schaut so böse. Die Farben sind mir auch zu düster – das viele Grau. Obwohl es wirklich sehr gut gezeichnet ist«, fügte ich hinzu, denn ich hatte den Verdacht, dass ich mich gerade als Kunstbanausin geoutet hatte.

Endlich schaffte er es, seinen Blick von dem seltsamen Vogel, Drachen, oder was immer es war, loszulösen und sich umzudrehen. »Hat sie Kleidung mitgenommen?«, fragte er.

Ich öffnete den Schrank. Odiles Lieblingsparfum traf mich wie eine Faust in den Magen. Gleichzeitig drohten wir von einer Stofflawine mitgerissen zu werden.

»Donnerwetter!«, hörte ich van Eyk murmeln. »Das nenne ich mal einen vollen Kleiderschrank.«

»Ich kann beim besten Willen nicht sagen, ob was fehlt, geschweige denn, was«, gestand ich. »Mir fehlt der Überblick, was Odiles Garderobe angeht.«

»Das kann ich nachvollziehen«, meinte er.

»Aber ihr Parfum ist weg. Und das Schminktäschchen aus dem Bad. Das hat sie allerdings auch mitgenommen, wenn sie nur vorhatte, für eine Nacht wegzubleiben.«

»Das Parfum auch?«

»Nein, das bleibt immer im Bad stehen«, fiel mir ein.

Er öffnete ein paar Schubladen. Ein Montblanc-Füller schien ihn besonders zu interessieren. »Ziemlich teures Stück für eine Studentin«, meinte er.

»Ich habe keine Ahnung«, gestand ich. »Aber Odile hat ein Faible für teure Schreibutensilien. Überhaupt für alles Teure«, fügte ich hinzu.

»Der Füller kostet neu ungefähr 2000 Euro.« Van Eyk kannte sich offenbar mit teuren Sachen aus.

»Wow«, sagte ich verdutzt. »Vielleicht war das ja ein Geschenk.«

Auf dem Schreibtisch lag eine Kladde mit Zeichnungen. Er blätterte sie durch. »Was ist das?«, wandte er sich an mich.

»Das sind Entwürfe. Figuren und Landschaften für die Graphic Novel, die sie irgendwann schreiben will.«

»Sie scheint Talent zu haben. Die da sieht Ihnen ähnlich.« Er zeigt auf eine jungenhaft anmutende Gestalt mit halblangem Haar, schräg gestellten Augen und einer etwas spitzen Nase.

Gut beobachtet. Die Zeichenfigur hat eindeutig ein Fuchsgesicht, und Odile hat mal zu mir gesagt, ich hätte ein Fuchsgesicht, und ich antwortete: *Besser als eine Schweinevisage.*

»Es steht aber Lucinda darunter«, sagte ich zu van Eyk, der definitiv ein Falkengesicht hat.

»Dann waren Sie wohl das Vorbild für Lucinda.« Er klappte die Mappe wieder zu und fragte: »Hatte sie einen Computer?«

»Einen MacBook Pro. Auch teuer«, fügte ich hinzu, denn mit Computern kenne ich mich besser aus als mit Füllern. »Der fehlt auch.«

»Pflegte sie ihren Rechner zu ihren One-Night-Stands mitzunehmen?«, fragte van Eyk und es klang ein bisschen despektierlich.

»Äh … nein. Nein, normalerweise nicht. Höchstens, wenn sie vorhatte, am nächsten Tag an die Uni zu gehen. Aber ehrlich gesagt, ich glaube, sie war nicht besonders oft an der Uni.«

»Steckte Ihre Freundin in irgendwelchen Schwierigkeiten?«

Ich musste beinahe laut lachen, weil sich dieser Satz anhörte wie aus einer amerikanischen Krimiserie. Da stecken die Leute auch immer *in Schwierigkeiten*, wenn die Kacke echt am Dampfen ist.

»Nicht, dass ich wüsste.«

»Darf ich die mitnehmen?« Er deutete auf Odiles Haarbürste, die auf dem Schminktisch lag

Ich schaute ihn erschrocken an. Jeder Mensch, der schon einmal einen Fernsehkrimi gesehen hat, weiß, was es bedeutet, wenn Polizisten Haarbürsten mitnehmen.

»Haben Sie … hat man …« Ich schluckte und stieß hervor: »Hat man eine Leiche gefunden?«

»Nein«, sagte van Eyk nur.

Ich atmete auf, aber sogleich kam mir der beklemmende Gedanke, dass van Eyk vorbereitet sein wollte, falls man eine Leiche fand. Also rechnete er wohl damit.

Wir gingen wieder nach oben und ich merkte beim Treppensteigen, wie mir die Knie zitterten.

Zum Schluss brachte er dann noch diese Columbo-Nummer,

indem er sich unter der Tür noch mal umdrehte und fragte: »Können Sie mit dem Begriff *Abraxas* etwas anfangen?«

»Ein Coffee-Shop in de Wallen. Ich war noch nie drin, und Odile erst recht nicht. Sie setzt keinen Fuß ins Rotlichtviertel. Nicht wegen der Bordelle, sondern wegen der Massen an Touristen, die sich schlecht benehmen.«

Er nickte und sah aus, als könne er das gut verstehen.

»Ach ja«, fiel mir ein, »ich hatte mal ein Kinderbuch über einen Raben, der Abraxas hieß.«

»Tatsächlich?«, lächelte er. »Das hatte ich auch.«

Sprachmemo von Maart, 18. August

Da die Polizei offenbar nichts unternimmt, bin ich selbst aktiv geworden. Ich habe unter #vermisst auf sämtlichen Social-Media-Plattformen Fotos von Odile gepostet, mit den Angaben, wann und wo sie zum letzten Mal gesehen wurde.

Mein Hintergedanke ist, dass Odile, falls sie sich aus irgendeinem Grund versteckt, dann doch endlich einmal reagieren muss. Vielleicht nimmt sie mit mir Kontakt auf und bittet mich, das rauszunehmen.

Allerdings wäre das inzwischen schwierig, denn das Posting wird gerade viral.

Gefühlt tausend Leute wollen sie weiß der Teufel wo gesehen haben, aber das ist alles Quatsch. Ich hätte nie gedacht, wie viele Wichtigtuer es auf der Welt gibt.

Meine Wut auf Caro wegen der Sache mit Veronika ist inzwischen einigermaßen verraucht. Schließlich ist ihr ja wirklich nicht viel passiert außer einer Befragung durch van Eyk auf der Wache, bei der ihm offensichtlich klar geworden ist, dass sie mit dem Verschwinden von Odile nichts zu tun hat. Es stimmt schon, was Caro sagte, früher oder später hätte er ihren Namen sowieso erfahren. Vielleicht habe ich da überreagiert, als ich sie so übel angemacht habe. Ich sollte mich wohl bei ihr entschuldigen.

Aber dann ist da noch diese Sache vom Sonntagabend ... Ich habe versucht, das Ganze als belanglose Episode abzuhaken, so, wie Caro es vorgeschlagen hat. Aber es gelingt mir nicht. Ich bin nicht wie Jan, für mich hat Sex eine Bedeutung. Jedes Mal, wenn ich daran denke, habe ich dieses Gefühl, dass etwas nicht richtig ist. Man könnte es vielleicht Reue nennen. Es hat bei mir auf jeden Fall Spuren hinterlassen, auch wenn ich mir noch so oft sage, dass ein One-Night-Stand mit der Mitbewohnerin nichts Weltbewegendes ist im einundzwanzigsten Jahrhundert.

Vielleicht mag ich Caro mehr, als ich mir selbst erlauben will.

Mehr, als ich mir erlauben darf.

Ich muss das abstellen.

13

IHRE METHODE SCHEINT LANGSAM ZU FRUCHTEN

Kaum war van Eyk wieder fort, googelte ich *Abraxas*. Einige der Bilder, die erschienen, ähnelten tatsächlich dem Ungeheuer da unten an der Wand von Odiles Zimmer. Kommissar van Eyk hatte das Fabelwesen offenbar sofort erkannt. Hatte er mich danach gefragt, weil er meine Allgemeinbildung testen wollte? Oder stand Abraxas noch für etwas anderes, etwas, das er wusste und ich nicht? Das alles bringt uns doch überhaupt nicht weiter, dachte ich resigniert.

Um mich zu beschäftigen, fuhr ich mit dem Rad zum nächsten Supermarkt und kaufte planlos ein, denn ich hatte vergessen, vorher nachzusehen, was fehlte.

Ich räumte die Sachen in den Kühlschrank, und danach beschloss ich, Odiles Zimmer noch einmal gründlich zu untersuchen. Bis jetzt hatte ich das nicht gewagt, weil ich im Geist immer ihre vor Zorn sprühenden Augen vor mir sah, wenn das rauskäme.

Niemand kann es leiden, wenn man in seinen Sachen rumschnüffelt, aber Odile konnte einem schon den Kopf abreißen, wenn man nur ihr Zimmer betrat, ohne dass sie einen dazu aufgefordert hätte.

Doch sie war jetzt seit einer Woche weg.

Sie muss etwas zu verbergen haben!

Dieser Satz war plötzlich da, und dann ging er mir nicht mehr aus dem Kopf, er löste sogar die *Wo-ist-Odile?*-Endlosschleife ab.

Sie muss etwas zu verbergen haben, irgendein Geheimnis. Warum sonst sollte sie so ein Gewese um ihr Zimmer machen?

Ich ging systematisch vor. Im Schreibtisch hatten weder van Eyk noch ich etwas Aufschlussreiches gefunden. Dasselbe galt für ihren Schminktisch. Ich unterbrach meine Suche für einen Moment, setzte mich vor den Spiegel und musste daran denken, wie Odile mir ihre Lektionen in Sachen Make-up erteilt hatte. *Merk dir, Carolin, Augenbrauen sind Schwestern, aber keine Zwillinge!*

Gern testet sie auch ihre kosmetischen Neuerwerbungen und Make-up-Proben an mir und hat mir schon vieles davon geschenkt, mehr, als ich jemals benutzen werde. Sogar Kleider, Blusen und Handtaschen hat sie mir schon von ihren Shootings mitgebracht, wobei sie zu sagen pflegte: *Die sind irgendwie übrig geblieben, frage nicht!*

Odile, verdammt noch mal, du fehlst mir. Wo bist du? In was für eine Scheiße bist du reingeraten?

Ich stand wieder auf und hob ihre Matratze hoch. Staubmäuse und eine Armada von Schuhen unter dem Bett, aber sonst nichts von Interesse. Jetzt kam der größte Brocken, der Schrank, der die ganze Wand einnahm. Ich nahm ein Kleidungsstück nach dem anderen heraus, durchsuchte die Taschen, falls es welche hatte, und legte es dann auf Odiles Bett. Auf diese Weise kam ein Haufen Kleingeld zum Vorschein, Kinokarten, ein Kondom, ein knallroter Lippenstift, zerknüllte Einkaufszettel, Flyer von Clubs und Restaurants und Partys, wie man sie auf der Straße zugesteckt bekommt, und eine Ansammlung verdächtiger Pillen, die ich vorsichtshalber – falls van Eyk noch einmal hier auftauchen sollte – im Klo runterspülte. Im oberen Fach lagen die Pullover, ich räumte auch sie heraus.

Der Schrank war ein Einbauschrank, er gehörte zum Boot.

Irgendwer hatte die Rückseite mit einer Rosentapete beklebt, die jedoch allmählich anfing, sich von der Wand zu lösen. An einer Nahtstelle in der Mitte ragte etwas Schwarzes aus dem Spalt. Ich zog daran. Zum Vorschein kam eine Kladde mit grauschwarz marmoriertem Pappeinband, das gleiche Modell wie die, die auf dem Schreibtisch lag.

Ich nahm sie mit nach oben, wo das Licht besser war, wobei ich das deutliche Gefühl hatte, etwas Verbotenes zu tun. Oder jedenfalls etwas, mit dem Odile nicht einverstanden wäre. Nur mit Mühe gelang es mir, die Vorstellung zu vertreiben, wie Odile just in dem Moment, in dem ich sie aufschlage, zur Tür hereinstürmt und mich sozusagen auf frischer Tat ertappt. Was sowohl erschreckend als auch erlösend wäre. Lieber eine motzende, stinksaure Odile als eine vermisste.

Auf der ersten Seite war eine Bleistiftzeichnung. Ein Selbstporträt, eindeutig. Da waren ihre mandelförmigen Augen, ihre geschwungenen Lippen, die ausgeprägte Nase, die elegante Kurve ihrer Augenbrauen und diese unverkennbaren Wangenknochen … Oder war sie es doch nicht? Unter der Zeichnung stand nämlich *Alice.* Vielleicht war Alice ihr Avatar, so wie *Lucinda* möglicherweise meiner. Wie konnte sie mir nur einen so bescheuerten Namen geben?

Ich blätterte weiter. Es kamen noch mehr Zeichnungen, alle mit Bleistift oder Kohle angefertigt: düstere, leere Landschaften, dystopische Stadtansichten, Weltuntergangsszenarien und Höllenvisionen à la Hieronymus Bosch. An einigen Motiven hätte selbst der Marquis de Sade seine helle Freude gehabt.

Lieber Himmel, was war das für krankes Zeug?

Oder war es einfach nur ein weiterer Entwurf für eine Graphic Novel, eine reichlich düstere und abseitige, die Halloween-Edition sozusagen?

Es gab noch weitere Porträts. Eine Frau glaubte ich zu erkennen: Irene – auch ein Model. Wir hatten sie schon auf Partys getroffen und Odile hatte sie zu unserer Silvesterfeier eingeladen. Ich weiß noch, dass sie mit Maart geflirtet hat, jedenfalls so lange, bis sein kleiner Zerberus Veronika dem ein Ende setzte.

Die sieben Männer, die Odile gezeichnet hatte, schienen alle schon älter zu sein, und falls es Porträts sein sollten, dann waren sie nicht sehr schmeichelhaft, denn sie alle hatten einen fratzenhaften, geifernden Gesichtsausdruck. Es waren eigentlich mehr bösartige Karikaturen. Das waren sicherlich die designierten Bösewichte ihrer Story. Eines der Porträts schien selbst Odile hinterher nicht mehr gefallen zu haben. Sie hatte es mit dickem, rotem Filzstift durchgestrichen. Das Rot war die einzige Farbe im ganzen Heft. Auf einer der hinteren Seiten sah ich einen alten Bekannten wieder: Abraxas. Das musste der Entwurf für das Wandbild gewesen sein. Wieso hatte sie von allen Monstern, die die menschliche Phantasie je hervorgebracht hatte, ausgerechnet dieses als Raumschmuck ausgesucht?

»Was haben Sie mit den Zeichnungen gemacht?«, will Dr. Davis wissen, nachdem ich ihm den Inhalt der Kladde geschildert habe.

Ein Detail habe ich bewusst weggelassen: den Namen *Alice* unter Odiles Porträt. Ich will nämlich so ganz nebenbei testen, wie detailliert sein Herrschaftswissen ist.

»Ich habe sie Maart gezeigt«, antworte ich. »Der kam kurz danach vorbei. Ich habe ihm gesagt, dass Kommissar van Eyk sich Odiles Zimmer angeschaut hat. Ich dachte erst, er meckert rum, von wegen Durchsuchungsbeschluss oder so, aber er wollte nur wissen, ob van Eyk schon bei diesem Alexander gewesen ist, und ich sagte ihm, dass Alexander angegeben hatte, nichts über Odiles Aufenthaltsort zu wissen.«

»Wie hat Maart darauf reagiert?«

»Seltsam. Er wurde richtig wütend. Hat gebrüllt, dass van Eyk ein Versager sei, und lauter so Sachen.«

»Und was meinte er zu den Zeichnungen?«

»Nicht so viel. Es war normal, dass Odile zeichnete, auch krudes Zeug. Aber beim erneuten Durchsehen haben wir etwas Interessantes entdeckt. Nämlich, dass am Rand des Abraxas-Bildes eine Nummer stand, ganz dünn mit Bleistift geschrieben. Es sah aus wie eine Telefonnummer.«

»Haben Sie da angerufen?«

»Ich ja, später. Maart hatte es eilig. Er war eigentlich nur hier, um seine Kletterausrüstung zu holen. Er war mit Veronika zum Bouldern verabredet.«

Ich verschweige Dr. Davis, wie sehr es mich geärgert hat, dass Maart mit Veronika Bouldern ging. Denn das samstägliche Bouldern war bisher immer eine Sache zwischen Maart und mir gewesen. Dass Veronika sich fürs Klettern interessierte, war mir außerdem neu.

In Wirklichkeit, so nehme ich an, war ihm unser Streit vor der Polizeiwache ein willkommener Anlass, um Abstand zu mir zu halten. Denn es war mehr als offensichtlich, dass er seit unserer Eskapade vom Sonntag nicht so recht wusste, wie er mit mir umgehen sollte.

»Sie haben Maart also nicht nach dem Namen unter Odiles Selbstporträt gefragt?«, erkundigt sich Dr. Davis.

»Welchen Namen?«, frage ich scheinheilig.

»Alice«, antwortet er, und es klingt ein wenig barsch. »Erinnern Sie sich nicht mehr an diesen Namen?«

»Doch«, gestehe ich und kann nicht verhindern, dass ich rot anlaufe. »Jetzt, wo Sie es sagen. Ihre Methode scheint langsam zu fruchten.«

»Freut mich, dass Sie das so sehen«, sagt Dr. Davis mit einem Raubtierlächeln, das klarmacht, dass er meine kleine Scharade durchschaut hat.

»Maart meinte, dass Alice eine Art Avatar sein könnte.«

Erst ein paar Stunden später erreichte ich jemanden unter der Telefonnummer. Eine Frauenstimme, die sich nur mit »Hallo«, meldete. Im Hintergrund schleppte sich ein Blues träge dahin.

»Hallo? Wo bin ich denn gelandet?«, fragte ich munter.

»Wer spricht da, bitte?«, kam es distanziert.

»Lucinda«, sagte ich, einer spontanen Eingebung folgend.

Lucinda!? Geht's noch?

»Rufst du wegen eines Jobs an?«

Ich sagte Ja.

Die Frau nannte eine Adresse und sagte: »Wiederhole sie.«

Ich tat, was sie verlangte, obwohl ich mir dabei idiotisch vorkam. Das alles war sehr suspekt, aber gerade deshalb war es etwas, das zu Odile passte. »Behalt sie im Kopf, schreib sie nicht auf. Du kannst vorbeikommen«, sagte die Frauenstimme.

Dann legte sie auf, ohne mir zu sagen, wann ich kommen sollte. Heute? Jetzt? Was war denn das für eine seltsame Art?

Ich googelte die Adresse. Sie lag in Sloterdijk, einer Gegend am nordwestlichen Stadtrand, von der ich nur den Bahnhof kannte, und auch den nur vom Umsteigen. Keine sehr illustre Gegend. Sollte ich da wirklich allein hingehen? Was für ein *Job* sollte das sein? War das vielleicht ein Fotostudio, ging es um Nacktaufnahmen oder dergleichen? Aber deswegen veranstaltete doch niemand so ein Gewese, schon gar nicht in Amsterdam.

Normalerweise hätte ich mich mit Maart beraten, aber da unser Verhältnis gerade etwas angespannt war, um es mal euphemistisch zu formulieren, hatte ich wenig Lust dazu. Und was würde es nützen? Die Frau am Telefon erwartete mich, oder vielmehr eine Lucinda, und das sicher nicht mit Bodyguard. Nein, ich musste schon allein zu dieser Abraxas-Adresse.

Du musst gar nichts. Du kannst auch van Eyk anrufen.

Van Eyk. Auf der Wache war er mir engagiert und kompetent vorgekommen, aber nach diesem Nachmitttag sah ich das ein wenig anders. Ich muss zugeben, ich war ein kleines bisschen enttäuscht von van Eyk und seiner Arbeitsweise. Drei Tage waren seit unserer Vermisstenmeldung vergangen, und er hatte praktisch nichts herausgefunden. Besonders enthusiastisch war er mir vorhin auch nicht vorgekommen. *Zu früh für eine Handy-Ortung,* was für ein Stuss! Wahrscheinlich hatte er bloß keine Lust, die dafür notwendigen Formulare auszufüllen. Und von diesem Alexander hatte er sich offensichtlich auch recht schnell abwimmeln lassen. Nein, auf van Eyk konnte ich nicht zählen. Den konnte ich immer noch informieren, wenn ich an diesem Ort etwas Verdächtiges entdeckte.

In Wahrheit jedoch juckte es mich in den Fingern, selbst etwas zu unternehmen. Es ging mir auf einmal wie einem Bluthund, der den Hauch einer Spur in die Nase bekommt. Und genauso kopflos und unüberlegt stürzte ich mich in die Sache hinein.

Hätte die Frau am Telefon einen Termin genannt, morgen, übermorgen, wäre ich vielleicht noch zur Besinnung gekommen, hätte mit Maart geredet oder vielleicht mit Jan oder sogar mit van Eyk.

So aber brannte ich nach den Tagen des mehr oder weniger untätigen Herumsitzens und Wartens darauf, etwas zu unternehmen. Ich checkte die Strecke mit dem Routenplaner. Fünf Kilometer von hier, wenn ich mit dem Rad fuhr. Ein Klacks.

Sprachmemo von Maart, 18. August (Nachtrag)

Caro hat Odiles Kleiderschrank durchwühlt und dieses Heft mit den grausigen Zeichnungen gefunden. Das ist sehr gut. Ich habe natürlich so getan, als sähe ich es zum ersten Mal, und sie ganz beiläufig mit der Nase auf diese Telefonnummer neben der Abraxas-Zeichnung gestoßen.

Ich bin gespannt, was jetzt passiert … ich habe da schon so eine Ahnung, ich kenne doch Caro.

Menschen sind berechenbar.

14

MIT DEM KLEINEN SCHWARZEN MACHT MAN NIE ETWAS FALSCH

Wo ich mir heute schon einen Tabubruch geleistet hatte, indem ich Odiles Kleiderschrank auf links gedreht habe, kam es jetzt auf einen weiteren auch nicht mehr an. Ich wusste zwar nicht, was mich heute noch erwarten würde, aber eins war klar: Wenn ich in Odiles Fußstapfen wanderte, dann nicht in Jeans und Schlabber-T-Shirt. Dann musste ich auch so hergerichtet und gekleidet sein wie Odile.

Also setzte ich mich an Odiles Frisiertisch und schminkte mich, bis mich meine eigene Mutter nicht mehr erkannt hätte. Was sollte ich anziehen? Ich erinnerte mich an eine von Odiles Lebensweisheiten, die sie mir hatte zuteilwerden lassen: *Mit dem Kleinen Schwarzen kann man praktisch nie etwas falsch machen.*

Ich wühlte in Odiles Kleiderberg, der noch immer auf dem Bett lag, und probierte das schlichte schwarze Kleid mit dem tiefen Rückenausschnitt an. Es schmiegte sich an mich wie eine Tapete an die Wand. Normalerweise sind mir Odiles Sachen zu eng, aber dieser Stoff war wohl sehr dehnbar, und mir kam es außerdem so vor, als hätte ich in den vergangenen Tagen abgenommen. Kein Wunder. Ich, die für ihr Leben gern isst und darauf achtet, sich mindestens einmal am Tag etwas Ordentliches zu kochen, konnte mich kaum noch an meine letzte vernünftige Mahlzeit erinnern.

Aufgedonnert, wie ich war, verzichtete ich lieber aufs Fahrradfahren. Mit diesem Kleid wäre das womöglich noch schiefgegangen. Ich überquerte die Prins Hendrikkade und ergatterte ein Taxi vor dem *Hotel Amrâth.*

Der Taxifahrer schaute mich an und fragte, ob ich wirklich hier aussteigen wollte.

Ich sagte voller Überzeugung Ja. Dann stand ich da und schaute den Lichtern des sich entfernenden Taxis hinterher. Mir war ein wenig flau im Magen, ich atmete tief durch. Dennoch hatte ich das Gefühl, auf der richtigen Fährte zu sein, denn es war nicht das erste Mal, dass ich vor einer Industriebrache stand und dachte, ich wäre hier falsch. Es gab mittlerweile in Amsterdam etliche Clubs, die sich tarnten, um Uneingeweihte und Touristenschwärme abzuhalten. Bestimmt war dies hier auch so ein Fall. Das erklärte auch die Heimlichtuerei der Frau am Telefon. Nur hatte ich jetzt keine Odile dabei, die mich zielstrebig zu irgendeiner rostigen Eisentür führte, hinter der sich dann das Elysium auftat.

Der Gebäudekomplex schien zu einer ehemaligen Drahtfabrik zu gehören, und ich wäre womöglich umgekehrt, wenn ich nicht bemerkt hätte, dass am Straßenrand ein paar für die Gegend untypische Autos parkten. Irgendetwas musste hier sein, etwas, das Menschen mit dicken Wagen anlockte. Bestimmt war hier, hinter diesen Backsteinmauern, irgendein mega-angesagter Club. Vielleicht ist Odile auch hier, dachte ich. Ein solcher Ort ist doch ihr natürliches Biotop.

Allerdings war Odile normalerweise in solchen Clubs als Gast und nicht für einen Job.

Ich stakste auf meinen Sandaletten durch das breite Tor, das in einen großflächigen Hinterhof führte. Ein Lieferwagen mit dem Aufdruck *Heinrich Hooy – Fruit en groenten* stand vor einer

Laderampe, ansonsten konnte man auch hier die Crème de la Crème der europäischen Autoindustrie bewundern.

An einer Tür entdeckte ich ein Schild mit einer stilisierten Figur, die mit etwas Fantasie einen Abraxas darstellen könnte. Ein Typ in einem Anzug und einem Bullenbeißergesicht stand davor.

Ich zögerte. Mein Herz schlug wie jemand, der an eine Tür hämmert, weil er verfolgt wird.

Aber da hatte der Typ mich entdeckt und winkte mich heran. Ich ging auf ihn zu und wünschte ihm höflich einen guten Abend. Wie ängstlich-piepsig meine Stimme auf einmal klang.

Er wollte meine Einladung sehen.

»Man hat mich herbestellt. Ich heiße … Lucinda.«

Der bescheuerte Name ging mir nur schwer über die Lippen, ich war überzeugt, dass der Typ wusste, dass ich log. Türsteher haben ein Näschen für Lügen.

Während er meinen Vorschlag noch in seinem Bullenbeißerschädel hin und her wälzte, ging plötzlich von innen die Tür auf und ich erstarrte wie das Kaninchen vor der Schlange.

Maart hat also doch recht gehabt, dachte ich, denn vor mir stand Alexander, Odiles Schnöselfreund.

Er hatte zu viel Gel im Haar, aber der Anzug, den er trug, war vom Feinsten. Alexander ist etwa Ende dreißig, hat dunkle Augen mit langen, dichten Wimpern und ein kantiges Kinn. Er ist zwar nicht mein Typ, aber übel sieht er nicht aus, das muss ihm der Neid lassen.

Ich musste mich arg zusammenreißen, um meine Überraschung und meinen Schrecken zu verbergen, besonders, als mir einfiel, dass ja auch Alexander dieser Tage bereits Bekanntschaft mit Kommissar van Eyk gemacht hatte. Genau wie Ferdinand. Hoffentlich nahm er das nicht auch so übel auf wie dieser.

Ich nahm automatisch an, dass er mich erkannt hatte, und wollte schon *Hallo, Alexander!* und meinen richtigen Namen sagen, aber da sagte er: »Lucinda. Schön, dass du da bist.« Er maß mich von oben bis unten mit dem Blick eines Pferdehändlers. Dann drehte er sich um sagte: »Folge mir, bitte.«

Hätte ich mich mit dem Make-up doch ein bisschen zurückhalten sollen? Nein, daran lag es nicht. Wenn überhaupt, dann hatte Alexander mich immer nur auf eine gewisse Entfernung gesehen, wenn ich vom Deck aus Odile nachschaute, wie sie sich grazil in seinen Jaguar schwang. Wahrscheinlich hatte er aber ohnehin immer nur auf Odile geachtet und nicht auf Maart oder mich.

Nur ein einziges Mal hatte ich die Gelegenheit gehabt, ihn aus der Nähe zu betrachten. Er hatte an unsere Tür geklopft und Odile hatte mich gebeten zu öffnen. Er hatte mich mit süffisantem Lächeln angesehen und gefragt, ob ich vom Mars käme.

Was ich nämlich ganz vergessen hatte: Ich trug einen Handtuchturban und hatte eine Avocado-Gesichtsmaske aufgelegt.

Während ich jetzt hinter ihm eine mit einem roten Teppich belegte Betontreppe hinaufstakste, überlegte ich, ob es gut oder schlecht war, dass er mich nicht erkannt hatte. Ich beschloss, ihm erst mal nicht zu sagen, dass ich Odiles Mitbewohnerin war. Outen konnte ich mich immer noch. Spätestens dann, wenn ich ihn nach Odile fragen würde.

Wohin brachte er mich, was erwartete mich? Mir war auf einmal gar nicht mehr wohl bei der Sache, und das war noch stark untertrieben. In Wahrheit hatte ich ziemlichen Schiss und weiche Knie.

Wir durchquerten eine Art Foyer – dicker Teppich, goldgerahmter Spiegel –, dann schwang eine Tür automatisch auf.

Der Raum, der uns empfing, sah aus wie eine sehr, sehr exklusive Bar. Die Inneneinrichtung war luxuriös, aber nicht protzig, sondern auf eine gediegene, zurückhaltende Art elegant: tiefe Ledersessel, viel dunkles Holz, gedämpftes Licht. Ein langer, hölzerner Tresen zog sich an der linken Seite durch den Raum, dahinter Regale mit einer überwältigenden Fülle an Flaschen vor einer Spiegelwand. Allein die Auswahl an Whiskeys nahm eine Fläche von zwei Kleiderschränken ein. Ein jazziger Klangteppich lag über der Szenerie und ich erkannte, dass die Musik nicht vom Band kam. Auf einem kleinen Podest saß ein Typ an einem Klavier, daneben zupfte ein Bassist die Saiten seines Instruments und im Vordergrund tänzelte eine Sängerin hinter ihrem Mikrofon herum. Alle drei waren dunkelhäutig, die Männer trugen weiße Hemden, die Frau ein sehr knappes schwarzes Paillettenkleid und Schuhe mit schwindelerregenden Absätzen.

Es war noch nicht allzu viel los, nur gut die Hälfte der Tische war besetzt. Keiner der männlichen Gäste war unter vierzig, die meisten eher zehn, zwanzig Jahre älter. Manche schienen in ernsthafte Gespräche mit einem andern Gast vertieft zu sein, andere saßen allein vor einem Glas Wein oder Whiskey, lasen Zeitung oder beschäftigten sich mit ihrem Smartphone, einige befanden sich in angeregter Unterhaltung mit einem weiblichen Gegenüber. Diese Frauen, ich zählte sieben, waren jung, attraktiv und trugen elegante, enge Kleider und ausnahmslos High Heels. Klamottenmäßig war ich also einigermaßen im grünen Bereich.

Ich folgte Alexander an die Bar und bestellte eine Cola Light. Die blonde Frau hinterm Tresen war das einzige weibliche Wesen in dieser Bar über dreißig. Ich glaubte, ihre Stimme von unserem Telefonat her zu erkennen.

Alexander stellte sie mir als Ella vor. Ella nahm mich sehr genau ins Visier, während sie mir die Cola und Alexander einen Whiskey servierte.

»Und, *Lucinda*, was machst du so? Studierst du?«, fragte Alexander mit einem aufgesetzten Lächeln, wobei er meinen erfundenen Namen auf eine Art betonte, die mir nicht gefiel. Hatte er mich doch erkannt, spielte er hier Katz und Maus mit mir?

»Soziologie im sechsten Semester.«

»Wer hat dich uns empfohlen?«

»Alice.«

Ich bemerkte ein kurzes Aufflackern in seinem Blick und hoffte, er würde irgendetwas sagen, woraus ich schließen konnte, ob er mit dem Namen etwas anfangen konnte oder nicht. Aber er fragte nur: »Was weißt du über den Club?«

»Nicht viel«, gab ich zu.

»Woher kennt ihr euch, du und Alice?«

Er kannte Odile tatsächlich unter dem Namen Alice. Wieso?

»Über Catwalk«, sagte ich und hoffte, dass mein Zögern nicht zu lange gedauerte hatte. Sein Verhör machte mich ziemlich nervös. Was würde passieren, wenn ich eine falsche Antwort gab?

Er nickte. Offenbar hatte ich bis jetzt richtiggelegen.

»Was denkst du, was das hier ist?«

Ich ließ meinen Blick in die Runde schweifen und bei einer der jungen Damen verharren, die uns am nächsten saß; mit grazil übergeschlagenen Beinen und einem Gesichtsausdruck, als würde sie das, was ihr Gegenüber zu erzählen hatte, tatsächlich interessieren. Ich kam zu dem Schluss, dass dies hier eine Art Puff war, der sich als Bar tarnte. Dafür sprachen die jungen, ausnahmslos sehr hübschen Frauen und die eher älteren Herren …

»Nun … es sieht aus wie eine recht noble Bar«, beantwortete ich Alexanders Frage, und während ich meinen inneren Aufruhr bekämpfte, spürte ich Alexanders prüfenden Blick auf mir ruhen und überlegte, wie ich mich verdrücken könnte, ohne allzu viel Flurschaden zu hinterlassen. Denn in einem Puff, egal, wie edel, würde ich nicht anheuern, nicht einmal für Odile.

»Und was denkst du, wäre dann hier dein Job?«, fragte er lauernd.

»Ähm. Ich … ich weiß nicht so recht. Alice hat mir nur gesagt, ich solle mal vorbeischauen.«

»Das hat sie also gesagt«, wiederholte er nachdenklich.

Mach, dass du wegkommst!, schrie mich meine innere Stimme an.

»Okay, Lucinda, dann lass es mich dir erklären.« Alexander lächelte mich unter Aufbietung all seines Charmes an.

»Ich bin gespannt«, sagte ich, und das waren wahrscheinlich die ersten wahren Worte, die mir, seit ich hier war, über die Lippen gekommen waren.

»Das Abraxas ist ein Club. Ein sehr seriöser Club im Stil eines englischen Gentlemen-Club.«

Trotz meiner Beklemmung musste ich mir jetzt das Lachen verbeißen. Mit einem naiven Augenaufschlag antwortete ich: »Leider war ich noch nie in einem englischen Gentlemen-Club. Ich dachte nämlich immer, dass Frauen da gar nicht hineindürfen.«

»Okay, zugegeben, das ist die Amsterdam-Version«, lachte Alexander und zwinkerte mir zu. »Diese bezaubernden jungen Damen sind hier, weil sich unsere Gäste gerne ab und zu mit schönen, klugen Frauen unterhalten. Nicht alle, wie du siehst. Manche wollen hier einfach nur in Ruhe und in gepflegtem Ambiente ihren Drink genießen. Es geht um Konversation. Ein angenehmes Gespräch, ein Flirt vielleicht, aber alles im kultivierten Rahmen. Und ja, natürlich soll auch ein bisschen was fürs Auge geboten werden. Was die Mädchen und die Gäste außerhalb des Clubs machen, bleibt natürlich ihnen überlassen.« Ein selbstgefälliges Lächeln machte sich auf seinem Gesicht breit. »Es besteht allerdings die Möglichkeit für ein Paar, sich innerhalb unserer Räumlichkeiten zurückzuziehen, falls beide das ausdrücklich wünschen«, verriet er mir mit einem neuerlichen Zwinkern.

»Aha«, sagte ich und dachte: also doch ein Puff!

»Aber das ist nicht die Regel«, versicherte er. »Wirklich, die meisten Mädchen hier stehen nur für eine gepflegte Konversation zur Verfügung, das zu akzeptieren gehört zu den Gepflogenheiten des Clubs, die Gäste wissen das.«

Er musste mir meine Skepsis angesehen haben, denn er fuhr fort: »Ich mache dir einen Vorschlag, Lucinda. Probiere es einfach aus. Ich verspreche dir, niemand wird dich anfassen, es gibt keine dumme Anmache, nichts dergleichen.«

Ich zögerte noch.

»Du bekommst hundertfünfzig Euro pro Abend bar auf die Hand und Prozente von den Getränken, die du zu dir nimmst«, fuhr Alexander fort. »Keine Sorge, die Cocktails macht Ella für die Mädchen ohne Alkohol. Und ein, zwei Gläser Champagner am Abend verträgst du doch, oder?«

»Ja, schon«, hörte ich mich sagen, und: »Okay, wenn das so ist …«

Bist du vollkommen verrückt geworden, Carolin Möbius!!!?

»So ist es«, versicherte Alexander im Brustton der Überzeugung.

Ich fragte mich, zu welcher Kategorie von Mädchen Odile oder vielmehr Alice gehört hatte. Hundertfünfzig Euro waren für sie kaum der Rede wert, bei ihren Model-Jobs verdiente sie deutlich mehr. Hatte Veronika mit ihrer boshaften Unterstellung, das Catwalk würde auch Nutten vermitteln, am Ende doch recht gehabt? Aber warum sollte Odile …? Mir fiel ein, was Maart zu diesem Thema gesagt hatte: dass Odile alles Mögliche *wegen des Kicks* täte. Das würde auch vollkommen erklären, warum sie sich hier Alice nannte: weil Prostituierte immer »Künstlernamen« hatten. War ich zu blauäugig gewesen, was Odile anging? Maart kannte sie immerhin schon ein Jahr länger als ich. Oder war ich auf dem falschen Dampfer, war sie »nur« Alexanders Freundin, hatte sie mit alledem hier nichts zu tun? Aber wenn es so wäre, würde er sie nicht unter *Alice* kennen. Es sah vielmehr danach aus, als hätten sie sich hier kennengelernt. Mir drehte sich der Magen um bei der Vorstellung von Odile als Edelprostituierter und/oder Freundin eines Zuhälters. Denn nichts anderes war dieser Alexander. Maart hatte vollkommen recht gehabt.

Alexander lächelte schon wieder, nannte mich mit leichtem Spott im Tonfall ein mutiges Mädchen und fügte hinzu: »Du kannst gleich hierbleiben, wenn du möchtest. Ich denke, ich weiß auch schon, wen ich dir vorstelle.«

Wie bitte, jetzt gleich?

Ich überspielte meinen Schrecken mit einem Lächeln und sprach mir Mut zu: Solange ich mich hier mitten unter all den Leuten aufhielt, konnte mich keiner zu etwas zwingen, was ich nicht wollte. Sollte mir einer dumm kommen, würde ich eben gehen. So einfach war das. Es wäre doch auffällig und noch dazu feige und meiner Mission nicht dienlich, wenn ich jetzt einen Rückzieher machte. Denn von Alexander würde ich nichts über Odile erfahren, das sagte mir mein Gefühl.

»Schickes Kleid, übrigens. Mit dem *Kleinen Schwarzen* macht man nie etwas falsch, nicht wahr?«

Sprachmemo von Maart, 19. August

Gestern Abend ist etwas extrem Schräges passiert. Ich war mit Veronika und ihrer Clique essen und hinterher noch ein paar Bier trinken. Dann wollten die anderen unbedingt noch in einen Club, aber ich hatte keinen Bock, also bin ich nach Hause gefahren und Veronika ist mit den anderen losgezogen. Auf dem Heimweg bin ich am Grand Hotel Amrâth vorbeigeradelt. Das Hotel ist ein ehemaliges Speicherhaus einer Reederei, ein riesiger Kasten im Jugendstil und es liegt schräg gegenüber von unserem Pier auf der anderen Seite der Prins Hendrikkade. Ich war da noch nie innen drin, was hätte ich auch in einem Fünf-Sterne-Schuppen zu suchen?

Egal, als ich gerade mit dem Rad daran vorbeifuhr, hielt ein Taxi an und ich sah, wie Odile darauf zugegangen und eingestiegen ist. Mir ist fast das Herz stehen geblieben, ich wollte gerade »Hallo, Odile!« rufen, aber dann habe ich es gesehen: Es war nicht Odile, es war Carolin. Echt, das war voll gespenstisch. Sie hat ein Kleid von Odile angehabt, das Schwarze, in dem Odile so umwerfend aussieht. Aber Caro sah darin auch nicht übel aus, das muss man schon sagen. Sie war aufgetakelt, wie man es sonst nur von Odile kennt: hohe Hacken, Aufsteckfrisur, kleines Glitzerhandtäschchen. Auch von Odile, das Täschchen, da bin ich sicher.

Meine erste Reaktion war: *Was fällt ihr ein, Odiles Kleiderschrank zu plündern?* Aber dann war mir klar, dass sie genau das tat, was ich von ihr erwartet hatte ...

Um mich zu vergewissern, bin ich dem Taxi hinterhergefahren. Es ist nach Sloterdijk rausgefahren, und da wusste ich, dass ich mit meiner Vermutung recht gehabt hatte. Die Fahrt endete dort, wo sie vor ein paar Wochen auch schon endete, als ich Odile und Alexander nachgefahren bin.

Ich habe gesehen, wie Caro ausstieg und dann über den Hinterhof ging. Der stand wieder voller Protzkarren, auch Alexanders Jaguar war dabei. Caro hat mit dem Türsteher geredet und kurz danach ging die Tür auf und da stand Arschgesicht Alexander, wie er leibt und lebt, in seinem Maßanzug und dem angeklatschten Haar. Caro ist mit ihm reingegangen.

Danach hab ich noch eine Stunde vor dem Tor rumgelungert, aber Caro ist nicht wieder rausgekommen. Gutes Zeichen. Also bin ich nach Hause gefahren.

Ganz wohl war mir allerdings nicht.

Es war mir von vornherein klar, dass Caro sich, ohne groß nachzudenken, in die Höhle des Löwen begeben würde. Nur hätte ich nicht gedacht, dass es so schnell passiert. Aber das passt zu ihr, sie ist wie ein Terrier, man muss sie einfach machen lassen. Aufhalten kann man sie sowieso nicht.

Und es ist doch so: Nachdem van Eyk sich als Totalversager entpuppt hat, hat Caro die größten Chancen von uns allen, in diesem Club etwas rauszufinden. Undercover, sozusagen. Ich traue ihr jedenfalls mehr zu als diesem Bullen. Sollte sie wirklich Odile finden oder eine Spur von ihr, dann wäre das in meinen Augen jedes Risiko wert. Denn inzwischen bin ich halb wahnsinnig vor Sorge um Odile. Sie jetzt schon eine Woche weg, selbst die #vermisst-Aktion hat sie nicht aus der Reserve locken können, und langsam befürchte ich das Schlimmste.

Um halb drei in der Nacht ist Caro endlich wiedergekommen. Ich bin wach geworden, weil sie noch geduscht hat – ich will lieber nicht wissen, wieso. Aber erleichtert war ich trotzdem, dass sie wieder da war.

Heute Mittag habe ich so getan, als wäre ich noch später als sie nach Hause gekommen, und habe sie gefragt, wie sie den Abend verbracht hat. Sie hat gesagt: »Netflix und Fertigpizza.«

15

WAS RAUSMUSS, MUSS RAUS

»Sie sind also dortgeblieben«, seufzt Dr. Davis. »Und? Wie war es?«

»Es war … es war eigentlich … also, es stimmte schon, was er gesagt hatte. Ich musste nichts Sittenwidriges tun. Alexander hat mich einem älteren Mann vorgestellt und wir haben Small Talk gemacht. Ich habe das Blaue vom Himmel runtergelogen, was mich anging, aber die meiste Zeit hat er sowieso nur von sich erzählt. Von seinem Job, und was die erwachsenen Kinder so treiben. Manche Leute fühlen sich am besten unterhalten, wenn sie einen haben, den sie volllabern können.«

»Wie haben Sie sich dabei gefühlt?«

»Nicht gut. Wie ein Objekt. Obwohl mich der Typ nicht angestarrt hat, jedenfalls nicht allzu plump. Ich war die ganze Zeit über darauf gefasst, dass er etwas tut oder sagt, das mir gegen den Strich geht. Oder dass er sich woanders mit mir verabreden will. Aber das war nicht so. Eigentlich war es eine relativ normale Unterhaltung. Wenn man die Umstände dabei ausblendet«, setzte ich hinzu. »Trotzdem fühlte ich mich hinterher schmutzig, zu Hause musste ich sofort duschen.«

Ich weiß noch, wie ich gar nicht mehr aufhören wollte und dabei mehr Duschgel verwendet habe als sonst in einer Woche.

»Auf eine gewisse Weise habe ich mich ja doch verkauft«, räume ich ein.

»Allerdings«, konstatiert Dr. Davis erbarmungslos.

Ich muss unwillkürlich kurz auflachen.

»Warum lachen Sie?«

»Über mich. Als Odile mich zum Modeln überreden wollte, habe ich abgelehnt, weil mir das schon zu anrüchig vorkam, dieses Posieren, nur damit Leute noch mehr Klamotten kaufen, als sie eh schon haben. Und dann arbeite ich als … als was auch immer im *Abraxas.*«

»Unter bestimmten Umständen tun Menschen Dinge, die sie vorher nie für möglich gehalten hätten«, meint Dr. Davis und fragt: »Warum haben Sie Alexander nicht einfach nach Odile gefragt?«

»Das hatte doch Kommissar van Eyk schon vergeblich getan. Wenn einer die Polizei anlügt, dann lügt er vor mir doch erst recht.«

»Aber vielleicht hat er dem Kommissar die Wahrheit gesagt. Vielleicht weiß er wirklich nicht, wo Ihre Freundin ist. Nur, weil er ein zwielichtiger Typ ist, muss er noch nicht zwangsläufig gelogen haben.«

»Das kann schon sein. Genau das wollte ich ja herausfinden. Deshalb bin ich hingegangen. Und weil …«

»Ja?«

»Dieser Club war der einzige Anhaltspunkt, den ich hatte. Ich konnte doch nicht einfach nichts tun.«

»Warum nicht?«

»Weil ich nicht mehr klar denken konnte. Ich dachte den ganzen Tag nur noch: *Wo ist Odile?* Ich musste etwas unternehmen, damit ich nicht verrückt werde. Maart ging es genauso, deshalb hat er diese Suchanzeige in den Sozialen Medien angeleiert, dieses #vermisst. Und ich wollte eben auch etwas tun. Finden Sie, dass es blinder Aktionismus war?«

»Es ist nicht an mir, Ihre Handlungsweise zu beurteilen.«

Ach, jetzt plötzlich? Das ist ja ganz was Neues.

»Ich habe dann vor allem versucht, mit den anderen Frauen ins Gespräch zu kommen. Aber gleich nach der ersten Kontaktaufnahme hat Ella, die Frau hinter der Bar, mich angefahren, ich wäre hier, um mich mit den Gästen zu unterhalten, nicht mit den anderen Mädchen. Also bin ich am ersten Abend dreimal aufs Klo gegangen, immer dann, wenn eine von den anderen auch dort war. Ich habe sie nach Alice gefragt und ihnen Bilder von Odile auf dem Handy gezeigt. Angeblich will keine von ihnen sie gekannt haben. Aber ich hatte den Eindruck, dass sie lügen und nur keinen Ärger haben wollen.«

»Aber Sie sind trotz dieses Misserfolges noch mal in diesen Club gegangen«, stellt Dr. Davis fest, und ich meine, einen leisen Tadel in seiner Stimme zu hören, während ich mich frage, woher er das weiß.

»Nachdem ich den ersten Abend unbeschadet überstanden hatte, aber noch nichts herausgefunden hatte, wollte ich nicht einfach aufgeben.«

Das zweite Mal war schon unangenehmer. Der Mann, mit dem ich mich unterhielt, war nicht so gentlemanlike wie der vom Samstag. Er machte anzügliche Witze und die Altersgeilheit drang ihm aus jeder Pore. Ich hatte das Gefühl, mit Blicken ausgezogen zu werden. Er kam mir irgendwie bekannt vor, aber ich wusste nicht, woher. Einmal legte er seine Hand auf mein Knie, da stand ich auf und floh zur Toilette. Vor dem Spiegel zog sich eine junge Frau gerade die Lippen nach. Sie war beim letzten Mal nicht da gewesen und ich stellte ihr meine obligatorische Frage nach Odile oder Alice. Ich rechnete schon mit der üblichen Antwort, da sagte sie, sie kenne Alice, habe sie aber schon eine Weile lang nicht mehr gesehen. »Aber frag doch mal Irene.«

»Ist sie hier?«

»Nein, aber ich glaube, sie wollte am Donnerstag kommen.«

»Du meinst die Irene, die auch für Catwalk arbeitet?«

»Ja, ich denke, die müsste das sein. Sie heißt hier aber Nicole.«

Irene also. Odile hatte ein Porträt von ihr in ihr Heft gezeichnet. Plötzlich fiel mir auch ein, woher ich den Kerl da draußen kannte. Sein Porträt war ebenfalls unter den Zeichnungen in Odiles Kladde gewesen. Ich überlegte, ob ich ihn nach Alice fragen sollte, beschloss aber, es sein zu lassen. Es war schon riskant, meine Kolleginnen nach ihr zu fragen. Was, wenn Alexander oder Ella das mitkriegten? Ich kannte die Frauen hier schließlich nicht, ich hatte keine Ahnung, wie loyal sie gegenüber ihrem Arbeitgeber waren.

Ich ging wieder raus und dachte darüber nach, wie ich den aufdringlichen Typen loswerden könnte, ohne rausgeworfen zu werden.

Das Problem erledigte sich dann von selbst. Der Kerl fragte mich, ob ich auch im *Playground* arbeiten würde. Ich nahm an, er meine ein Bordell, und habe dies schroff verneint. Daraufhin verlor er schlagartig das Interesse an mir.

Weil es schon nach Mitternacht und sonst nicht viel los war, hat Ella gemeint, ich könne gehen. Ich sagte zu ihr, ich könne diese Woche nur noch am Donnerstag kommen. Sie hat kurz gezögert, dann meinte sie, es wäre okay.

Beim Verlassen des Fabrikgeländes wäre ich dann beinahe von einem Wagen überfahren worden, der ohne Licht durch die Einfahrt auf den Hof geprescht kam. Es war der Lieferwagen mit der Aufschrift des Obst- und Gemüsehändlers, der vorhin an der Laderampe geparkt hatte. Wieso donnerte der ohne Licht auf den Hof? Und warum um diese Zeit? Für den Großmarkt war es noch ein bisschen zu früh, nachts um halb eins, sagte ich mir.

Außerdem hatten sie es im *Abraxas* nicht so sehr mit Vitaminen, es gibt dort nur die typischen Bar-Snacks: Nüsse, Chips, Oliven, Grissini, so Zeug.

Ich blieb zwischen der Hauswand und einem Müllcontainer stehen und wartete ab. Über der Laderampe wurde jetzt ein Rolltor hochgefahren. Zwei Typen luden hölzerne Kisten aus dem Lieferwagen, stellten sie auf die Rampe und trugen sie dann in das Gebäude. Die Behälter sahen aus wie Weinkisten, vielleicht waren es auch Whiskey oder sonstige Spirituosen. Warum wurde das mitten in der Nacht angeliefert? Diente dieses Lager als Umschlagplatz für Schmuggel- und Hehlerware?

Ich drückte mich noch fester an die Mauer, als plötzlich Alexander auf der Bildfläche erschien, um das Ausladen der Kisten zu beaufsichtigen. Klar, Mitanfassen war nicht sein Ding, er hätte sich ja seinen feinen Zwirn dreckig machen können. Es musste wirklich sauteures Zeug in den Kisten sein, denn immer wieder ermahnte er die beiden Männer, vorsichtig zu sein, und tatsächlich trugen diese die Holzkisten vor sich her, als befänden sich darin Handgranaten. Etwas irritierend fand ich auch, dass die Kisten sehr unterschiedliche Größen hatten. Eben waren zwei ausgeladen worden, die so groß wie Kühlschränke waren.

Einem der Kerle gingen Alexanders ständige Mahnungen dann wohl doch auf den Sack. Er tat so, als würde er eine der kleineren Kisten fallen lassen, fing sie aber im letzten Moment wieder auf. Alexander fand das gar nicht lustig. Er riss dem Mann die Kiste aus der Hand und zischte ihm etwas zu. Sicher nichts Freundliches, seinem Gesichtsausdruck nach zu urteilen.

Worum ging es hier? Drogen? Aber doch nicht in so großen Kisten! Damit könnte man ja ganz Holland ein Jahr lang zudröhnen. Außerdem musste man mit Drogen nicht so vorsichtig sein. Nein, in den Kisten musste etwas Zerbrechliches sein. Vielleicht doch uralte Weine und sauteurer Schampus?

Erst, als alle drei verschwunden waren und das Rolltor wieder herabgelassen worden war, wagte ich mich wieder aus meinem Schatten und ging rasch zum Tor hinaus. Ich lief ein ganzes Stück zu Fuß, erst dann rief ich ein Taxi an.

»Ich war gegen ein Uhr zu Hause«, berichtete ich weiter. »Als ich aufschließen wollte, merkte ich, dass die Tür schon offen war. Ich habe nach Maart gerufen, aber der schien nicht da zu sein, es brannte auch kein Licht. Mir ist unheimlich geworden. Dann habe ich gesehen, dass das Schloss kaputt war. Erst dachte ich: Ferdinand! Aber der hatte sich doch schon abreagiert. Als Nächstes vermutete ich ganz normale Einbrecher. Ich hatte Angst, allein nachzusehen, und weil auf Jans Boot noch Licht war, habe ich ihn gebeten, mitzukommen.

Oben war alles in Ordnung, aber als ich in mein Zimmer kam, war dort Chaos. Kleider, Bücher, alles lag durcheinander, das Kopfkissen war aufgeschlitzt, überall schwirrten Federn rum. Mein Stofftier, Schluffi, der Hund, war aufgeschlitzt und regelrecht ausgeweidet worden, es war nur noch das leere, zerfetzte Fell übrig, die Ohren hingen nur noch an einem Faden … Entschuldigen Sie.«

Ich greife nach einem der Taschentücher, die in einer hölzernen Box auf dem Tisch stehen, und wische mir die Tränen weg. »Es war nur ein Stofftier, es ist albern.«

»Ja, aber es stand für etwas«, meinte Dr. Davis mitfühlend, nachdem ich mir die Nase geputzt habe.

»Hat etwas gefehlt?«, fragt Dr. Davis.

»Nein, gefehlt hat nichts, aber auf dem Spiegel stand mit Lippenstift: *Bleib weg vom Abraxas.*«

»Das war deutlich«, konstatiert Dr. Davis.

»Ich war fix und fertig und hatte Angst. Mit zu Jan konnte ich nicht, weil ja das Türschloss kaputt war. Also hat Jan sich angeboten, hier zu bleiben. Er hat uns zwei Gin Tonic gemacht, ich bin derweil runter, habe mich abgeschminkt und umgezogen und dann habe ich diese Schrift weggewischt.«

»Warum?«

»Ich wollte nicht, dass Maart das sieht.«

»Wieso sollte er das nicht sehen?«

»Er hätte mir Vorwürfe gemacht, dass ich ihm nichts davon gesagt habe, und dass ich überhaupt dort war. Und ich wollte unbedingt am Donnerstag noch ein letztes Mal dorthin, um Irene zu treffen. Er hätte garantiert versucht, mich davon abzubringen. Ich habe mich dann mit Jan vor den Fernseher gesetzt, und kurz danach ist auch schon Maart nach Hause gekommen.«

Die Situation war etwas schräg, ich kann jetzt noch diese seltsame Atmosphäre nachfühlen. Jan und ich lagen auf dem Sofa, ich zwischen Jans Beinen, einen Gin Tonic in der Hand. Da kam Maart rein. »Was zum Teufel ist mit der Tür …« Dann hat er Jan und mich verwundert angesehen, und ich wusste, dass er dachte: *Jetzt fängt sie wieder was mit dem Kerl an.* Ich bin etwas zu hektisch aufgesprungen, wie eine Ehefrau, die mit ihrem Liebhaber erwischt wurde, und habe Maart mein Zimmer gezeigt. Er hat kaum was gesagt.

»Ich geh ins Bett, wir reden morgen«, hat er gemeint – und weg war er. Ich nehme an, er war angepisst wegen Jan. Als ich hochkam, war Jan auch dabei, zu gehen. Jetzt bräuchte ich ja keinen Bodyguard mehr, meinte er. Ich habe dann vorsichtshalber das zweite Sofa vor die Tür gerückt und auf dem anderen geschlafen.

Dr. Davis schaut auf die dünne goldene Uhr an seinem schmalen Handgelenk. »Carolin, ich muss unsere Sitzung leider beenden, denn ich habe noch ein Meeting. Wir machen heute Nachmittag weiter. Aber ich habe mir etwas für Sie ausgedacht, das Ihnen sicherlich gefallen wird.«

»Jetzt bin ich aber neugierig«, sagte ich skeptisch.

»Seien Sie nicht so misstrauisch!«, meinte er. »Lieke wird Sie begleiten.«

Ich lande im Erdgeschoss, wo sich die Therapieräume befinden. Lieke bringt mich in ein Zimmer mit einer Massageliege. Ein betörender Duft nach ätherischen Ölen liegt in der Luft.

»Merle wird sich um Sie kümmern. Sie ist die Beste, genießen Sie es«, sagt die Vorzimmerdame mit einem plötzlichen Anflug von Leutseligkeit, nachdem sie auf dem ganzen Weg hierher stumm war. Dann trippelt sie auf ihren kurzen, wohlgeformten Beinen wieder hinaus.

Eine Massage? Wozu soll das denn gut sein? Denkt er, man kann eine Amnesie wegwellnessen? Aber meinetwegen, mir soll es recht sein, ich mag Massagen, aber sie sind ein Luxus, den ich mir normalerweise nicht leisten kann. Nettes Beschäftigungsprogramm, aber ich hätte trotzdem lieber mit unserer Sitzung weitergemacht, es lief ja gerade ganz gut.

Dann betritt eine Frau den Raum, die wohl Merle sein muss. Groß, blond, ein Kreuz und Hände wie Bratpfannen. Sie stellt sich vor mit einem breiten Lächeln in einem breiten Gesicht, und ich vergesse augenblicklich alle meine Vorbehalte und mein Misstrauen. Auf ihre Frage hin erkläre ich, dass ich keine körperlichen Beschwerden oder Gebrechen habe.

»Prima, dann legen wir los«, sagt sie und klatscht donnernd in die Hände.

Wenig später liege ich bäuchlings und in Unterhosen auf der Matte und bin ihr dankbar, dass sie weder Wohlfühlmusik noch Walgesänge auflegt, sondern nur das Vogelgezwitscher aus dem Park durch das gekippte Fenster mit der Milchglasscheibe zu hören ist.

»Schließ die Augen und versuche loszulassen«, sagt Merle sanft, während ihre Bauernhände durch meine Muskulatur pflügen, und ich schließe die Augen und versuche loszulassen, mich, meine Gedanken, meinen angespannten Körper, und tatsächlich, nach einer Weile scheint es zu klappen. Mich durchströmt ein Wohlgefühl, mir ist, als würde von diesen kräftigen Händen eine Energie und Wärme in meinen Körper fließen. Ich überlasse mich dieser Person, die mich mit einer Mischung aus Sanftheit und Entschlossenheit berührt und dabei kaum redet, höchstens, um zu fragen, ob dieses oder jenes zu fest oder angenehm ist.

Plötzlich merke ich, dass Tränen aus meinen Augen rinnen, und ich schniefe. Wie fertig muss ich sein, dass ich vor einer wildfremden Person losheule! Aber Merle reicht mir mit großer Selbstverständlichkeit ein Papiertuch und sagt: »Das gehört dazu, das tun fast alle hier, besonders beim ersten Mal. Was rausmuss, muss raus, es ist wie eine Wunde, die eitert.«

Also genießt mein Körper ihre Berührungen, während meine wunde Seele weiter vor sich hin eitert. Dabei weiß ich gar nicht so recht, warum ich weine. Es gibt keinen konkreten Grund, es scheint ein diffuser Weltschmerz zu sein, der sich Bahn bricht, eine Katharsis größeren Ausmaßes. Ich denke an all die Verluste, die mein Leben bisher mit sich brachte. An meinen Vater, den ich schon so lange nicht mehr gesehen habe, an meine Freunde aus der Kindheit, an meinen ersten festen Freund aus der Schulzeit, der jetzt in Brasilien lebt, an meine verstorbene Großmutter, an Marie, an meine Freunde aus Groningen, mit denen ich jetzt nur noch auf Instagram verkehre, an den Schlafhund Schluffi, das zerstörte, geschändete Symbol meiner Kindheit. Ich realisiere, wie einsam ich mich in den letzten Monaten manchmal gefühlt habe, obwohl es Maart und Odile und Jan und noch einige mehr gab, mit denen ich Zeit verbracht habe. Aber vor allen Dingen spüre ich diese Leere, wenn ich an die Zukunft denke. Da ist kein Ziel, das ich verfolge, kein Traum, dem ich nachjage, niemand, mit dem ich Zukunftspläne schmiede. Da ist dieses Studium, das ich begonnen und bis jetzt durchgezogen habe, um mir möglichst viele Türen offen zu halten, aber es ist nichts, wofür ich brenne. Ich bin orientierungslos wie ein Blatt im Wind, meine Zukunft ist eine weiße Leinwand, und ich weiß nicht, womit ich sie füllen soll, ich weiß eigentlich gar nicht, wer ich wirklich bin. Das alles ist so sinnlos und traurig, dass ich mir gar nicht vorstellen kann, jemals wieder glücklich zu sein, weil ich im Augenblick nicht einmal weiß, ob ich schon jemals so richtig, rundherum und uneingeschränkt, glücklich war.

Gleichzeitig erkennt mein Verstand messerscharf, was Dr. Davis, dieser Teufel, mit der Massage bezweckt hat. Nun, sein Plan ist aufgegangen. Mit seinen Worten ist es ihm bisher nicht gelungen, zum Kern meines Inneren vorzudringen, aber Merles Berührungen schafften es auf Anhieb. Sie hat mit ein paar Handgriffen meine Schale geknackt, ich bin Wachs in ihren Händen. Noch nie ist mir zum selben Zeitpunkt so wohl und gleichzeitig so traurig zumute gewesen.

16

EINE IRRENANSTALT IST KEIN PONYHOF

Tom holt mich nach der Massage ab und begleitet mich in die Bibliothek. Ich bin allein. Es ist noch Zeit bis zum Essen, aber mir ist jetzt nicht nach Lesen. Ich pflanze mich in einen der Ledersessel und schaue zum Fenster hinaus. Von hier aus sieht man den Parkplatz der Villa Rosengarten und eine schmale Straße, die hinter einer Kurve in einem Waldstück verschwindet. Ein Lieferwagen von einer Wäscherei fährt gerade davon.

Das schwebende Gefühl, das die Massage hinterlassen hat, lässt langsam nach, aber ich kann noch den Duft des Öls riechen, das Merle auf meinem Rücken verteilt hat. Auch sonst habe ich mich wieder einigermaßen eingekriegt. Merle hatte recht, man muss es einfach mal rauslassen. Es ist wie nach einem dicken Kater, bei dem ich mich ordentlich ausgekotzt habe, und nun lässt die Übelkeit nach und langsam kehrt der Appetit aufs Leben zurück.

Vorhin, in der Sitzung, und auch wahrend der Massage kam es mir so vor, als fielen mir langsam wieder mehr Sachen ein. Szenen, Bilder, Gefühle in bestimmten Situationen. Ich hoffe, irgendwann wird das schwarze Loch in der Mitte ganz verschwinden.

Während ich wohlig erschöpft im Sessel abhänge, geht draußen jemand über den Parkplatz. Dieser etwas gebeugte Gang, diese Silhouette … Ich springe wie elektrisiert auf. Das ist doch… Kommissar van Eyk? Spinne ich? Doch, er ist es, da gibt es kein

Vertun. Jetzt ist er bei seinem Wagen angekommen. Ich rüttle am Fenstergriff, aber das Scheißding lässt sich nicht bewegen. »Hey!«, rufe ich und trommle mit den Fäusten gegen die Scheiben. »Hey, hallo! Hallo! Ich bin hier oben!«

Aber er kann mich nicht hören. Schon ist er eingestiegen und schlägt die Wagentür zu.

»So eine verdammte Scheiße!« Verzweifelt beobachte ich, wie er wendet und dann um die Kurve fährt – und weg ist er.

Mein Puls rast. War er hier, um zu erfahren, was Dr. Davis schon aus mir rausgequetscht hat? Wollte er nach mir sehen oder mich verhören und Dr. Davis hat es ihm ausgeredet? Wollte er sich nur nach meinem Befinden erkundigen? War das das Meeting, von dem Dr. Davis gesprochen hat?

Ich finde es ausgesprochen beunruhigend, dass der Kommissar hier war, ohne mit mir zu sprechen.

Ein Räuspern hinter mir lässt mich zusammenzucken.

Ben. Die Mode-Ikone der Anstalt trägt heute senfgelbe Cordhosen und über einem hellblauen Hemd einen Wollpullunder mit einem schottisch angehauchten Karomuster.

»Eine Stimme sagte mir, dass ich dich hier finde.«

»Welche, die von Rosie?«

Er grinst. »Was machst du hier?«

»Ich schaue zum Fenster raus«, sage ich kurz angebunden und flüchte mich wieder in meinen Sessel. »Grün soll ja beruhigen.«

»Ist was?« Er hat sich einen anderen Sessel herangezogen und sieht mich jetzt genauso forschend an wie Dr. Davis.

Fast kommt es mir vor, als würde er mich verfolgen. Hat Dr. Davis ihn auf mich angesetzt, soll er mein Vertrauen gewinnen? Ist doch ein seltsamer Zufall, dass er immer gerade da auftaucht, wo ich bin.

»Nein. Ich habe nur keine Lust zu reden.«

»Prinzipiell nicht, oder nur nicht mit mir?«

»Ist das wichtig?«

»Für mich schon.«

Wie sagte eben Merle? *Was rausmuss, muss raus.* »Bist du ein Spitzel von Dr. Davis?«, fahre ich ihn an.

»Was?« Ben reißt die Augen auf. Diese Mischung aus erschrocken und gekränkt sein, wirklich gut gespielt.

Ich senke meine Stimme zu einem Flüstern, obwohl ich ihn eigentlich lieber anschreien würde: »Gestern Abend sage ich zu dir was von Abhauen, heute Morgen spricht mich Dr. Davis gleich als Erstes darauf an.«

Ben gibt ein Lachen von sich, das sich anhört wie ein Hamster im Müllschlucker. »Das soll ein Beweis sein? Jeder, der nicht freiwillig hierherkommt, denkt ans Abhauen, und dir sieht man das förmlich an. Dazu muss man kein Prophet sein und man braucht auch keine Spitzel. Du bist außerdem sehr leicht durchschaubar, Carolin.«

»Pscht! Sei nicht so laut!«

»Hier ist doch keiner.«

»Bist du sicher, dass die Bude nicht total verwanzt ist?«

»Oh je, du hast auch schon die Anstaltsparanoia«, seufzt Ben, aber dann räumt er ein: »Aber man weiß ja nie … Es ist besser, man traut hier keinem.«

Ich schweige und übe an meinem Pokerface.

Leicht durchschaubar. Aber es stimmt womöglich. Dr. Davis scheint in meinen Gedanken ja auch zu blättern wie in einem offenen Buch.

Ben rückt an die Sesselkante, stützt die Ellbogen auf die Knie und fragt leise: »Wem traust du mehr? Diesem schmierigen Shrink oder mir, einem Leidensgenossen?«

»… der ohne seine Pillen Leute umbringen würde«, ergänze ich.

»Der Plural ist hier nicht angebracht«, stellt Ben mit indignierter Miene klar.

Ein Schweigen entsteht. Ich will, dass er verschwindet, mir ist heute nicht nach seiner Norman-Bates-Show.

»Carolin?«, fragt er und sieht auf einmal sehr ernst aus.

»Was ist?«

»Wirst du mich später mal hier besuchen?«

»Wer sagt dir, dass ich nicht länger bleibe als du?«, entgegne ich.

Aber er sieht mich nur an wie ein trauriger Hund.

Ich überlege, dann nicke ich. »Falls ich nicht im Knast lande, besuche ich dich. Versprochen.«

Ich frage ihn, ob er Fleur heute beim Frühstück oder sonst wo gesehen hat.

Er verneint.

»Sie war auch gestern schon nicht beim Abendessen«, sage ich.

Er seufzt. »Ich fürchte fast, sie wird wieder mal zwangsernährt.«

Ich sehe ihm an, dass das kein Witz war, und muss schlucken. Zwangsernährt. Wir muss man sich das vorstellen? Wie bei den Gänsen, die für die Stopfleber herhalten müssen?

»Tja, eine Irrenanstalt ist kein Ponyhof, auch wenn es hier manchmal so wirkt.«

Der Gute hat anscheinend keine Ahnung, was auf einem Ponyhof abgeht, wenn die Teenies um die Gunst des Reitlehrers konkurrieren.

»Was willst du denn von Fleur?«, fragt er neugierig.

»Mich für die Klamotten bedanken.«

»Vielleicht ist sie im Malzimmer. Es ist unten, bei den Therapieräumen.«

»Komme ich da alleine hin?«, frage ich, denn mir war, als hätte Lieke vorhin eine Karte an einen Scanner gehalten, ehe wir den Trakt betreten haben.

»Eigentlich nicht, aber am Empfang sitzt heute Agnes. Sie ist verrückt nach mir, ich kann sie mit meinem Charme überreden, uns die Tür zu den Therapieräumen zu öffnen.«

Malzimmer. Vielleicht sollte ich auch versuchen zu malen. Die leere Leinwand meines Lebens füllen. Wer weiß, was dabei herauskommt.

Auf dem Weg nach unten erzähle ich ihm von der Sache mit Wilhelmine und der Orangenmarmelade heute früh. »Sie scheint den Laden ja ziemlich gut im Griff zu haben.«

»Kein Wunder. Die Villa Rosengarten gehört praktisch ihrer Familie«, erklärt mir Ben.

»Echt jetzt?«

»Ohne Witz. Wilhelmines Familie ist alter, stinkreicher Amsterdamer Geldadel. Sie ist übrigens auch gar nicht dement, sie tut nur so.«

»Warum?«

Jetzt ist es Ben, der flüstert: »Sie müsste eigentlich im Knast sein, sie hat acht Jahre gekriegt. Aber ihre Anwälte haben es geschafft, dass man sie für unzurechnungsfähig erklärt hat, und darum darf sie hier sein. Man munkelt, sie hat eine Menge Geld investiert. Bevor sie hier war, stand der Laden kurz vor der Pleite. Okay, ein kleines bisschen meschugge ist sie manchmal schon, aber nicht mehr als der Durchschnitt. Sie muss noch zwei Jahre ausharren, und wie man sieht, macht sie das Beste daraus.«

Reich sein hat doch was für sich. Man kann die Klapse, in

die sie einen stecken, aufkaufen und es sich darin gemütlich machen.

»Und da heißt es immer, vor dem Gesetz wären alle gleich«, bemerke ich ernüchtert. »Was hat sie getan?«

»Sie ist eine begnadete Hochstaplerin, sie hat Millionen ergaunert.«

»Wie denn?«

»Unter anderem hat sie Millionären und Milliardären aus dem Bekanntenkreis ihres Clans Südseeinseln verkauft, die es gar nicht gibt. Sag nicht, dass ich dir das verraten habe. Sie spielt nämlich leidenschaftlich gern die verrückte Alte.«

Ich muss lachen. Wenigstens hat Ben es geschafft, mich aus meinem Stimmungstief herauszulocken.

Er schafft es auch, besagte Agnes zu überreden, dass sie uns in den Trakt mit den Therapieräumen lässt. In den fünf Jahren, die Ben hier verbracht hat, scheint er sich ein gut funktionierendes Netzwerk aufgebaut zu haben.

»Verstehst du was von Malerei?«, fragt er, während wir den Flur entlanggehen.

»Nein, ich nicht. Aber meine Mitbewohnerin malt.«

»Schade. Ich arbeite nämlich gerade an etwas, das ich dir zeigen wollte.«

»Kannst du ja trotzdem«, sage ich und beschließe, sein Werk auf jeden Fall zu loben, um bei ihm wieder gut Wetter zu machen. Denn das Thema »Ausbruch« ist ja noch immer nicht ganz abgehakt. Jedenfalls nicht für mich.

Er öffnet die Tür, doch mitten in der Bewegung stoppt er abrupt, sodass ich ihn anremple. Im selben Moment packt er mich grob an der Schulter. »Hey, was …?«

Er zerrt mich zur Tür hinaus, aber es ist zu spät. Ich habe es schon gesehen, das Bild hat sich binnen einer Zehntelsekunde in mein Hirn gebrannt: Fleurs bleicher Arm, dünn wie ein Ast, und das Blut, das viele Blut auf dem Boden …

Und ich weiß auch bereits, dass es zu spät ist, obwohl Ben jetzt um Hilfe ruft.

Türen gehen auf, es gibt Gerenne, Ben hält mich immer noch fest, seine Hand krallt sich in meinen Oberarm, es müsste wehtun, aber ich merke nichts.

Leute in weißen Kitteln und Overalls nähern sich, stürzen ins Malzimmer, bleiben erschrocken stehen. Rufe nach dem medizinischen Notdienst werden laut. Es klingt für mich, als wären die Stimmen ganz weit weg.

Mich überkommt ein Déjà-vu. Bilder zucken wie Blitze durch meinen Kopf. Blut auf Holzdielen … sehr viel Blut. Jemand, der mich festhält. Wer nur?

»Warte hier! Geh da nicht rein!«, höre ich Ben flüstern.

Er lässt mich los, betritt das Zimmer, wird aber sofort wieder von einem der weißen Overalls hinauskomplimentiert.

»Ist sie tot?«, höre ich mich fragen.

»Ich fürchte es. Sie hat sich anscheinend die Pulsadern aufgeschnitten.«

Ben ist bleich wie ein Laken. Irgendwer bringt uns weg. Zwei Männer rollen eine Trage heran, sie bewegen sich flott, aber nicht hektisch. Professionell. Es sieht aus, als würden sie so etwas nicht zum ersten Mal tun. Vielleicht, denke ich, hat hier der Tod so etwas wie Routine.

Weder Ben noch ich verspüren Lust auf das Mittagessen, aber allein sein wollen wir auch nicht. Also gehen wir einfach zurück in die Bibliothek. Ich verschanze mich im Sessel hinter einem Bildband über Australien. Ich starre auf die Bilder, aber ich sehe immer nur Fleurs dünnen Arm, die Hand, die in der Blutlache liegt, ihren zur Seite gekippten Kopf, als wäre sie nur müde und wollte sich kurz anlehnen.

Ben sitzt in einem Sessel neben mir und schaut ins Leere.

»Kanntest du Fleur gut?«, flüstere ich, als die Stille zu erdrückend wird.

»Nein. Ich kannte sie lange, sie war immer wieder mal hier, aber sie hat fast nie etwas von sich erzählt.«

»Was glaubst du, warum hat sie das gemacht?«

»Sie war depressiv. Die Magersucht war nur ein kleiner Teil ihrer Probleme. Das hier war nicht ihr erster Versuch, das habe ich gerüchteweise gehört. Nur, dieses Mal hat es geklappt.«

Er hat Tränen in den Augen, und ich muss ebenfalls weinen, obwohl ich Fleur kaum gekannt habe.

»Ich brauche sie nicht mehr.«

»Was?« Ben schaut mich irritiert an.

»Das hat Fleur zu mir gesagt, gestern Morgen, beim Frühstück, als sie mir diese Sachen angeboten hat.« Ich zupfe an meinem Kleid. »Es ist eines von ihren.«

Eigentlich müsste mir davor grausen, Fleurs Kleider zu tragen, aber seltsamerweise tut es das nicht. Dafür, dass ich gerade eine Tote entdeckt habe, bin ich überhaupt ziemlich ruhig und gefasst. Müsste ich nicht schockierter sein? Bin ich hier drin schon abgestumpft? Oder stehe ich noch unter Schock, wird mich das Grauen mit Verzögerung heimsuchen?

»Stimmt, jetzt, wo du es sagst. Ich kenne das Kleid«, sagt Ben. »Das war ihr Lieblingskleid. Seladongrün.«

Hatte Ben das nicht auch über meine Augen gesagt? Mattgrün, wie dieses alte, chinesische Porzellan.

Wenn ich heute Morgen vielleicht eher zum Frühstück gekommen wäre, wenn Ben das Kleid gesehen hätte … Wer weiß, vielleicht hätten bei ihm die Alarmglocken geschlagen. Womöglich hätten wir es verhindern können.

»Vielleicht wollte sie gar nicht sterben«, sinniere ich. »Du hast gesagt, sie hätte es schon öfter probiert. Wenn man es ernst meint, setzt man sich doch nicht in ein Zimmer, in das jeden Moment einer kommen kann, um sich die Pulsadern aufzuschneiden.«

Ben nickt. »Kann schon sein. Vielleicht hat sie sich verkalkuliert.«

Wie nüchtern er das sagt. Manchmal ist er mir noch immer unheimlich.

»Mein Gott, wären wir nur ein bisschen früher …«

»Das Herumspekulieren nützt jetzt nichts mehr«, unterbricht er mich barsch. »Jetzt ist es zu spät.«

Die Tür springt auf, Tom kommt herein. »Hier seid ihr! Das ganze Haus sucht nach euch.«

»Warum denn?«, frage ich.

»Wir waren es nicht«, sagt Ben und grinst Tom provozierend an.

»Die Polizei will mit euch reden.«

»Wer von der Polizei?«, frage ich – in der irrigen Hoffnung, es könnte van Eyk sein, der wegen Fleur zurückbeordert wurde.

»Zwei Streifenpolizisten. Ich kenne sie nicht«, antwortet Tom und scheucht uns aus dem Raum.

17

DER ZWECK HEILIGT DIE MITTEL

Ich sitze in Dr. Davis' Sprechzimmer und trinke Tee.

»Carolin, es sind seit gestern schreckliche Dinge geschehen, das tut mir sehr leid.«

»Ist ja nicht Ihre Schuld«, sage ich.

»Denken Sie, wir können trotzdem weitermachen, oder brauchen Sie noch Zeit?«

Dr. Davis sieht selbst ein wenig fertig aus. Zum ersten Mal bemerke ich Schatten unter seinen Augen. Fleurs Selbstmord scheint ihm nahezugehen.

Ich schüttle den Kopf. »Nein, es geht schon. Es war ja nur ein winziger Moment, in dem ich Fleur so … ich meine, in dem ich sie tot daliegen sah. Und eigentlich habe ich sie kaum gekannt.«

»Das spielt keine Rolle. Sie haben sie gesehen, so etwas steckt man nicht so leicht weg.«

Ja, das habe ich. Leider. Wieso musste ausgerechnet mir das passieren?

Mehr als vierundzwanzig Stunden sind vergangen seit der schrecklichen Entdeckung. Die gestrige Nachmittagssitzung mit Dr. Davis musste ausfallen, weil Ben und ich zuerst mit der Polizei reden mussten – obwohl wir denen im Grunde nicht viel zu erzählen hatten –, und danach hatte Dr. Davis durch Tom ausrichten lassen, es wäre besser, wenn ich mich hinlegte und versuchte, mich zu entspannen.

Natürlich war ich ganz und gar nicht entspannt, die Gedanken jagten nur so in meinem Kopf herum, es wäre besser gewesen, nicht allein zu sein.

Zum Abendessen ging ich schließlich runter in den Speisesaal, weil ich inzwischen ganz schön hungrig war. Ben und Wilhelmine waren ebenfalls dort, beide schweigsam und bedrückt, genau wie ich. Wilhelmine sah aus, als hätte sie geweint. Trotzdem war mir in ihrer Gesellschaft wohler als allein auf meinem Zimmer. Während ich mit einem peinlich guten Appetit meinen Teller leer aß, musste ich daran denken, wie Fleur am Essen herumgepickt hat. Luuk saß ebenfalls mit am Tisch, aber er sagte kein Wort und wagte nicht, uns anzusehen, gerade so, als hätte er Schuld an Fleurs Selbstmord. Auch an den anderen Tischen ging es ruhiger zu als sonst, aber vielleicht kam es mir auch nur so vor. Seit jenem Moment, als ich Fleur da liegen sah, hatte ich öfter so ein Gefühl, als spielte sich alles um mich herum hinter einer gläsernen Wand ab, mit gedämpften Geräuschen, und manchmal war mir, als würde ich mir selbst zusehen bei dem, was ich gerade tat.

Aus Angst vor Albträumen ließ ich mir vom mürrischen Truthahn eine Pille zum Schlafen geben. Ich schluckte sie schon um neun Uhr, aber da ich solche Mittelchen nicht gewohnt bin, verschlief ich das Frühstück.

Heute Vormittag war Dr. Davis außer Haus und ich habe die Zeit bis zum Mittag dösend und grübelnd auf meinem Zimmer verbracht, sodass wir erst jetzt, am Nachmittag, wieder zusammenkommen.

»Haben Sie Fleur gekannt?«, frage ich Dr. Davis.

»Nur vom Sehen. Sie war nicht meine Patientin. Aber dennoch … so etwas ist immer …« Er beendet den Satz nicht. Geht es ihm wirklich nah oder macht er sich nur Sorgen um den Ruf der Anstalt?

Ein paar Sekunden verstreichen, dann räuspert er sich und sagt: »Gut, Carolin, wenden wir uns wieder Ihrem Fall zu.«

Meinem *Fall.* Gutes Stichwort.

»Was wollte Kommissar van Eyk hier?«, platze ich heraus. »Ist etwas mit Odile? Hat man … hat man sie gefunden? Lebt sie? Ist sie tot?«

»Nein, nein, nein, bitte beruhigen Sie sich«, wehrt Dr. Davis ab. »Nichts dergleichen ist mir bekannt. Über Ihre Freundin Odile wurde gar nicht gesprochen. Er hat sich nach Ihnen erkundigt. Ich sagte ihm, Ihnen gehe es gut und wir kämen voran.«

»Sie haben nicht vielleicht in Erwägung gezogen, mich ihm das selber sagen zu lassen?«, frage ich ein wenig gereizt.

»Doch, das habe ich. Aber ich habe mich dagegen entschieden.«

Fuck you, Dr. Davis! *Ich habe mich dagegen entschieden.*

Diese Selbstherrlichkeit, diese Arroganz!

Er trinkt einen Schluck Tee. »Also, wo waren wir stehen geblieben?«

Ich kämpfe meinen aufwallenden Zorn nieder und überlege. Bestimmt wird er zurückkommen. Schließlich hat er mich hier einquartieren lassen, weil er etwas von mir will. Eine Zeugenaussage, ein Geständnis, was auch immer. So ungern ich es zugebe, aber Dr. Davis hat recht. Ich sollte mich jetzt lieber auf unsere Sitzung konzentrieren und alles tun, um nicht mit leeren Händen dazustehen, wenn van Eyk wiederkommt.

»Wir sprachen zuletzt über die Verwüstung meines Zimmers«, erinnere ich mich.

»Hat sich geklärt, wer das gewesen ist?«

»Nein. Das Ganze ist nach wie vor rätselhaft.«

»Haben Sie eine Vermutung?«

»Ich hatte eine, aber die ist ziemlich verrückt und abwegig.«

»Verrücktes und Abwegiges ist mein täglich Brot.«

»Mir kam der Gedanke, die Nachricht könnte von Odile sein. Odile, die sich aus irgendeinem Grund verkrochen hatte und die nicht wollte, dass ich ihren Spuren folgte.«

»So verrückt ist das gar nicht«, findet Dr. Davis. »Haben Sie van Eyk von diesem Vorfall berichtet?«

»Nein. Dann hätte ich ihm vom *Abraxas* erzählen müssen, und das wollte ich nicht. Nicht, bevor ich noch einmal dort war und mit Irene gesprochen habe. Aber van Eyk ist am Tag nach dem Einbruch von sich aus zu uns gekommen. Er hat Maart und mir Fotos gezeigt, von einem Mann, etwa um die Fünfzig. Ob wir den schon einmal gesehen hätten. Er nannte auch den Namen. Ich weiß nicht mehr genau … Henk … irgendwas …«

»Henk Koster«, souffliert Dr. Davis.

»Ja, so hieß er«, antworte ich und wundere mich wieder einmal, wie gut Dr. Davis im Bilde ist. »Mir sagte dieser Name in dem Moment gar nichts, aber mir ist aufgefallen, dass ich diesen Mann tatsächlich schon gesehen habe. Nicht in echt, aber auf dem durchgestrichenen Porträt in Odiles Zeichenmappe. Ich bin erschrocken, als ich das erkannt habe. Aber trotzdem habe ich die Mappe geholt und sie van Eyk gezeigt.«

Dr. Davis steht unvermittelt auf, geht zu seinem Aktenschrank und dann legt er die Kladde mit Odiles Zeichnungen auf den Tisch.

»Diese hier meinen Sie.«

Es ist gruselig, diese Mappe hier zu sehen. Sie kommt mir vor wie etwas aus einer anderen Welt, das sich hier auf rätselhafte Weise materialisiert hat. Bestimmt hatte van Eyk sie gestern vorbeigebracht, vielleicht, weil er hofft, damit meinem Gedächtnis auf die Sprünge zu helfen. Oder Dr. Davis hat sie schon seit meiner Einlieferung. Ja, so muss es sein. Daher kannte er auch den Namen Alice. Wie dem auch sein, sicher ist jedenfalls, dass es Odile ganz und gar nicht recht wäre, ihre düsteren Kunstwerke den Röntgenaugen eines Psychiaters preisgegeben zu sehen.

Dr. Davis schlägt das durchgestrichene Porträt auf. Ich zwinge mich, kurz hinzusehen, und erzähle weiter: »Dieser Henk Koster ist ein Anwalt, angeblich eine recht bekannte Figur der Amsterdamer Lokalprominenz. Er sei zwei Wochen lang vermisst gewesen, erklärte uns van Eyk. Dann habe man seine Leiche am 9. August in einem Kanal gefunden, irgendwo draußen in Diemen, einem Vorort. Sie sei ursprünglich mit zwei Sandsäcken beschwert gewesen, aber einer sei gerissen und durch die Gase, die bei der Verwesung entstehen, sei der Körper nach oben getrieben. Van Eyk hat das nicht näher beschrieben, mir hat es auch so gereicht. Laut Obduktion ist Koster wohl erschlagen worden, mit einem schweren Gegenstand. Ich erinnere mich, dass ich flüchtig davon gelesen hatte, es war eine Schlagzeile im Newsfeed von *de Volkskrant,* aber ich habe mich damals nicht sonderlich dafür interessiert.«

»Wann verschwand noch mal Odile?«, hakt Dr. Davis nach.

»In der Nacht vom elften auf den zwölften August«, antworte ich.

Er hebt seine Augenbrauen, sagt aber nichts dazu und fragt nur: »Wie ging es weiter?«

»Van Eyk hat weiter in den Zeichnungen rumgeblättert und am Ende den Abraxas gesehen. Er hat uns gefragt, ob wir wüssten, was es damit auf sich habe.

Maart hat dann von sich aus erzählt, dass das ein Club ist und dass es sein könnte, dass Odile ab und zu in diesem Club war.

Keine Ahnung, woher *er* das gewusst hat, aber als er das so lapidar erwähnte, habe ich gedacht, ich höre nicht recht. Ich weiß noch, ich musste mich in diesem Augenblick echt beherrschen, um ihn nicht anzubrüllen. Da weiß er die ganze Zeit Bescheid und lässt mich im Unklaren …«

»Sie haben es doch genauso gemacht«, hält mir Dr. Davis vor.

»Ja, das stimmt. Aber ich wusste erst seit ein paar Tagen von dem Club, Maart dagegen schon länger. Warum hat er nichts gesagt, als wir zusammen die Zeichnungen angeschaut haben?«

»Haben Sie Maart denn nicht danach gefragt?«

»Ja, sicher, aber erst, nachdem van Eyk wieder weg war. Er hat gemeint, es sei ihm nicht so wichtig vorgekommen. Odile sei schließlich in einer Menge Clubs verkehrt. Was natürlich auch wieder wahr ist.«

»Aber von diesen Clubs hatte sie keine Zeichnungen an der Wand«, gibt Dr. Davis zu bedenken.

»Ja«, sage ich und zucke mit den Achseln. »Keine Ahnung, warum Maart damit nicht schon früher rausgerückt ist. Vielleicht ahnte er, dass ich dann dorthin gehen würde, vielleicht wollte er das verhindern.«

»Hat er das gesagt?«

»Nein, er hat gar nichts dazu gesagt. Aber danach … wie soll ich sagen … ich habe ihm danach nicht mehr vollkommen vertraut.«

»Haben Sie ihm denn gestanden, dass Sie schon zweimal im *Abraxas* waren?«

»Nein«, muss ich zugeben. »Erstens war ich sauer. Zweitens hatte ich einen wirklich guten Grund, nichts zu sagen, denn ich wollte unbedingt am Donnerstag noch einmal in den Club gehen und diese Irene treffen. Und zwar ohne vorherige Diskussionen und Auseinandersetzungen mit Maart. Ich hatte mir vorgenommen, ihm alles zu erzählen, falls ich was rauskriegen sollte.«

»Ich verstehe«, nickt Dr. Davis. »Wenn Sie etwas hätten vorweisen können, hätte das Ihre Heimlichkeiten in einem viel besseren Licht dastehen lassen.«

»Richtig«, sage ich und füge hinzu: »Der Zweck heiligt die Mittel.«

Dr. Davis runzelt die Stirn, sagt aber nichts dazu.

»Van Eyk schien den Club ganz gut zu kennen«, fahre ich fort. »Jedenfalls hat er Maart und mich wissen lassen, der Club *Abraxas* sei keine gute Adresse. Dann hat er uns noch verraten, dass auch dieser tote Anwalt in diesem Club verkehrte. Mir war in dem Moment immer noch nicht klar, worauf er hinauswollte. Das begriff ich erst, als er begann, sehr eigenartige Fragen zu stellen. Ob Maart oder ich wüssten, was Odile am 30. Juli gemacht hätte … Es stellte sich heraus, dass das der Tag war, an dem der Anwalt zum letzten Mal gesehen worden war. Und zwar im *Abraxas.*«

»Wussten Sie es?«

»Natürlich nicht. Ich bin ja nicht Odiles Kindermädchen, ich wusste kaum selber noch, was ich an dem Tag gemacht habe. Maart konnte das natürlich auch nicht beantworten.«

»Was haben Sie in diesem Moment gedacht?«

»Ich war geschockt. Mir wurde plötzlich klar, dass van Eyk Odile allen Ernstes verdächtigt, diesen Mann umgebracht zu haben.«

»Hat er das gesagt?«

»Nein, nicht direkt. Aber das musste er auch nicht.«

»Was geschah dann?«

»Nichts, er ist wieder gegangen. Ich hatte diese kurze Aussprache mit Maart wegen des Clubs, und danach habe ich mich in meinem Zimmer eingeschlossen, damit ich nicht auf ihn losgehe.«

»Auf ihn losgehen? Wie meinen Sie das?«, fragt Dr. Davis.

»Verbal natürlich. Das war eine Metapher! Was denken Sie denn?«

»Nichts«, meint er mit Unschuldsmiene.

»Außerdem gab es da ja noch diese andere Sache, die ich erst einmal verdauen musste.«

»Das mit Odile und diesem toten Anwalt …«

»Richtig. Van Eyk hatte mir damit einen ganz schönen Schlag versetzt. Ich meine … da verschwindet eine Freundin, man meldet sie bei der Polizei als vermisst, und dann kommt der Kommissar ein paar Tage später zurück, und statt dass er einem sagt, dass er sie gefunden hat, verdächtigt er sie des Mordes! Damit musste ich erst einmal versuchen klarzukommen.«

»Sind Sie denn damit klargekommen?«

»Nein, nicht wirklich. Ich denke, van Eyk ist auf dem falschen Dampfer. Warum sollte Odile so etwas tun?«

»Nun, das wissen wir natürlich nicht«, räumt Dr. Davis ein. »Aber immerhin ist sie kurz nach dem Auftauchen der Leiche verschwunden, und vorher hatte sie das Porträt des Mannes gezeichnet, es dann sehr plakativ durchgestrichen, die Zeichnung aber versteckt.«

Ich muss im Stillen zugeben, dass er recht hat. All das ist wirklich nicht ganz normal. Ein Schauer fährt über meinen Rücken. Kann es sein, dass Odile das wirklich getan hat? Ist sie schuld an dem Tod dieses Mannes? Würde ich ihr das zutrauen? Nein, das kann ich mir nicht vorstellen. Ich greife nach dem Heft.

»Sie hat noch mehr Gäste aus dem *Abraxas* gezeichnet und

meines Wissens leben die alle noch. Sie hat sogar noch ganz andere Dinge gezeichnet …« Ich blättere auf eine Seite. »Da, sehen Sie. Das sind die reinsten Weltuntergangsszenarien, ganz zu schweigen von diesen kruden …«

Ich unterbreche mich und betrachte eines der Bilder. Eine Frau liegt nackt auf einem Tisch und um sie herum stehen Kerzen und finstere Kapuzenmänner, die sich zu ihr hinabbeugen. Es ist eine Szene wie aus einem Polanski-Film oder einem ähnlichen Machwerk, das abseitige Altmännerphantasien bedient. Es gibt noch mehr solcher Bilder in dem Heft, aber dieses hier ähnelt auffallend dem wirren Zeug, das ich hier schon zweimal beim Aufwachen geträumt habe.

»Carolin? Ist etwas mit diesem Bild?«, fragt Dr. Davis.

»Ich … ich weiß nicht. Es erinnert mich an einen Traum.«

»Was für ein Traum?«

»Nur ein Bild, so ähnlich wie dieses hier. Aber da war auch noch Wasser.«

»Wo war das Wasser? Wo waren Sie?«

»Ich weiß es nicht.«

»Sie sollten ein Traumtagebuch führen.«

»Meinetwegen«, sage ich und komme dann auf unser ursprüngliches Thema zurück. »Dieses Heft beweist gar nichts. Gut möglich, dass sie nur Stoff gesammelt hat für die Graphic Novel, die sie geplant hat. Andere Leute schneiden sich dafür Notizen aus der Zeitung aus und Odile hat eben gezeichnet.«

»Sie glauben fest an Odiles Unschuld.«

War das nun eine Frage oder eine Feststellung?

»Es kann verschiedene Gründe haben, warum Odile untergetaucht ist. Was, wenn der Mörder ebenfalls ein Gast aus Alexanders Club war, und Odile weiß etwas darüber? Vielleicht wurde Odile zufällig Zeugin der Tat, und Alexander hält sie gefangen, damit sie nicht redet. Oder er hat … er hat sie schon …« Mir versagt die Stimme.

Dr. Davis meint, wir sollten die Ermittlungen in dieser Sache der Polizei überlassen. »Sie sind also tatsächlich noch einmal in diesen Club gegangen? Trotz der Warnung des Kommissars«, fährt er fort.

Ich nicke. So, wie er das sagt, weiß ich genau, was er darüber denkt: dass es idiotisch war. Dass ich eine Idiotin war. Einen Moment lang bin ich versucht, ihm von Marie zu erzählen, und dass ich den Gedanken nicht ertragen hätte, schon wieder eine Freundin im Stich zu lassen. Aber ich behalte es für mich. Ich will jetzt nicht über Marie sprechen, wozu sollte das gut sein? Weiß der Teufel, was er da wieder alles reininterpretieren würde.

»Demnach haben Sie an Ihrem letzten Abend im Club *Abraxas* nicht allzu viel Neues herausgefunden?«, erkundigt sich Dr. Davis.

»Ich weiß nicht recht …«, sage ich. Plötzlich ist da wieder dieses beklemmende Gefühl in meiner Brust, das ich inzwischen schon kenne: die Angst vor dem, was ich nicht mehr weiß.

»Ich erinnere mich nicht mehr an den ganzen Abend. Ab da beginnt es, lückenhaft zu werden.«

»Sagen Sie mir einfach, was Sie noch wissen.«

18

SO WAS MÖGEN WIR HIER NÄMLICH GAR NICHT

Ella, die Frau hinter der Bar des Club *Abraxas,* hatte mir beim letzten Mal die Garderobe für die Mädchen gezeigt: ein kleiner Raum mit einem Dutzend Spinden, einer Dusche und etlichen Spiegeln. Um bei Maart keinen Verdacht aufkommen zu lassen, packte ich Schminkzeug, die hohen Schuhe und ein flaschengrünes Kleid, das Odile mir mal geschenkt hat, in meinen Rucksack und radelte gegen acht Uhr am Abend los. Ich aß etwas in einem asiatischen Imbiss, bummelte noch ein bisschen durch die Stadt und kam kurz nach zehn in den Club. Ich stellte mein Rad unter der Laderampe ab und ging als Erstes in die Garderobe, wo ich mich schminkte und umzog.

Der Clubraum war heute deutlich voller als an den letzten beiden Tagen. Irgendwie schien die Luft zu vibrieren und die Atmosphäre war anders. Die Männer schauten mich auf eine andere Art an. Abschätzend, gierig. Irgendetwas ging da vor sich, ich wusste nur noch nicht, was. Ich verspürte den Impuls, wieder zu verschwinden. Aber genau in dem Moment kam Alexander auf mich zu. Er schien überrascht zu sein, mich zu sehen.

»Wer hat dich für heute eingeteilt?«, fragte er.

»Ella«, sagte ich. »Wieso? Stimmt was nicht?«

»Nein, alles okay, Süße, alles bestens.«

Er wirkte aufgekratzt. So, als hätte er gekokst oder sonst was eingeworfen. Der Drang zur Flucht wurde stärker, aber ich riss mich zusammen, denn gerade hatte ich Irene entdeckt.

Mit ihren flammend roten Locken ist sie recht auffällig und ziemlich unverkennbar. Sie saß im hinteren Teil des Raums, der sogenannten Whiskey-Lounge, mit einem grau melierten Herrn an einem Zweiertisch.

Auch sie erkannte mich wieder, ich merkte es ihr an, obwohl sie sofort wieder wegschaute, als ich ihr zunickte.

Ich setzte mich an die Bar. Es dauerte nicht lange, bis ich von einem ziemlich alten, weißhaarigen Typen angesprochen wurde. Wir sind an der Bar sitzen geblieben, aber so richtig konnte ich mich nicht auf das Gespräch und den Flirt konzentrieren, weil ich zwischendurch dauernd zu Irene rüberschielte.

»Die Donnerstage sind die besten Tage«, sagte der Alte und grinste mich an. »Ich kann es kaum erwarten, bis man uns aufruft.«

»Aufruft?«

»Für den Playground«, sagte er. »Mein lieber Mann, ich bin ja schon viel rumgekommen in der Welt, aber was da abgeht …« Er legte seine Hand auf meinen Schenkel, schaute mich an wie ein hungriger Löwe und sagte: »Ich weiß auch schon, was wir beide spielen werden …«

Mach, dass du wegkommst, Carolin. Sofort!

Du gehst nicht, bevor du nicht mit Irene gesprochen hast! Verliere jetzt bloß nicht die Nerven!

Ich nahm sanft seine Hand von meinem Bein weg und versicherte ihm, ich könne es kaum erwarten.

Als hätte Irene meine Bedrängnis gespürt, verschwand sie in diesem Moment in Richtung Toiletten. Ich entschuldigte mich bei Weißhaar und folgte ihr. Ella schickte mir einen strafenden Blick hinterher. Möglicherweise hatte sie inzwischen mitbekommen, dass ich immer dann aufs Klo ging, wenn eine der anderen Frauen dort war. Aber darauf konnte ich jetzt keine Rücksicht nehmen. Egal, was Irene mir sagen würde, danach hatte ich vor, den Club zu verlassen und niemals mehr wiederzukommen, egal, an welchem Wochentag. Mich von geilen alten Säcken angaffen zu lassen und ihnen vorzuspielen, sie und ihr Geschwätz interessant zu finden, war nichts, was ich auf die Dauer praktizieren wollte, trotz der guten Bezahlung. Es kann mir nämlich keine der jungen Frauen aus dem Club erzählen, dass es spurlos an einem vorbeigeht, wenn man sich zum Objekt degradieren lässt. Selbst dann, wenn man mit den Kerlen nicht ins Bett geht, ist es doch eine Form von Prostitution.

Ich hatte mir bis dahin noch keine Gedanken gemacht, was ich tun würde, sollte ich Odile finden oder etwas über ihren Aufenthaltsort erfahren. Van Eyk benachrichtigen? Bis vor Kurzem war das noch mein Plan gewesen. Aber die Dinge hatten sich geändert: Van Eyk hielt Odile für eine Mörderin, ich konnte ihm Odile doch nicht ans Messer liefern. Jedenfalls nicht, bevor ich selbst mit ihr gesprochen hätte.

Ich wartete, bis Irene aus der Kabine kam und ihr Make-up im Spiegel überprüfte. Sie trug ein schwarzes Top mit Pailletten und einen silberfarbenen, engen Rock. Sie sah großartig aus.

»Carolin? Ich hätte dich fast nicht erkannt. Was machst du hier?«

Ich hielt mich nicht groß mit Vorreden auf, ich durfte nicht zu lange wegbleiben, sonst würden Ella oder Alexander noch etwas merken. Nach einer flüchtigen Begrüßung fragte ich Irene ganz direkt, ob sie wisse, wo Odile sei.

»Du meinst Alice. Sie nannte sich hier immer Alice.«

»Dann eben Alice.«

»Ich habe sie vor ungefähr zwei Wochen zum letzten Mal gesehen.«

»Sie ist verschwunden. Ich mache mir wirklich Sorgen um

sie.« Ich erprobte meinen treuherzigsten Dackelblick und er schien zu wirken.

»Ich, ehrlich gesagt, auch«, sagte sie.

Irenes Pupillen huschten hin und her. Dann bückte sie sich, um sich zu vergewissern, dass in den Kabinen niemand war, der uns belauschen konnte. »Womöglich hat sie irgendeinen kranken Scheiß mitgemacht, der da oben läuft.«

»Wo, da oben?«

Irene schaute mich verwundert an. »Ist dir noch nie aufgefallen, dass manche Typen durch die Tür hinter der Whiskey-Lounge verschwinden?«

»Nein.« Ich hatte zwar die Tür gesehen, aber nie darauf geachtet, weil ich dachte, das wäre der Notausgang. »Ich war aber auch erst zweimal hier«, fügte ich hinzu.

»Stimmt, es ist ja nicht jeden Tag was los. Sie nennen es den *Playground.* Zutritt nur für VIP-Mitglieder. Sie veranstalten dort unter anderem ihre Orgien. Alte Römer, Wikinger … Im Grunde Motto-Partys mit ein bisschen Rudelbumsen, Sado-Maso-Spielchen, Bondage und so Quatsch. Eigentlich harmlos.«

»Und der *kranke Scheiß,* worum geht es da?«

Irene holte tief Atem, dann flüsterte sie: »Rituell verbrämte Gang-Bangs, Misshandlungen bis hin zu Folter, perverse Rollenspiele …«

Mein Magen machte einen Salto. Ich musste hier weg!

»So etwas soll auch schon mal aus dem Ruder gelaufen sein«, bemerkte Irene, während sie ihre Wimpern nachtuschte.

»Was meinst du damit?«, fragte ich entsetzt.

»Es gab schon häufiger Verletzungen, und es sollen schon Mädchen spurlos verschwunden sein, nachdem sie da oben waren.«

Ich starrte sie an. »Ist das wahr? Aber …«

»Vielleicht ist das auch nur Gerede«, winkte Irene ab. »Kann gut sein, dass Alexander diese Gerüchte absichtlich in die Welt gesetzt hat, um dem Club die Aura des absolut Verbotenen, Tabulosen zu verleihen.«

»Und Odile… Alice hat bei diesen Spielchen mitgemacht?«, zweifelte ich.

»Ich weiß nur, dass sie schon dort oben auf dem *Playground* war, nicht, was sie dort gemacht hat.«

»Aber warum tut sie so was?«

»Weil sie immer Sachen ausprobieren muss, so ist sie eben. Mich wundert nur, dass Alexander das zugelassen hat.«

»Wieso?«

»Sie ist doch seine Freundin. Der hat das bestimmt nicht von ihr verlangt. Er verlangt das von keiner von uns. Die Mädchen, die diesen Hardcore-Dreck mitmachen, sind Junkies vom Strich oder Zwangsprostituierte oder selber irgendwie krank veranlagt.«

»Wo wohnt eigentlich Alexander?«, fragte ich.

»Im Penthouse über dem Lager.«

»Vielleicht ist sie dort.«

Irene zuckte mit den Schultern. »Mag sein, aber das ist noch kein Grund, tagelang nicht ans Telefon zu gehen und keine Nachrichten zu beantworten.«

Unter Umständen doch, dachte ich. Wenn ein ermordeter Mann im Spiel ist … Ich sollte versuchen, dorthin zu kommen, in Alexanders Wohnung. Mir fiel ein, dass van Eyk schon bei Alexander gewesen war, um nach Odile zu suchen. Aber das war vor ein paar Tagen gewesen, und er hatte nur *gefragt,* nicht gesucht. Weil er sie da noch nicht für eine Mörderin gehalten hatte. Vielleicht, überlegte ich, denkt sich Odile, dass man sich am besten an einem Ort versteckt, an dem die Polizei schon war.

»Ich muss wieder«, sagte Irene. »Du solltest vorsichtig sein. Sie mögen es gar nicht, wenn man hier rumschnüffelt. Besonders seit dieser Sache …«

»Meinst du diesen Typen, der hier verkehrte und umgebracht wurde? Hatte Odile etwas mit ihm zu tun? Hat der auch diesen Playground besucht?«

Irene bekam wieder ihren gehetzten Ausdruck in den Augen. »Ich weiß nichts. Geh jetzt raus.«

Als ich an die Bar trat, war Weißhaar verschwunden und Ella schaute mich ziemlich böse an.

»Wo warst du so lange? Die Gäste mögen es nicht, wenn man sie so lange allein lässt.«

»Entschuldige. Mir war ein bisschen komisch.«

»Bist du auf Drogen?«

»Was? Nein!«

»So was mögen wir hier nämlich gar nicht.«

Schon klar. An meinem zweiten Abend hatte ich zwei Herren beobachtet, die völlig ungehemmt jeder eine Line gezogen hatten.

Der Playground also. Ob van Eyk wohl darüber Bescheid wusste? Ich musste ihm sofort sagen, was ich von Irene erfahren hatte. Er musste mit einem Durchsuchungsbeschluss zurückkommen und diesen Laden auseinandernehmen. Für mich dagegen wurde es jetzt allerhöchste Zeit für einen eleganten Abgang. Irenes Beschreibung von dem, was auf diesem Playground abging, hatte mir endlich die Augen geöffnet und klargemacht, dass ich hier an einem richtig üblen und gefährlichen Ort war.

Ich schrak zusammen, als sich plötzlich Alexander auf dem Barhocker neben mir niederließ. »Alles klar bei dir, Lucinda?«

»Ja, ja. Mir war eben nur ein bisschen schwummerig. Ich habe wohl zu wenig gegessen.«

Er gab Ella ein Zeichen, uns was zu trinken zu bringen. Ich bekam Herzrasen. Was jetzt? Einfach aufstehen und rausgehen? Nein, das wäre zu auffällig, er würde mich aufhalten, oder der Zerberus, der unten vor der Tür stand. Ich musste bleiben, und mich unauffällig benehmen und hoffen, dass er nichts gemerkt hatte. Ich lächelte gegen meine Panik an. Ella goss Alexander einen Single-Malt ein und mir machte sie einen alkoholfreien Cocktail. Dazu stellte sie eine Schale Erdnüsse vor uns hin und lächelte fürsorglich: »Iss was, Kind, ist gut für den Magen.« Mir war schon früher aufgefallen, dass sie in Gegenwart von Alexander immer sehr nett zu mir und den anderen war, während sie sich sonst aufführte wie ein Feldwebel.

Alexander prostete mir zu und ich trank von meinem Cocktail, der aussah wie ein Caipirinha, aber pappsüß schmeckte. Über seine Schulter hinweg konnte ich Irene beobachten, die sich wieder zu ihrem Tischherrn gesellte. Wenig später sah ich einen Mann durch die Tür gehen, die offenbar zum Playground führte. Ich musste an die Zeichnungen von Odile denken. Vielleicht hatte sie gar keine kranke Phantasie, vielleicht hatte sie nur gezeichnet, was sich in diesem Gebäude abspielte. Hatte sie wirklich mitgemacht? Wegen des Kicks, wie Maart behauptet hatte? Inzwischen war ich fast geneigt, ihm zu glauben. Wenn er schon länger von diesem Club gewusst hat, überlegte ich, wusste er dann auch vom Playground? Hatte er Odile vielleicht darauf angesprochen? Ich konnte mir gut vorstellen, wie sie darauf reagiert hatte.

»Du hast dich nach Alice erkundigt«, hörte ich Alexander sagen.

Mich beschlich ein ganz, ganz ungutes Gefühl. Leugnen hatte keinen Zweck. Bestimmt hatten die anderen Mädchen mich verraten. Irene konnte es nicht sein, wann hätten sie und Alexander reden sollen? Um Zeit zu gewinnen, nahm ich noch einen großen Schluck von meinem Getränk und sagte dann: »Ich bin auf ihre Empfehlung hergekommen. Deshalb dachte ich, ich treffe sie hier mal. Ich wollte sie auch schon anrufen und mich bedanken, aber sie geht nie ans Telefon. Weißt du, wo sie ist?«

»Leider nicht. Sie ist nicht gerade die Zuverlässigkeit in Person, wenn du weißt, was ich meine.«

»Ja, sicher. Vielleicht ist sie verreist.«

Verreist. Ich musste unweigerlich an die komische Chatnachricht denken. Hatte Alexander sie geschrieben? Nachdem er Odile Gott weiß was angetan hatte? Vielleicht lag auch sie schon in einem Kanal, angebunden an einen Sandsack …

»Das wird so sein«, sagte er. Dann musterte er mich von oben bis unten, verzog seine Lippen zu einem falschen Lächeln und meinte: »Offenbar hat sie ihre Garderobe zurückgelassen.«

Ich presste meine Hände auf die Knie, die vor Angst zu zittern begonnen hatten.

Er fuhr mit dem Daumen unter den Träger meines Kleides und strich daran auf und ab. »Das hier habe ich ihr mal geschenkt. Ist von Versace, war sauteuer.«

Carolin, du blöde Kuh! Wie kannst du so dumm sein und Odiles Kleider hier tragen?, brüllte mich meine innere Stimme an. Ich wollte etwas sagen, aber ich brachte keinen einzigen Ton heraus.

»Das Schwarze von neulich, das mochte ich an Alice immer ganz besonders«, lächelte Alexander.

»Mochte?«, wiederholte ich erschrocken. »Ist sie … Was hast du …«, stammelte ich

Die Flaschen hinter Ellas Kopf begannen zu tanzen, meine Kehle war wie zugeschnürt. Nichts wie weg hier, und zwar *sofort*!

Ich glitt vom Barhocker und hätte dabei beinahe das Gleichgewicht verloren. Doch Alexander hielt mich mit eisernem Griff fest. Das falsche Lächeln war verschwunden, seine dunklen Augen sahen mich durchdringend an.

In diesem Moment wusste ich ganz genau, dass er hinter Odiles Verschwinden steckte.

Von dem, was danach kam, weiß ich allerdings nichts mehr.

»Ich glaube, ich hörte ihn noch meinen Namen sagen, Carolin, aber danach … Das Nächste, an das ich mich erinnere, war, wie ich aufgewacht bin und das Licht anging und ich nicht in meinem Zimmer war, sondern hier.« Ich deute nach draußen, auf den Wohntrakt der Villa Rosengarten.

»Dazwischen ist nichts?«, fragt Dr. Davis.

»Nein. Oder, ich weiß nicht. Mir kommt es so vor, als sei ich nach dem Club noch auf unserem Boot, in meinem Zimmer gewesen. Aber das kann auch falsch sein, ich bin nicht sicher. Es ist alles verschwommen.«

Draußen im Park bricht die Sonne durch die Baumkronen. Die Schatten werden schon wieder ein bisschen länger. Mein Tee ist kalt geworden.

»Nun, das stimmt schon«, sagt Dr. Davis. »Bevor die Polizei Sie hierhergebracht hat, waren Sie noch einmal auf dem Boot.«

»Aber ich weiß überhaupt nicht mehr, wie ich vom *Abraxas* wieder nach Hause gekommen bin. Bitte, das müssen Sie mir glauben.«

»Oh, das tue ich. Gedächtnisverlust ist die übliche Reaktion auf die Verabreichung von Flunitrazepam.«

»Was?«

»Den Stoff fand das Labor der Rechtsmedizin in Ihrem Blut. Kommissar van Eyk hat mir vorhin den Befund gezeigt. Das ist ein Hypnotikum, besser bekannt unter dem Namen Rohypnol oder auch als Roofies oder Vergewaltigungsdroge.«

»Roofies? Man hat mir im *Abraxas* Roofies verabreicht?«

»Halten Sie das für so unwahrscheinlich, nach alldem, was Sie über diesen Laden gehört haben?«, erwidert Dr. Davis.

»*Vergewaltigungsdroge.* Kann … kann es sein, dass mir in diesem Club etwas… ich meine, Sie wissen schon. Dass die mich bewusstlos gemacht haben und dann für ihre perversen Spielchen …« Ich kann vor lauter Entsetzen nicht weiterreden. Der Traum mit den Kerzen und ich auf einem Tisch …

»Nun, das weiß ich nicht genau.«

Es war nicht die Antwort, die ich gern gehört hätte.

»Angenommen, man hat mit mir im bewusstlosen Zustand etwas … gemacht. Wäre es dann möglich, dass ich davon träume?«

»Sehr unwahrscheinlich. Narkotisierte Menschen träumen ja hinterher auch nicht von ihrer Operation. Zumindest nicht so, wie sie wirklich abgelaufen ist.«

Das klingt doch schon besser. Obwohl das eine das andere immer noch nicht ausschließt.

»Meiner Meinung nach rührt Ihr Gedächtnisverlust von einem Trauma her«, fährt Dr. Davis fort. »Also von etwas, das Sie *bewusst* erlebt und dann verdrängt haben.«

»Wie lange hält die Wirkung von diesem Flunitrazepam denn normalerweise an?«, frage ich.

»Ein paar Stunden. Vier bis sieben, maximal zwölf.«

»Das verstehe ich nicht. Im *Abraxas* war ich am Donnerstag und hierher kam ich … wann genau?«

»Samstagabend«, antwortet Dr. Davis.

»Aber …«

»Vergessen Sie für den Moment einmal die Roofies und den

Club«, sagt Dr. Davis. »Vorhin sprachen Sie von einem Traum. Sie erinnern sich?« Als Gedächtnisstütze legt er noch einmal Odiles Zeichenbuch vor mich hin. »Sie sagten, da wäre Wasser gewesen.«

»Ja, kann sein.«

Er blättert ein paar Seiten in Odiles Kladde um. »Etwa so?« Er schiebt das Bild zu mir rüber auf den Tisch

Grachten mit Booten und Hausbooten, gesäumt von den typischen Altstadthäusern. Auf den Brücken sind Menschen und Radfahrer, ein Postkarten-Amsterdam-Idyll. Im Hintergrund aber türmt sich eine dunkle, schäumende Riesenwelle auf, die das alles binnen Sekunden verschlingen und zerstören wird. Man sieht sogar schon ein paar hilflose Menschen in den Wassermassen. Roland Emmerich hätte das nicht besser hinbekommen.

»Die Selbstmordwelle«, sage ich.

»Wie kommen Sie auf Selbstmord?«

»Eine Metapher. Klimawandel, durch die Menschheit verursacht. Das Bild hat Odile öfter gemalt, ein ähnliches hing sogar in unserem Wohnraum, daher kenne ich den Titel.«

»Verstehe.«

»Das Wasser in meinem Traum war keine Welle, es war eher … um mich herum. An meinen Füßen.«

»Und die Frau auf dem Tisch waren Sie?«

»Ich glaube schon. Ich erinnere mich meistens nicht an meine Träume. Kaum bin ich wach, ist alles weg, als wollte man Wasser mit einem Sieb schöpfen.«

Schon wieder Wasser, denke ich.

»Aber an diesen Traum erinnern Sie sich.«

Ich hätte wissen müssen, dass er sich daran festbeißt. Für einen Psychiater sind Träume so etwas wie Bananen für Affen.

»Das Bild mit den Männern um den Tisch hat mich vage daran erinnert. Vielleicht habe ich aber auch nur von den Zeichnungen geträumt.«

»Schon möglich.« Er scheint nachzudenken, dann steht er abrupt auf und sagt: »Kommen Sie mit, Carolin. Ich habe eine Idee.«

Sprachmemo von Maart, 23. August

Ich bin jetzt auf dem Rad. Es ist kurz vor Mitternacht, ich wollte vorhin eben ins Bett, doch dann kriegte ich einen Anruf. Eine Frauenstimme, sie klang sehr hektisch: »Maart, komm sofort ins Abraxas und hol Carolin da weg.«

Und ich so: »Was? Wer ist denn da?«

Und sie: »Du bist doch Maart, oder?«

Ich sagte, dass ich das bin.

»Dann los. Hol sie da raus, ehe was Schlimmes passiert.«

»Aber wie soll ich denn da reinkommen?«

»Versuch es durchs Lager.«

»Und wie …?«

Aufgelegt.

Die Stimme habe ich schon mal gehört, da bin ich absolut sicher, ich komm nur gerade nicht drauf, woher ich sie kenne. Egal.

Das mit Caro hat sich gar nicht gut angehört.

Selbst wenn ich in diesen Scheißladen reinkommen soll, wie soll ich dann Caro da *rausholen?* Wie stellt diese Frau sich das vor?

Mir wird schon was einfallen. Mir *muss* was einfallen. Notfalls muss ich eben einen Riesenstunk machen oder ich rufe die Polizei.

19

BLUT UND WASSER

Wir sind im Park. Heute ist es dort wesentlich ruhiger als am Sonntag. Das Wetter hat sich seit dem Vormittag gebessert, die Sonne ist sogar noch mal rausgekommen. Ich atme tief ein und aus.

»Ist Ihnen kalt?«

»Nein«, sage ich, obwohl mich in Fleurs Sommerkleid doch ein bisschen fröstelt. Ich habe gezögert, es anzuziehen, aber ich konnte mich auch nicht überwinden, wieder in den grauen Anzug zu schlüpfen. Jedenfalls bin ich froh, im Park zu sein.

»Warum studieren Sie Wirtschaftsinformatik?«, fragt Dr. Davis.

»Es hat sich so ergeben. Nach dem Abi wusste ich nicht, was ich studieren sollte, und nach ein paar Monaten Interrail immer noch nicht.« Ich setze ein schiefes Grinsen auf. »Die Wirtschaftswissenschaften haben den Ruf, von denen studiert zu werden, die nicht wissen, was sie wollen.«

»Und warum Holland?«

»Ich wollte gern ins Ausland, und da ich durch meine Mutter Holländisch spreche, bot sich Groningen an – obwohl Holland für mich nicht wirklich Ausland ist. Aber Mama war glücklich, weil es nicht so weit weg ist, und für mich war's okay. Das Studium hat mir dann tatsächlich Spaß gemacht. Ich habe währenddessen mitbekommen, dass man mit einer Kombination aus Wirtschaft und Informatik gute Chancen auf dem Arbeitsmarkt hat, also bin ich zu dem Entschluss gekommen, meinen Master in Wirtschaftsinformatik zu machen.«

»Das hört sich vernünftig an«, sagt Dr. Davis.

Vernünftig. War das eben ein vergiftetes Lob? »Tut mir leid, dass ich keine leidenschaftliche Erklärung für die Wahl meines Studienfaches habe«, gifte ich zurück.

»So war das nicht gemeint«, versichert Dr. Davis rasch.

»Außerdem mag ich es wirklich«, setze ich hinzu. »Ich hab's gern, wenn es logisch und berechenbar zugeht.«

»Wissen Sie, was Sie hinterher machen wollen?«

»Noch nicht«, gestehe ich. »Ich lasse es auf mich zukommen. Wahrscheinlich lande ich als Nerd bei einem sexy Start-up.«

Ich denke an die Diplome in seinem Sprechzimmer. Sicher hält er nicht viel von Leuten, die nicht wissen, was sie wollen. Es geht mir ja zuweilen selber so. Sandra zum Beispiel wusste schon immer, dass sie Lehrerin werden will, sogar im Kindergarten spielten wir schon Schule, und sie war immer die Lehrerin, die mich herumscheuchte. Und Marie wollte Sängerin werden. Ich wüsste zu gern, was sie jetzt macht. Ob sie die Sache einigermaßen verwunden hat. Ob sie uns verziehen hat, Sandra und mir.

»Wollten Sie schon von Kind an Psychiater werden?«, frage ich.

»Ich wollte Jockey werden«, antwortet Dr. Davis.

»Wow«, sage ich und denke: *Die Statur dafür hätte er.*

»Aber meine Eltern wünschten sich, dass ich Medizin studiere, und in meinem Kulturkreis zählen die Wünsche der Eltern sehr viel. Allerdings kann ich kein Blut sehen. Da blieb mir nichts anderes übrig, als mich trotzdem durchs Medizinstudium zu quälen und mich dann auf Psychiatrie zu spezialisieren.«

»Und? Macht's Spaß oder ist es eine Qual, sich jeden Tag vollabern zu lassen?«

Er lacht. »Mein Beruf macht mir Freude, es war eine gute

Wahl. So, da sind wir.« Dr. Davis steuert den Teich an. »Würde es Ihnen was ausmachen, Ihre Schuhe auszuziehen?«, fragt er mich.

Wie bitte? Ist der Mann noch ganz bei Sinnen?

Er nickt mir aufmunternd zu.

»Meinetwegen, wenn's der Wahrheitsfindung dient«, sage ich und ziehe meine Schuhe aus. »Sind da Fische drin?«, frage ich, um die überaus seltsame Situation mit etwas Small Talk zu füllen.

»Nein. Wir haben es mit Goldfischen versucht, aber der Reiher holt sie alle weg. Vielleicht gibt es ein paar Frösche, aber die nehmen Reißaus. Sie müssen keine Angst haben.«

»Ich habe keine Angst, es war nur Neugier. Ich bin auf dem Land aufgewachsen, wissen Sie noch? Ich war früher oft angeln.«

»Allein?«

»Mit meinem Vater.«

»Das ist das erste Mal, dass Sie Ihren Vater erwähnen.«

»Ich habe meinen Vater seit über zehn Jahren nicht gesehen und verspüre auch nicht das Bedürfnis danach.«

»Was ist passiert?«

Scheiß Fische! Wieso musste ich denn jetzt auch noch dieses Fass aufmachen.

Auf Mamas Kopf begann nach der überstandenen Chemotherapie gerade wieder der erste Flaum zu sprießen, als mein Vater auszog. Zu seiner Freundin, mit der er schon seit anderthalb Jahren ein Verhältnis hatte. Bis heute habe ich die Vorstellung, dass er, während ich den lieben Gott um die Genesung meiner Mutter anflehte, gehofft hatte, sie möge sterben. Denn als Witwer stünde man doch gleich viel besser da als ein Mann, der seine kranke Frau verlässt.

»Stehe ich barfuß am Teich, um über meinen Vater zu reden?«, frage ich.

»Nein«, sagt Dr. Davis. »Aber Sie wissen schon, dass es da auch noch eine Baustelle gibt.«

»Die können wir im Moment vernachlässigen«, sage ich.

Er schmunzelt, aber er akzeptiert es.

Das Teichufer wurde mit großen, glatten Felsbrocken befestigt. Dr. Davis deutet auf einen rechteckigen in zweiter Reihe. »Setzen Sie sich bitte auf den vordersten Stein und lassen Sie ihre Beine ins Wasser hängen so weit wie möglich.«

Was soll denn der Hokuspokus? Oder ist das eine revolutionäre neue Heilmethode, die sich vom konventionellen Vorgehen einfach nur sehr drastisch unterscheidet? Mir soll es recht sein, ich setze mich hin. Der Stein ist warm von der Sonne, die Wärme durchdringt den dünnen Stoff von Fleurs Kleid. Ein schönes Gefühl. Ich lasse meine Füße ins Wasser gleiten. Es ist grün und kühl und ich fröstle, aber schon nach ein paar Sekunden fühlt es sich gut an.

»Schließen Sie die Augen«, sagt Dr. Davis. »Keine Angst, es geschieht nichts.«

»Ich habe keine Angst«, wiederhole ich und schließe die Augen.

»Atmen Sie tief ein und aus.«

Ich atme.

»Denken Sie an Wasser.«

Ich lasse die Augen zu und baumle mit den Beinen im Wasser. Ich sehe mich, wie ich als Kind mit offenen Augen im Dorfweiher tauche, die Sonne scheint durch das Grün des Wassers, Pflanzenpartikel tanzen vor meinen Augen, es ist still. Ich bin eine Meerjungfrau in meinem Element, manchmal erscheint ein bleiches Bein in meinem Sichtfeld, oder ein Gesicht mit offenen Augen, umtanzt von wallendem Haar.

»Was sehen Sie?«

»Unseren Dorfteich. Das Wasser ist grün und ein bisschen trüb. Ich bin mit meinen Freunden beim Baden. Ich tauche und schaue ins Licht.«

Ich tauche wieder auf, der Sonne entgegen, und von einer Sekunde auf die andere sind da die Sommergeräusche, die Stimmen der anderen, der Geruch nach Gras und Sonnencreme. Sandra, Marie, die Jungs … Ich bin glücklich. Keine Ahnung, ob ich damals gewusst habe, dass ich es war, aber jetzt, in meiner Erinnerung, bin ich es.

»Denken Sie jetzt an Ihren Traum vom Wasser. Versuchen Sie, in den Traum einzutauchen, und sagen Sie mir, was Sie sehen, egal, wie abwegig oder seltsam es Ihnen vorkommen mag.«

Etwas in mir sperrt sich dagegen, denn in diesem Traum war ich nicht glücklich, so viel weiß ich noch. Ich sehe meine blutigen Hände unter dem Wasserhahn, aber das war nicht der Traum, das war danach. Was habe ich gesehen, was ging mir im Augenblick des Erwachens durch den Kopf? Ich versuche, dem Traum nachzuspüren.

»Ich höre ein Glucksen. Wie ein Boot, das im Wasser dümpelt. Mir ist kalt. Ich gehe eine Treppe hinauf. Da sind nasse Fußspuren auf der Treppe.«

Ich komme oben an. Da ist Blut auf den Holzdielen, viel Blut. So viel wie gestern bei Fleur. Wessen Blut ist das, wo kommt das her? Jemand ruft meinen Namen. Maart? Ich bin nicht sicher.

»Tut mir leid«, sage ich zu Dr. Davis und öffne die Augen. »Das ist alles.«

»Schade. War ein Versuch. Gehen wir zurück«, sagt Dr. Davis.

Ich stehe auf, nehme meine Schuhe in die Hand und gehe barfuß zurück in die Villa Rosengarten.

Mit einem Handtuch um die Beine sitze ich wieder im Sprechzimmer von Dr. Davis. Vor mir steht eine dampfende Tasse mit Tee. Auf dem Tisch liegt immer noch die Kladde mit Odiles Zeichnungen, die mit der alles verschlingenden Welle schaut heraus.

Ich erschrecke mich, als ich meinen Blick von dem Heft löse und wieder Dr. Davis anschaue. Sein Gesicht ist plötzlich sehr ernst.

»Gut, Carolin. Dann ist dies jetzt die Stunde der Wahrheit. Falls Sie damit einverstanden sind.«

Ich nicke. Ein Angstklumpen sitzt mir im Hals. Ich kralle mich am Polster des Sessels fest.

Was kommt jetzt? *Lieber Gott, lass ihn jetzt nicht sagen, dass ich etwas Furchtbares getan habe!*

»Man hat Sie am frühen Freitagmorgen auf dem Boot gefunden. Neben der Leiche von Maart Verstappen. Er wurde erstochen, mit einem gezielten Messerstich.«

»Maart ist tot?« Es ist seltsam. Ich höre mich selbst sprechen, während ich das Gefühl habe, in einen Abgrund zu stürzen.

»Ja, Maart ist tot«, wiederholt Dr. Davis. »Das ist der Grund, warum Sie hier sind.«

»Maart!«, ruft es aus mir. »Nein, nein, das ist … das ist nicht wahr!«

Er nickt. »Doch, das ist es.«

Meine Hände. Das Blut …

»War ich das?«

»Das kann ich nicht sagen. Die Polizei ermittelt noch. Deshalb ist es wichtig, dass Sie selbst sich erinnern, Carolin.«

»Aber ich… ich könnte doch nie …« Meine Stimme versagt, ich ringe nach Atem und mir wird kalt, so kalt, dass ich anfange, mit den Zähnen zu klappern. Ich wünschte, ich hätte nie darauf bestanden, die Wahrheit zu erfahren.

»Carolin, ich denke, Sie sollten sich jetzt etwas hinlegen, einverstanden? Wir reden morgen weiter. Vielleicht fällt Ihnen bis dahin wieder etwas ein.«

Ich nicke nur, denn ich bekomme noch immer keinen Ton heraus, obwohl ich noch tausend Fragen hätte.

Maart ist tot.

Wie eine Marionette stehe ich auf und folge Dr. Davis bis zu meinem Zimmer. Ich lege mich aufs Bett und rolle mich ein. Ein Anfall von Schüttelfrost lässt mich noch immer zittern. Zum ersten Mal, seit ich hier bin, bin ich froh, als die Tür hinter mir zufällt.

Wie verkraftet man es, wenn man erfährt, dass man möglicherweise einen Menschen getötet hat und dass dieser Mensch Maart ist? Das eine macht das andere nur noch viel schlimmer.

Erstochen, hat Dr. Davis gesagt. Ein Messer in einen Körper stoßen. In Maarts Körper. Mir wird schlecht bei dem Gedanken.

Nein, nein, das könnte ich niemals tun, nie im Leben! Und doch war da Blut in meinen Träumen – und an meinen Händen.

Was ist mit Kommissar van Eyk? Hält er mich für eine Mörderin?

Egal, was er von mir denkt. Van Eyk ist in erster Linie Polizist und als solcher hält er sich an die Fakten. Daher muss es Fakten geben, die gegen mich sprechen, sonst hätte er mich ja wohl nicht verhaftet und hierhergebracht.

Morgen wird Dr. Davis Kommissar van Eyk anrufen und ihm sagen, dass ich mich leider an den Tathergang nicht erinnern kann. Man wird mich abholen und in eine Zelle stecken.

O Gott, wenn meine Mutter das erfährt!

Und was ist mit Odile? Wie wird sie auf Maarts Tod reagieren? Oder ist sie vielleicht auch längst tot? Wenn nicht, was wird sie sagen, wenn sie hört, dass ich unter Mordverdacht stehe? Kümmert sie sich überhaupt noch um Maart und mich? Vielleicht ist sie längst über alle Berge.

Ich werde einen Anwalt brauchen.

In den Fernsehkrimis verlangen die Verdächtigen immer nach »ihrem« Anwalt, wenn es brenzlig wird. Offenbar haben die alle die Telefonnummern des Strafverteidigers ihres Vertrauens im Handy oder im Kopf gespeichert. So betrachtet, bin ich wirklich nicht gut präpariert. Ich kenne keinen Anwalt und erst recht keinen, der auf Strafrecht spezialisiert ist.

Ich wälze diese alberne Anwaltsfrage im Kopf hin und her, als wollte ich dadurch verhindern, dass nach und nach die Tatsache in mein Bewusstsein sickert, dass Maart tot ist. Unwiederbringlich tot, für immer, endgültig. Sein schöner, junger Körper liegt jetzt in einem Kühlfach in der Rechtsmedizin, es wird ein Begräbnis geben …

Nein, Maart, nein! Du darfst nicht tot sein. Das darf einfach nicht sein. Dr. Davis hat sich geirrt oder es ist eine seiner Finten …

Quatsch! Dr. Davis hat mir Dinge vorenthalten, die er wusste, ebenso wie ich ihm. Wir haben uns umkreist und belauert, aber er würde mich nicht plump anlügen. Schon gar nicht bei so etwas.

Maart ist tot.

Nie wieder werde ich sein schiefes Grinsen zu sehen bekommen, nie wieder wird die Abendsonne die Härchen auf seinen Unterarmen golden leuchten lassen. Nie wieder werden wir zusammen einen Joint rauchen und herumkichern, nie wieder werden wir zusammen joggen gehen oder zum Bouldern. Wir werden nicht einmal mehr streiten.

Er wurde ausgelöscht. Sein junges Leben wurde ihm genommen, seine Träume, seine Zukunft. Alles weg. Seine Familie wird verzweifelt sein, ihr Leben wird nie wieder so sein wie vorher. Sie alle werden mich hassen. Sie und Veronika! Und ich selbst hasse mich am meisten.

Falls ich es war.

Nein, undenkbar.

Im Drogenrausch vielleicht? Wenn, dann kann es nur so gewesen sein, ich würde doch Maart bei klarem Verstand nie im Leben etwas antun.

Mir fällt ein, was Dr. Davis am ersten Tag zu mir gesagt hat: dass meine Inhaftierung nicht unbedingt bedeuten muss, dass ich etwas getan habe. Dass ich vielleicht nur etwas gesehen habe und dass ich eine Zeugin sein könnte.

Aber wieso, denke ich im nächsten Moment voller Angst, wieso hat er das vorhin nicht wiederholt? Glaubt er inzwischen an meine Schuld? Habe ich mich durch irgendetwas *verraten?* Zeugen werden im Allgemeinen nicht inhaftiert. Das macht man nur mit Verdächtigen.

Bin ich eine Mörderin?

Ich muss es herausfinden. Ich muss mich erinnern, das ist meine einzige Chance.

Keine Ahnung, wie viel Zeit vergangen ist, als jemand an meine Tür klopft. Ich krächze irgendetwas. Vorsichtig wird sie einen Spalt geöffnet.

»Entschuldigen Sie die Störung, Carolin. Darf ich eintreten?«

Es ist Wilhelmine.

Ich bin überrascht und nicke. Wilhelmine balanciert ein Tablett mit Obstsalat und Joghurt vor sich her, das sie nun auf den Tisch stellt. »Ich dachte, Sie möchten vielleicht was essen.«

Weiß sie Bescheid? Hat Dr. Davis womöglich Andeutungen gemacht? Aber das würde ja gegen jede Regel verstoßen …

»Ich soll Ihnen außerdem das hier von Ben geben.« Sie legt einen Briefumschlag auf die Kommode. Vornehme Dame, die sie ist, verzichtet sie darauf, meinen Zustand zu kommentieren.

»Darf ich?« Sie setzt sich auf den einzigen Stuhl und sieht mich forschend an. Sie hat ihr Haar zu einem Knoten aufgetürmt, was viel eleganter aussieht als die alberne Gretelfrisur. Dazu trägt sie ein schmales, marineblaues Kleid mit Dreiviertelärmeln, schlicht, aber raffiniert geschnitten, und weiße Sneakers. Die Kombination strahlt etwas Solides und Entschlossenes aus, und gerade kann ich mir gut vorstellen, dass Wilhelmine den Eskimos Kühlschränke verkaufen konnte.

»Sie sehen heute sehr gut aus«, sage ich. Das habe ich von Odile gelernt: Frauen sollen einander ruhig Komplimente machen, denn die wiegen zehnmal mehr als die von Männern.

»Danke, Carolin, Sie sind sehr freundlich. Wie ich hörte, wissen Sie ja inzwischen, dass ich nicht gar so verrückt bin, wie ich mich gebe.«

»Ja«, gestehe ich. »Und außerdem haben Sie Südseeinseln verkauft, die gar nicht existierten.«

Sie winkt ab. »Ach, die Inseln. Ja, das war eine lustige Sache, die ging überall durch die Presse, und die Geschädigten hatten neben ihrem Verlust auch noch eine Menge Spott zu ertragen. Aber das war längst nicht alles. Die meisten meiner … Aktionen wurden bis heute nie aufgedeckt, und so soll es auch bleiben.«

Ihre Gegenwart tut mir irgendwie gut. »Darf ich Sie etwas fragen, Wilhelmine?«

»Aber sicher doch, meine Liebe.«

»Ben sagte mir, Ihre Familie sei wohlhabend. Wieso haben Sie das dann gemacht, das mit den Inseln und alles andere?«

»Aus Spaß, natürlich. Wissen Sie, ich war schon immer das schwarze Schaf der Familie.« Sie lächelt mich kokett an, dann wird sie plötzlich ernst und sagt: »Der Grundstein des Vermögens meiner Familie wurde, so wie bei den meisten alten Amsterdamer Familien, während der Kolonialzeit gelegt. Also klebt daran reichlich Blut. Und auch wenn das schon lange her ist, so ist es heute nicht wesentlich anders. Reichtum gibt es immer nur auf Kosten von Schwächeren oder auf Kosten der Umwelt, oftmals beides. Die scheinheiligen Charity-Aktivitäten und das Greenwashing sollen darüber hinwegtäuschen, aber in Wirklichkeit haben wir alle Blut an den Händen.«

Ich zucke zusammen, aber Wilhelmine bemerkt es nicht.

»Ja, ich habe gegen Gesetze verstoßen und Leute betrogen. Aber glauben Sie mir, Carolin, verglichen mit dem Gros meiner Sippschaft bin ich geradezu ein leuchtendes Beispiel an Moral, denn ich habe wenigstens nur ein paar reiche Idioten geschröpft, denen das nicht besonders wehtut.«

»Ich wollte Sie nicht verurteilen«, sage ich. »Im Gegenteil. Das mit den Inseln ist cool.«

Wilhelmine winkt ab. »Egal, Schnee von gestern. Sie waren nicht beim Essen, Carolin, Ben und ich haben uns Sorgen gemacht. Besonders seit dieser Tragödie mit Fleur … Deshalb entschuldigen Sie bitte diesen Überfall, ich dachte nur, jemand sollte sich um Sie kümmern. Was wir bei Fleur leider versäumt haben«, fügt sie mit bitterem Unterton hinzu.

»Es ist schön, Sie zu sehen«, sage ich und meine es aufrichtig.

»Wollen Sie mir sagen, was geschehen ist?«

So verheult, wie ich aussehe, kann ich nicht länger tun, als wäre nichts. »Laut Dr. Davis und der Polizei soll ich einen guten Freund von mir umgebracht haben.«

Ihre aufgemalten Augenbrauen schnellen in die Höhe.

»Ich weiß gar nichts mehr«, erkläre ich. »Mir fehlt der Film von ein, zwei Tagen.«

Wilhelmine seufzt schwer und fragt leise: »Standen Sie diesem Freund sehr nah?«

»Ja, ziemlich.«

»Es ist furchtbar, gute Freunde zu verlieren, denn es gibt nicht so viele davon. Aber glauben Sie mir, Sie waren das nicht.«

»Ich wünschte, ich wäre da auch so sicher.«

»Wissen Sie, Carolin, die herausragende Eigenschaft, die ein guter Betrüger haben muss, ist Menschenkenntnis. Sie ist das A und O. Und ich war jahrelang eine überaus erfolgreiche Betrügerin. Deshalb glauben Sie mir bitte, wenn ich Ihnen eines sage: Sie haben ganz bestimmt niemanden ermordet.«

Ich versuche ein Lächeln, denn ich möchte ihr nur zu gerne glauben. »Aber Maart ist trotzdem tot!«, rufe ich verzweifelt. »Und Fleur ist tot, und meine Freundin und Mitbewohnerin ist seit zwei Wochen verschwunden, und ich weiß nicht, ob sie noch lebt, oder ob sie vielleicht meine Hilfe braucht. Und ich sitze hier fest, weil man mich verdächtigt, meinen besten Freund umgebracht zu haben!«

»Ja, manchmal kommt wirklich mehr zusammen, als man ertragen kann.« Wilhelmine erhebt sich mühsam vom Stuhl, setzt sich zu mir aufs Bett und nimmt meine Hand. Die ihre fühlt sich kühl an. Wir schweigen. Ihre stumme Anwesenheit tut mir gut und unser Schweigen und Händchenhalten ist nicht peinlich. Nicht an diesem Ort und nach alldem, was geschehen ist.

Nach einer Weile räuspert sie sich und sagt: »Carolin, ich ahne, wie Sie sich fühlen, und der Tod Ihres Freundes wird Sie bestimmt noch sehr lange beschäftigen. Es wird besser werden mit der Zeit, weil Sie lernen werden, damit umzugehen. Aber ganz weggehen wird der Schmerz nie, das ist leider so.«

Ich nicke. Sie hat bestimmt auch schon Menschen verloren, die ihr viel bedeutet haben. In ihrem Alter bleibt das nicht aus.

»Aber diese andere Sache, die wird sich aufklären, da bin ich ganz sicher. Also Kopf hoch, Carolin.« Das meint sie nicht nur metaphorisch, denn sie legt die Hand unter mein Kinn und zwingt mich auf sanfte Art, den Kopf zu heben und sie anzusehen. »Lassen Sie sich nicht unterkriegen. Glauben Sie an sich.«

Ich versuche ein Lächeln. »Danke, Frau …«

»Wilhelmine, das reicht. Lassen Sie sich etwas zum Schlafen geben«, sagt sie, während sie aufsteht und von innen an die Tür klopft. »Schlafen hilft ein bisschen, besonders am Anfang. Morgen werden Sie alle Ihre Kräfte brauchen.«

Dann wird die Tür von außen geöffnet und sie winkt mir mit einer eleganten Bewegung zu. Was für eine Schande, denke ich, dass eine Frau wie sie hier versauert. Auch wenn Sie offenbar das Beste daraus macht.

Entgegen Wilhelmines Rat lasse ich die Pille, die mir der mürrische Truthahn dalässt, liegen. Ich will mich nicht daran gewöhnen und ich möchte nicht benebelt sein. Ich will nachdenken, mich erinnern.

Warum glauben sie, dass ich es war? Weil man mich neben Maarts Leiche gefunden hat. Aber nicht jeder, den man neben einer Leiche findet, ist auch der Täter. Ben und ich haben ja auch Fleur gefunden.

Aber ich erinnere mich auch nicht daran, was bei der Polizei los war, bevor man mich hierhergebracht hat. Vielleicht habe ich dort den Mord an Maart gestanden.

Sie haben ganz bestimmt niemanden umgebracht.

Wilhelmines Satz kreist in meinem Kopf wie ein Mantra. Ich würde nur zu gern ohne Wenn und Aber daran glauben.

Schon beginnen die Zweifel wieder an mir zu nagen. Das Blut in meinem Traum war also real, eine Erinnerung. Aber wenn ich es nicht war, wer hat Maart das dann angetan? Ferdinand? Der hatte ja eigentlich nur mit mir ein Hühnchen zu rupfen, doch man weiß nie. Alexander? Aber warum? Weil Maart Kommissar van Eyk auf ihn gehetzt hat, um Odile bei ihm zu suchen? Woher will Alexander wissen, dass Maart das war? Es könnte doch ebenso ich gewesen sein, der van Eyk die Autonummer gegeben hat. Außerdem wird van Eyk Alexander das ja wohl nicht unter die Nase gerieben haben. Polizisten verraten ihre Quellen doch nicht.

Er vielleicht nicht, aber Odile. Wusste Odile, dass Maart diesen Club kannte? Hat er sie darauf angesprochen oder hat sie ihm vielleicht sogar davon erzählt?

Ich wünschte, ich hätte beizeiten mit Maart geredet, anstatt die Beleidigte zu spielen und meinen heimlichen Detektivspielen nachzugehen.

Und was ist mit Odile? Welche Rolle spielt Odile bei dieser ganzen Sache? Weiß sie schon, dass Maart tot ist? Stimmt es, was Irene über sie erzählt hat, diese Sache mit dem Playground? Kann es sein, dass van Eyk mit seinem Verdacht, was diesen Anwalt angeht, richtigliegt? Habe ich das alles, die ganze Misere hier, womöglich einer Mörderin zu verdanken?

Mir schwirrt der Kopf, ich kann vor Kummer und Verzweiflung nicht klar denken. Schließlich gebe ich es auf und weine mich in den Schlaf.

20

ICH BIN DRAUSSEN!

Schritte auf dem Flur, Schlüssel klappern, Türen schlagen, eine Männerstimme bellt Befehle, ein Schlüssel dreht sich im Schloss, die Tür geht auf … Da ist Kommissar van Eyk, begleitet von zwei Uniformierten, ein Mann und eine Frau. Ich erkenne die beiden, das sind Veronika und Maart … Veronika zeigt auf mich und ruft: »Sie ist es, sie ist an allem schuld!«

Ich fahre in die Höhe und im Moment des Aufwachens stürzt das ganze Elend mit frischer Wucht über mich herein, so als hätte es über Nacht noch einmal gründlich Energie getankt.

Maart ist tot. Mein Gott, es ist wahr, es ist immer noch wahr.

Und ich bin vielleicht seine Mörderin. Wäre dies alles doch nur ein furchtbarer Albtraum, aus dem ich erwachen könnte, und mein Leben wäre wieder in Ordnung!

Dieser Traum eben. Die Schritte, die Tür. Das war nicht hier, das muss das Gefängnis gewesen sein.

Auf der Kommode steht noch immer der Obstsalat, den Wilhelmine mir gestern vorbeigebracht hat. Er sieht nicht mehr sehr appetitlich aus. Erst jetzt fällt mir wieder der Umschlag auf, der daneben liegt. Ich falte den Zettel auseinander, der sich darin befindet.

Frühstück morgen Punkt neun Uhr! N. B.

Unter die Worte hat Ben einen Vogelkäfig gezeichnet, mit verbogenen Stäben, und einen Vogel, der gerade davonfliegt.

Mein Puls beschleunigt. Hat Ben einen Fluchtplan entwickelt? Ausgerechnet jetzt, da ich doch noch ein paar dringende Fragen an Dr. Davis habe? Sauschlechtes Timing.

Aber ich muss das ja nicht tun. Ich kann auch hierbleiben.

Und dann? Dies hier ist nur eine Ersatz-U-Haft, das darf ich nicht vergessen. Flucht wirkt immer wie ein Schuldeingeständnis, doch wenn ich bleibe, werde ich wahrscheinlich nicht wirklich schlauer. Dr. Davis wird sicher bald das Interesse an seiner Laborratte verlieren und mich als hoffnungslosen Fall zurück ins Gefängnis schicken. Und dann ist da immer noch Odile. Ich muss sie finden, jetzt dringender denn je, denn nur sie kann mir helfen, das Rätsel um Maart zu lösen.

Wie spät ist es überhaupt?

Ich betrete den Speisesaal und mein erster Blick geht zu der großen Uhr über der Tür. Fünf nach neun. Ben, Luuk und Wilhelmine sitzen an ihrem angestammten Fenstertisch, zwischen ihnen prangt ein frischer Strauß Lilien, weiß und violett. Ben schaut erst mich und dann die Uhr vorwurfsvoll an, Wilhelmine schenkt mir ein strahlendes Lächeln, Luuk starrt auf seinen Teller. Ich setze mich zu ihnen.

Ben grinst mich breit an. »Willkommen im Club.«

»Club?«, frage ich verwirrt.

Er fährt sich mit dem Zeigefinger über die Kehle. »*Den* Club meine ich.«

»Arsch!« Ich mache Anstalten, aufzustehen und mich woandershin zu setzen.

»Bleiben Sie sitzen«, sagt Wilhelmine ungewohnt schroff. »Ben, war das nötig?«, herrscht sie ihn an.

Ben senkt verlegen den Blick. »Tut mir leid.«

»Schon okay!« An den Anstaltshumor muss ich mich wohl erst noch gewöhnen. Außerdem – was habe ich erwartet? Sensibilität von einem, der seine Mutter erschlagen hat?

»Du bist spät dran. Ich dachte schon, du kneifst«, sagt Ben.

»Ich habe keine Uhr«, kläre ich ihn auf.

»Bereit für die große Flatter?«

Ich nicke. Merke aber, wie ich plötzlich sehr nervös werde.

Ben beugt sich zu mir und flüstert: »Gleich wirst du dich vor dem Buffet anstellen und dann wird es ein bisschen Rabatz geben. Kümmere dich nicht darum. Wenn unsere freundlichen Kellner nicht hinsehen, gehst du durch die Küche in den Garten. Die Tür ist immer offen, weil das Küchenpersonal da zum Rauchen rausgeht. Lauf zum Gemüsebeet. Bei den Tomaten liegt ein Rucksack für dich. Um über die Mauer zu kommen, musst du ein bisschen klettern, aber das schaffst du schon. Wenn du auf der anderen Seite bist, halte dich rechts. Die Schlüssel in der Außentasche des Rucksacks sind für den kleinen roten Toyota auf dem Personalparkplatz. Der ist schräg vor der Pförtnerloge, du musst aufpassen, dass der Typ dich nicht sieht, steig ins Auto, fahr um die Kurve und nimm dann, etwa nach zwei-, dreihundert Metern, den Weg rechts durch den Wald. Im Dorf lässt du das Auto stehen und nimmst den Bus oder klaust ein Rad. Alles verstanden?«

»Äh, ja. Ich … ich denke schon.«

»Alles Weitere findet sich im Rucksack.«

»Was ist mit den Kameras?«

»Wartungsarbeiten.«

Himmel, der meint es wirklich ernst. Ich fange an zu schwitzen. Ich bekomme keinen Bissen hinunter.

»Warum hast du deine Meinung geändert?«, frage ich Ben.

»Wenn es klappt, verbuche ich es als meinen kleinen persönlichen Triumph über Dr. Davis.«

»Woher kennst du diese ganzen Einzelheiten?«

»Es war mein Plan. Der hat schon mal funktioniert.«

»Danke, Ben.«

»Jetzt quatsch nicht rum, es eilt.«

Während ich vorgebe, mich nicht zwischen Schinken und Räucherlachs entscheiden zu können, höre ich hinter mir plötzlich Geschrei, das Scheppern von zerbrochenem Porzellan und Wilhelmines Stimme, die erbost ruft: »Also, das ist doch die Höhe, so ein Flegel!«

Ben schreit: »So, Arschloch, jetzt ist das Maß voll!«

Stuhlbeine schrammen über den Boden, ein Stuhl fällt klappernd um. Die Lilien liegen am Boden, der ganze Saal schaut auf Tisch 17, ein paar beginnen anfeuernd zu johlen.

Ben und Luuk sind dabei, eine Rauferei anzuzetteln, angestachelt von Wilhelmine, die hysterisch herumkreischt, dass sie Wasser im Schuh habe und jemand ihre Lilien retten möge. Für eine Hochstaplerin ist so eine kleine Komödie sicher eine willkommene Abwechslung. Ich bedaure, dass ich das Schauspiel nicht länger verfolgen kann, und schiele nach unseren Bewachern. Zwei sind herbeigeeilt, um den Streit zu schlichten, der Dritte bleibt auf seinem Posten, beobachtet aber die Szene und telefoniert, der Vierte ist nirgends zu sehen.

Ich kämpfe meine Aufregung und Angst, so gut es geht, nieder, indem ich mir sage: *Was kann dir passieren? Du hast nichts zu verlieren, es wartet so oder so die U-Haft auf dich.*

Ich schleiche mich hinter das Buffet und betrete die Küche. Die Blondine mit dem Ring am Nasenflügel, die neulich Wilhelmine die Orangenmarmelade gebracht hat, schneidet eine Melone auf, was offenbar ihre gesamte Aufmerksamkeit erfordert. Ein junger Typ mit Kochmütze steht am Backofen und hypnotisiert die Brötchen, die darinliegen. Mir wird klar, dass sie eingeweiht sind. Die Tür zum Park wird – sicher gegen die Vorschrift – von einem eingeklemmten Holzkeil offen gehalten. Was nützt ein ausgeklügeltes Security-System, wenn das Personal draußen rauchen will?

Mit ein paar Schritten bin ich draußen im Küchengarten und renne, zum Schrecken der Hühner, am Gehege vorbei bis vor zum Gemüsebeet, das nah an der Mauer liegt.

Hoffentlich sieht mich keiner. Hoffentlich verfolgt mich keiner. Hoffentlich schaffe ich es wirklich über die Mauer. Meine Kondition hat in den letzten Tagen gelitten, ich merke, wie mich das bisschen Rennerei schon anstrengt. Jede Sekunde zweifle ich mehr am Erfolg dieser Aktion. Es grenzte schon an ein Wunder, dass ich ungehindert die Küche passieren konnte, aber jetzt kann man mich vom Haupthaus aus durch den Gemüsegarten rennen sehen. Vielleicht steht Dr. Davis gerade am Fenster und amüsiert sich über meinen Sprint – während auf der anderen Seite der Mauer schon die Wärter auflaufen. Ich sehe Dr. Davis vor mir, wie er die Polizei anruft, damit sie mich, die undankbare Patientin, abholt.

Ich erreiche die Tomatenstauden, die sich an gewundenen Stäben emporranken und voller roter Früchte hängen. Tatsächlich, zwischen der ersten und der zweiten Reihe liegt ein kleiner grauer Rucksack. Ich schnappe ihn mir und setze ihn auf. Dann drehe ich mich um und stolpere auf die Mauer zu, wobei ich versuche, die günstigste Stelle für den Aufstieg zu finden. Hätte ich doch nur Kletterschuhe, nicht diese glatten Turnschuhe, die mir ein bisschen zu groß … Au, verdammt! Vor lauter Die-Mauer-Anstarren habe ich nicht aufgepasst, wo ich hintrete, und bin mit der Fußspitze gegen etwas Hartes gestoßen. Zwischen den Brennnesseln liegt eine Leiter. Ben, du hast wirklich an alles gedacht! Sie ist aus Holz und nicht gerade leicht, aber adrenalindurchströmt, wie ich bin, schaffe ich es, sie aufzurichten. Sie reicht bis kurz unter die Mauerkante. Ich haste die Sprossen hinauf, ziehe mich in einem Kraftakt das letzte Stück hoch und schwinge mich rittlings auf die Mauer. Auf der anderen Seite ist alles ruhig. Ich stoße die Leiter um. Unter mir ist Gebüsch. Zum Glück nichts, was nach Dornen aussieht. Ich hänge mich mit den Fingerspitzen an die Mauerkante und suche nach einem Tritt, aber von außen ist die Mauer verputzt, meine Füße finden keinen Halt. Also stoße ich mich ab, lasse los und lande krachend in einem Holunderstrauch. Ein Ast schrammt mir über die Wange. Der Aufprall ist, obwohl vom Busch gebremst, nicht gerade sanft, aber ich bin unten. Fleurs Sweatshirt hat einen Riss am Ellbogen und darunter brennt und blutet es. Egal.

Ich bin draußen!

Nein, noch nicht ganz. Erst muss ich noch dieses Auto finden. Was, wenn jemand meine Flucht beobachtet hat und sie mich auf dem Parkplatz abfangen? Soll ich lieber zu Fuß fliehen?

Aber bis jetzt hat Bens Plan funktioniert, halte ich mir vor Augen. In der Außentasche des Rucksacks ist tatsächlich ein Zündschlüssel. Ich halte mich rechts und haste an der Mauer entlang, wie Ben gesagt hat. Da liegt der Parkplatz und in der zweiten Reihe steht der rote Toyota, eine ziemliche Rostlaube. Kein Mensch ist zu sehen, doch der Pförtner hat, wenn er sich zur Seite dreht, einen guten Blick auf den Parkplatz. Allerdings scheint er in seine Zeitung vertieft zu sein, was mir wiederum signalisiert, dass man meine Flucht noch nicht bemerkt hat, sonst wäre der sicher nicht so entspannt. Tief geduckt bewege ich mich zwischen den Autos entlang bis zu dem roten Kleinwagen. Keine Fernbedienung. Ich schließe die Fahrertür auf und krieche hinein. Es riecht nach altem Auto und vollem Aschenbecher. Miss Nasenring, die vorhin so eifrig Melonen schnitt, riecht ähnlich, das ist mir schon aufgefallen. Außerdem scheint sie ihren Wagen auch als Müllhalde zu benutzen, aber ich will mal nicht pingelig sein.

Gerade will ich den Motor anlassen, als sich die Gitter am Tor neben der Pförtnerloge öffnen. Erschrocken ducke ich mich tief in den Sitz. Ein Transporter mit der Aufschrift einer Sicherheitsfirma fährt gemächlich durch das Tor und die Zufahrt entlang. Woher wusste Ben, dass die heute kommen und dann die Kameras lahmgelegt sind? Aber er ist lange genug hier und offenbar gut vernetzt.

Ich starte den Toyota und komme kurz an den Rand eines Nervenzusammenbruchs, weil ich den Rückwärtsgang nicht finde, aber schließlich steuere ich den Wagen vom Parkplatz und die Auffahrt entlang. Ich muss mich beherrschen, um nicht wie wild Gas zu geben. Das mache ich erst nach der Kurve.

War's das? So einfach? Kann es wirklich sein, dass niemand meine Flucht bemerkt hat? Das frage ich mich, während ich die Zufahrt entlangrase.

Stopp. Ich bremse, dass die Reifen quietschen. Zurück. Da, auf der rechten Seite, war der Waldweg, den ich einschlagen sollte.

Ich setze zurück und biege ab. Der Weg scheint nicht oft benutzt zu werden. Wie lange ist Bens Ausbruchsversuch her? Vielleicht war das damals noch ein einigermaßen befahrbarer Weg, jetzt ist es eher ein Pfad, überwuchert mit Brombeerranken und mit Schlaglöchern so groß wie Badewannen. Aber es gibt keine Möglichkeit zur Umkehr, also hoffe ich, dass die alte Schüssel nicht stecken bleibt oder auseinanderfällt. Sonst muss ich zu Fuß weiter.

Der Weg nimmt kein Ende, was sicher daran liegt, dass ich nur im Schritttempo vorankomme. Wald, Wald, Wald, dicht und dunkel. Dass es in Holland überhaupt solche Wälder gibt! Besser wird der Weg auch nicht, es ist ein Wunder, dass der Toyota es schafft. Doch dann, endlich, sehe ich Licht zwischen den Bäumen. Der Waldweg wird breiter, er ist jetzt ein normaler Feldweg, und schließlich komme ich auf ein geteertes Stück Straße und hinter einer Kurve sehe ich Häuser. Ein Dorf. Es hat eine kleine Kirche mit einem Kirchturm. Die Uhr zeigt fünf vor zehn.

Ich passiere die Bushaltestelle, an der zwei Frauen mit Kopftüchern und großen Einkaufstaschen warten.

Ben hat gesagt, ich solle den Bus nehmen oder ein Fahrrad klauen. Ich überlege. Falls wirklich niemand meine Flucht bemerkt hat, wird Dr. Davis erst kurz nach zehn, wenn unsere Sitzung beginnen sollte, anfangen, Verdacht zu schöpfen. Wenn ich bis dahin im Bus sitze, habe ich eine Chance. Ich stelle den Wagen vor ein Gebäude, das wie ein Gemeindehaus aussieht, und haste zurück zur Haltestelle.

Die nächsten Minuten sind die längsten meines Lebens. Ich nutze sie, um in den Rucksack zu schauen. Ich finde eine kleine Geldbörse mit vier Zwanzigeuroscheinen und etwas Kleingeld darin. So muss ich wenigstens nicht riskieren, beim Schwarzfahren erwischt zu werden. Ein warmes Gefühl durchflutet mich. Danke, Ben! Und Wilhelmine, und Luuk, die arme Sau! Hoffentlich hat Ben ihn nicht wirklich verprügelt.

Dann ist da noch ein Umschlag im Rucksack, aber ehe ich ihn öffnen kann, kommt der Bus. Ich steige ein, bezahle und lasse mich auf die Rückbank fallen. Niemand nimmt Notiz von mir.

Der Bus fährt los. Ich bin frei.

Na ja, Freiheit ist relativ. Bald wird die Polizei nach mir suchen. Ich bin eine aus der Haft geflohene *mutmaßliche* Mörderin. Ich habe kein Handy, keine Papiere, keine EC-Karte, kein Quartier für die Nacht und nur achtzig Euro in der Tasche. Ich könnte versuchen, jemanden zu beklauen, doch es ist kurios: Ich bin vielleicht, *möglicherweise,* eine Mörderin, aber jemandem die Geldbörse oder das Handy zu klauen, bringe ich nicht fertig. Zu viel Schiss, zu viele Skrupel. Mir fehlt einfach das Gangster-Gen. Ich habe mir eben, bei meiner Flucht, schon vor Angst schier in die Hosen gemacht.

Ich muss mir gut überlegen, was ich ab jetzt mache und wohin ich gehe. Ben hat recht, rauskommen ist gar nicht mal das …

Scheiße! Eine Polizeisirene. Woher kommt die? Ich ducke mich, tue so, als würde ich in meinem Rucksack herumwühlen, der am Boden steht, aber das wird mir nichts nützen. Sicher haben sie den Wagen in dem Dorf gefunden und zwei und zwei zusammengezählt. Allzu viele Busse fahren von dort ja nicht weg. Die Sirene wird lauter. Der Bus hält an. Okay, das war's. Sie werden mich festnehmen, wahrscheinlich wandere ich schnurstracks ins Gefängnis.

Eine der beiden arabischen Frauen, die mit mir eingestiegen sind, steigt aus, ein alter Mann ein. Die Sirene ist jetzt richtig laut, direkt neben uns, aber dann … entfernt sie sich wieder. Es zischt, die Tür geht zu, der Bus fährt wieder an und zuckelt gemächlich über die Landstraße. Ich richte mich vorsichtig auf und schaue hinaus. Weit und breit kein Polizeifahrzeug zu sehen.

Ich atme auf.

ZWEITER TEIL

1

ODER EIN BÖSES OMEN

Frisch geduscht und mit einem seidenen Kimono mit Drachenmotiv am Leib, schaue ich hinab auf die Prinsengracht und trinke dabei japanischen Sencha aus einer hauchdünnen Tasse. Er riecht gut, und ich hoffe, dass er mich belebt und mir hilft, meine Gedanken zu ordnen.

Die Sonne strahlt vom Himmel, Amsterdam zeigt sich von seiner Schokoladenseite.

Das alles wird Maart nie mehr sehen.

Etwas in meinem Innern krampft sich zusammen, es ist ein diffuser Schmerz, aber so heftig, dass ich nach Atem ringe und ein Wimmern von mir gebe. Dabei ist meine Situation auch irgendwie zum Lachen, und vielleicht könnte ich das sogar, wäre Maart noch am Leben. Doch sein Tod überschattet alles, er erstickt jede kleine Freude und lässt jeden anderen Kummer und sogar meine Ängste lächerlich erscheinen.

Es ist absurd, kein Mensch wird mir das jemals glauben: Heute Morgen bewohnte ich noch eine ausbruchssichere Zelle in einer Klapse auf dem Land und seit einer halben Stunde residiere ich an einer der feinsten Adressen der Stadt.

Der Umschlag, der sich im Rucksack befand, enthielt eine Adresse, einen Schlüssel und die Nummer für den Türcode, und dies alles führte mich direkt in eine dieser prächtigen Altbauwohnungen, die ich bisher immer nur von außen bewundert habe.

Mir ist natürlich klar, dass Wilhelmine dahintersteckt. Rijkaard steht an der Wohnungstür. So heißt sie also, und hier hat sie ein paar von ihren ergaunerten Millionen angelegt. Sicher, solide und vor allen Dingen wunderschön. Die Räume sind hoch und großzügig und geschmackvoll möbliert: schöne, glänzende Möbel aus Kirschholz und Mahagoni, kombiniert mit modernen Lampen und Skulpturen. Es gibt eine Art Wohnzimmer, zwei Schlafzimmer, ein Esszimmer, eine gut ausgestattete Küche, zwei Bäder und einen Abstellraum.

An den Wänden hängen Impressionisten und ein bisschen Abstraktes, es würde mich nicht wundern, wenn darunter das eine oder andere Original wäre. Die dunklen Holzdielen sehen aus, als stammten sie aus dem 16. Jahrhundert, sie knirschen an manchen Stellen so vornehm, dass ich kaum wage, fest aufzutreten.

Drei Dinge haben Wilhelmine verraten: der Strauß mit weißen und blauen Lilien, der auf dem runden Tisch im Erker steht, und der Inhalt des Kleiderschranks in ihrem Schlafzimmer. Die Kleider, Röcke, Hosen, Kostüme und Blusen spiegeln Wilhelmines Geschmack wider, der zwischen elegant und retro changiert. Offenbar kann sie es sich leisten, etwa hundertfünfzig Quadratmeter puren Luxus einfach leer stehen zu lassen. Denn es sieht nicht so aus, als würde sonst noch jemand hier wohnen.

Über ihrem Nachttisch hängt – Indiz Nummer drei – ein in Silber gerahmtes Foto. Es zeigt Wilhelmine in jungen Jahren mit einem gut aussehenden Mann, beide sitzen im Heck eines Segelboots. Er hat den Arm um sie gelegt, man sieht ein Stück Segel, windverwehtes Haar, ein Schal flattert Wilhelmine hinterher. Wer der Mann wohl ist? Ein Liebhaber? Ihr Ehemann? Jedenfalls muss er ihr viel bedeutet haben, wenn sein Foto immer noch da hängt. Im Nachhinein bedaure ich, dass ich nicht genug

Zeit hatte, um mich ausführlicher mit ihr zu unterhalten und etwas über ihr wildes Leben zu erfahren.

Noch etwas wüsste ich gerne: Wer hat die Obstschale im Esszimmer mit Weintrauben, Pfirsichen und Äpfeln gefüllt? Beschäftigt Wilhelmine eine Putzfrau für eine leere Wohnung? Jedenfalls ist alles blitzsauber und nirgendwo liegt Staub.

Ist es hier wirklich sicher für mich?

Fragen über Fragen, aber im Augenblick bin ich hauptsächlich froh, dass mir die Flucht aus der Villa Rosengarten gelungen ist und ich hier kurz durchatmen kann.

Wieso muss ich jetzt an Dr. Davis denken und daran, dass er wahrscheinlich jetzt gerade sehr enttäuscht von mir ist? Ich schiebe den Gedanken weg, oder versuche es wenigstens. Bestimmt hat er schon Kommissar van Eyk benachrichtigt. Der wird auch enttäuscht sein von mir. Aber das wird noch eines meiner geringsten Probleme sein, falls er mich in die Finger kriegt. Ich wette, es läuft schon eine öffentliche Fahndung nach mir. Aber wer würde schon eine *mutmaßliche* Mörderin, wie es immer so schön heißt, in so einem Prachtbau mitten in Amsterdam vermuten?

Ich esse ein bisschen Obst, dann lege ich mich auf die seidige, rosengeblümte Tagesdecke von Wilhelmines Bett. Ich will nicht schlafen, denn wenn ich einschlafe, dann wache ich auf und der Schmerz über Maarts Tod wird mich wieder überrollen, so wie heute schon einmal. Gleichzeitig verspüre ich den Wunsch, mich wie ein verwundetes Tier hier einzuigeln und dieses Bett nie mehr zu verlassen.

Du darfst dich jetzt nicht gehenlassen, Carolin! Es gibt noch ein paar Dinge zu tun.

Anstatt zu schlafen oder mich meinem Schmerz zu überlassen, sollte ich vielmehr darüber nachdenken, wie es weitergeht.

Aber ich kann kaum einen klaren Gedanken fassen, ich muss immer nur an Maart denken und schließlich werde ich von einem Heulkrampf erfasst. Irgendwann schlafe ich dann doch ein.

Wilhelmines Wecker zeigt fast neunzehn Uhr, als ich wieder wach werde. Da war wieder der Gefängnistraum von heute Morgen. Das lässt mich hoffen. Fragmente meines Back-ups sind demnach schon wiederhergestellt und irgendwann wird sich hoffentlich ein ganzes Bild zusammensetzen, oder wenigstens so viel, dass ich mir den Rest denken kann. Vielleicht ist es wie bei einem Puzzle: Ab einem bestimmten Punkt kann man erkennen, dass es eine Katze wird, auch wenn noch etliche Teile nicht an ihrem Platz sind. Aber wann wird das sein? Wann werde ich klar sehen? Kann ich so lange warten? Kann Odile so lange warten?

Ich muss auf das Boot, denke ich. *Saublöde Idee!,* sage ich mir sofort. Dort werden sie dich als Erstes suchen. Bestimmt lungern bereits Polizisten in Zivil am Pier herum und warten darauf, dass ich ihnen in die Arme laufe.

Außerdem brauche ich ein Handy, Geld und ich müsste auch dringend mal ins Internet – vielleicht gibt es schon neue Erkenntnisse über Maarts Tod.

Noch immer quälen mich Zweifel. Wilhelmines Menschenkenntnis in allen Ehren, aber wie kann ich mir sicher sein, dass nicht ich …?

Okay, Carolin, halte dich lieber an die Fakten: Fakt ist, dass man mir im *Abraxas* Roofies oder etwas Ähnliches verabreicht hat. Aber warum? Falls Alexander mich loswerden wollte, weil ich zu viele Fragen nach Odile gestellt habe, hätte es doch gereicht, mich einfach rauszuschmeißen. Wozu die Betäubung?

Da ist wieder dieser erschreckende Gedanke, der mir schon gestern bei der Sitzung mit Dr. Davis gekommen ist: Vielleicht hatte das alles gar nichts mit Odile zu tun. Was, wenn Alexander und seine Mitarbeiterin Ella mich betäubt und zu diesem ominösen Playground geschleppt haben, damit perverse Typen Gott weiß was mit mir anstellen können? Ich habe plötzlich einen säuerlichen Geschmack nach Erbrochenem in der Kehle und muss würgen.

Was ist danach passiert? Irgendwie muss ich vom *Abraxas* wieder nach Hause gekommen sein. Hat Alexander oder jemand von seinen Leuten mich zurück aufs Boot gebracht, in der Gewissheit, ich würde mich an nichts mehr erinnern?

Und dann? Warum sollten sie Maart getötet haben? Sie hätten mich abliefern und behaupten können, ich hätte mich aus freien Stücken zugedröhnt. Hat Maart das nicht geglaubt, gab es deswegen Streit, war es ein tödlicher Unfall? Nein. Maart wurde erstochen, und wenn ein Messer im Spiel war, war es sicher kein Unfall.

Im Grunde passt Maarts Tod überhaupt nicht ins Bild. Es sei denn … es sei denn, *ich* hatte im Drogenrausch Streit mit Maart – Gründe dafür gab es ja. Sollte wirklich *ich* zum Messer gegriffen und Maart erstochen haben, gehöre ich entweder ins Gefängnis oder in die Psychiatrie. Vielleicht wäre ich besser dort geblieben.

Ob man unter dem Einfluss von Roofies zu aggressivem Verhalten neigt? Gehört habe ich davon noch nie. Im Gegenteil, Roofies werden doch gerade deshalb als Vergewaltigungsdroge bezeichnet, weil die Leute davon komplett willenlos werden.

Das alles passt hinten und vorne nicht zusammen.

Ich kann nicht ewig hier herumsitzen und mich meiner Weltuntergangsstimmung hingeben, dafür bin ich nicht aus der Villa Rosengarten abgehauen. Ich muss Odile finden und außerdem habe ich inzwischen einen höllischen Kohldampf. Allerdings gilt es vorher noch, mich zu tarnen. Nur, wie? Dass Wilhelmine Kapuzenpullis und Basecaps in ihrem Kleiderschrank beherbergt, halte ich für ziemlich unwahrscheinlich, obwohl man bei ihr ja nie vor Überraschungen sicher ist.

Oben auf dem Schrank stehen eine Reihe ausgesprochen dekorativer runder Hutschachteln. In einer davon finde ich einen Strohhut, auf dessen breiter Krempe sich ein halber Blumenladen tummelt. Damit könnte man sich getrost in Ascot sehen lassen, aber auf jeden Fall dürfte er eine Hilfe sein gegen diverse in der Stadt verteilte Webcams, die womöglich von der Polizei überwacht werden. Es war ohnehin schon leichtsinnig von mir, ohne entsprechenden Schutz vom Busbahnhof bis hierher zu laufen.

Ich gehe die Treppe runter. Allein das Treppenhaus mit seinem schmiedeeisernen Geländer und den kunstvoll gekachelten Wänden ist eine Wucht. Ich bin schon fast an der Tür, als ich wie vom Blitz getroffen stehen bleibe. Im Vorbeigehen habe ich unbewusst und automatisch die Namen an den Briefkästen gescannt, und an einem steht: van Eyk.

Wie? Was? Wohnt etwa Kommissar van Eyk hier, in diesem Haus? Ganz ruhig, Carolin, keine Panik jetzt! Van Eyk ist ein Name, der in Holland häufig vorkommt. Jedenfalls ist er nicht gerade selten, und auf gar keinen Fall ist es ein Grund, durchzudrehen. Ein Polizist verdient hierzulande bestimmt nicht genug, um an einer solchen Adresse zu residieren. Es ist ein Zufall, nichts weiter. Oder ein böses Omen. Oder zumindest eine Warnung.

2

DEN TÄTER ZIEHT ES IMMER WIEDER ZUM TATORT ZURÜCK

Einen Baum versteckt man am besten im Wald. Also begebe ich mich auf kürzestem Weg ins Getümmel des Rotlichtviertels, wo eine junge Frau mit einem blumenbekränzten Strohhut nicht groß auffällt, weil sich dort genug andere bizarre Gestalten tummeln. Beim Betreten eines Fast-Food-Ladens achte ich zum ersten Mal in meinem Leben darauf, ob an der Tür ein Hinweis auf Videoüberwachung angebracht ist. Der Laden ist sauber und ich nehme den Strohhut ab.

Um Fish & Chips mache ich sonst eher einen Bogen, und wenn überhaupt, dann esse ich das nur auf dem Markt, weil ich mir einbilde, dort wäre der Fisch frischer und das Frittierfett hoffentlich auch. Aber gerade habe ich einen Heißhunger auf genau dieses Gericht und verschlinge eine große Portion davon. Als ich fertig bin, frage ich einen deutschen Touristen am Nebentisch, ob er mir kurz sein Handy leihen könnte, nur für eine SMS.

»Klar, kein Problem.«

Es ist höchste Zeit, meiner Mutter ein Lebenszeichen zu schicken. Wir kontaktieren uns zwar auch sonst nicht jeden Tag, denn zum Glück betrachtet auch sie die digitale Nabelschnur als lange Leine, aber es ist durchaus möglich, dass sie mir in den letzten Tagen Bilder und Grüße von ihrer Hurtigrutenfahrt geschickt hat und allmählich doch beunruhigt ist, weil keine Antwort kam. Ich schreibe ihr, mein Handy wäre kaputt und ich würde mich melden, sobald ich ein neues hätte.

Nachdem das geklärt ist, verlasse ich den Imbiss. Der Tag versinkt in der Dämmerung, die Luft ist samtig und schwül und es riecht nach Regen. Ein Gewitter ist im Anmarsch, und mir ist, als hätte ich eben auch schon Donnergrollen gehört. Auf einer Brücke reißt mir eine Windbö den Strohhut vom Kopf. Prompt landet er in der Gracht, wo er auf dem windgekräuselten Wasser dahinsegelt. Die Seidenblumen winken mir zum Abschied fröhlich zu. Mist, verfluchter! Warum konnte ich nicht aufpassen? Hoffentlich verzeiht mir Wilhelmine den Verlust, denn ganz bestimmt war das Ding abartig teuer.

Wohl oder übel opfere ich von meiner knappen Barschaft kostbare zwanzig Euro und kaufe im nächstbesten Touristenramschladen einen schwarzen Kapuzenpulli mit dem unvermeidlichen Hanfblatt und der Aufschrift *I ♥ Amsterdam.* Ich muss kurz lächeln, als ich darüber nachdenke, was wohl Odile zu diesem Outfit sagen würde.

Den Täter zieht es immer wieder zum Tatort zurück. Diese Binsenweisheit spukt mir im Kopf herum, als ich mich in Richtung Oosterdok bewege. Das Risiko ist groß, dass ich direkt in mein Verderben laufe, aber ich muss es riskieren, ich muss auf unser Hausboot. Ich bin sicher, wenn ich mich dort umsehe, dann wird mir wieder einfallen, was geschehen ist, und alles Rätselhafte wird sich mir erschließen. Hoffe ich.

Außerdem sind da wahrscheinlich noch meine Klamotten, vielleicht sogar meine Handtasche. Rechner und Handy dürften von der Polizei beschlagnahmt worden sein. Aber wie komme ich überhaupt hinein, ohne Schlüssel? Ich müsste die Tür aufbrechen. Womit? Bestimmt wurde das Boot als Schauplatz eines Mordes von der Polizei versiegelt. Aber angesichts der Tatsache, dass man mir einen Mord unterstellt, scheint mir das Brechen eines Polizeisiegels ein eher marginales Delikt zu sein.

Das Gewitter ist da, die ersten schweren Tropfen zerplatzen auf dem Asphalt. Als ich die Prins Hendrikkade überquere, schüttet es wie aus Eimern und ich bin in kürzester Zeit vollkommen durchnässt. Doch mein Timing könnte gar nicht besser sein, denn selbst wenn die Polizei hier irgendwo herumlungern sollte, haben sie schlechte Karten, weil man kaum zehn Meter weit sehen kann.

Ich gehe am Pier entlang, vorbei an den vertrauten Booten, den Briefkästen und Fahrrädern, den wenigen Autos, die dort parken dürfen. Kein Mensch ist zu sehen bei dem Wetter. Ich muss an Maart denken, wie oft wir zusammen dort entlanggegangen oder -geradelt sind, und da ist schon wieder dieser heftige Schmerz in meinem Innern.

Während ich mich dem Hausboot nähere, wird mir klar, dass die vergangenen Monate zu den glücklichsten in meinem Leben gehört haben. Ich hatte Freunde, ich lebte auf einem Hausboot in Amsterdam, mit dem Studium ging es einigermaßen gut voran. Es war mir gar nicht klar, wie glücklich ich war. Es gab Augenblicke, da habe ich es gewusst: Wenn wir an Sommerabenden auf dem Deck saßen, wenn wir von der Kneipe nach Hause radelten und ich dabei übermütig friesische Seemannslieder zum Besten gab und Maart immer schneller wurde, weil er es peinlich fand. Wenn ich gekocht und die anderen meine Gerichte gelobt haben, wenn Odile ein neues Make-up an mir ausprobierte und ich danach verwundert in den Spiegel schaute. Das waren Glücksmomente. Viel zu oft jedoch habe ich mich über Unwichtiges geärgert – Odiles sprunghafte Launen, Maarts muffelige Schweigsamkeit, Veronikas bloße Anwesenheit, eine Klausur, die nicht so gelaufen war wie erhofft. Anstatt mein neues Leben und den Sommer in vollen Zügen zu genießen, habe ich immer nach dem Haar in der Suppe gesucht.

Warum merkt man oft erst hinterher, wann man glücklich war? Sind Menschen nicht in der Lage, das Glück sofort zu erkennen? Oder war manches, das mir im Nachhinein so hell und sonnig erscheint, gar nicht so ungetrübt? Habe ich nicht auch gelitten? Zum Beispiel an meiner hoffnungslosen Verliebtheit in Maart, der so gar nichts von mir wissen wollte? In der Erinnerung neigt man dazu, die Dinge zu verklären und das Negative zu verharmlosen. Besonders, wenn die Protagonisten tot sind.

Dann stehe ich vor der kleinen Brücke, die zum Eingang unseres Bootes führt. Nein, falsch. Die zum Eingang unseres Bootes führen *sollte.* Aber das tut sie nicht mehr, denn die Tür liegt viel weiter unten als sonst.

Mein Verstand braucht ein paar Sekunden, um zu begreifen, was meine Augen sehen. Das Boot ist gesunken. Nicht völlig, vom oberen Raum schauen noch etwa zwei Drittel aus dem Wasser, aber das Achterdeck, das auf Höhe des Fußbodens liegt, ist knietief überspült.

Wieso und wann ist das passiert?

Schlagartig wird mir klar, was mein Traum vom Wasser zu bedeuten hat, und warum Dr. Davis so sehr darauf herumgeritten ist. Ich muss auf dem Boot gewesen sein, als es volllief.

Der Regen umhüllt mich wie ein kalter, rauschender Vorhang, während ich fassungslos auf das gesunkene Boot starre. Unser stolzes, schönes Boot, das nun einen kläglichen Eindruck macht, ähnlich wie ein verbeultes Auto nach einem Unfall. Die unteren Räume sind völlig überflutet und alles, was darin war, ebenfalls – all die kleinen Dinge, die mein Studentenleben ausgemacht haben. Gleichzeitig schäme ich mich für meine Gedanken, denn was sind schon Klamotten und Bücher und ein paar Ikea-Möbel, verglichen mit Maarts Tod? Wie kann ich nur an so profane Dinge denken, was bin ich für ein gefühlloses Monster?

Wasser tropft von meiner Kapuze und ich versuche, mir die Bilder meines vermeintlichen Traums, der wahrscheinlich eine Erinnerung war, ins Gedächtnis zu rufen. Da ist zuerst das glucksende Geräusch. Es ist Wasser, das in mein Zimmer dringt, es kommt durch den Türspalt und schwappt über den Boden. Ich gehe hinaus. Das Wasser ist auch im Flur, es überspült schon die unterste Treppenstufe. Ich haste die Treppe hinauf.

Da ist Maart. Plötzlich sehe ich ihn. Er liegt auf dem Boden, in der Küche, zwischen der Kochinsel und der Spüle. Das Blut, es läuft über die Holzplanken, es ist genau wie bei Fleur. Bringe ich da etwas durcheinander? Nein. Nein, das Bild ist auf einmal klar und deutlich. Es ist Maart und neben seinem Körper liegt ein Messer. Ich kann es erkennen, es ist eines von unseren, das mit der langen, schmalen, scharfen Klinge. Ich schreie, ich schüttle Maart, ich berühre sein Gesicht, doch er bewegt sich nicht. Mir ist, als hörte ich mich selbst schreien, und dann ist da plötzlich Jan. Er zerrt an meinen Schultern, sein Gesicht ist ganz nah an meinem, er sagt etwas zu mir. Was sagt er? Ich weiß es nicht mehr. Danach ist – nichts mehr. Bin ich in Ohnmacht gefallen? Hat der Schock über Maarts Anblick mein Gedächtnis ausgelöscht?

Ein Trauma, das ich verdrängt habe … So ungefähr hat es doch Dr. Davis formuliert.

Aber da sind noch immer viele Fragen offen: Was wollte Jan dort? Kam er dazu oder war er schon da, als ich nach oben gegangen bin? Wann ist das alles passiert? Wie bin ich vom Boot in Polizeigewahrsam gekommen? Dr. Davis sagte etwas von Freitagmorgen. Wer hat die Polizei gerufen? Ich? Jan?

Bis vor einer Minute habe ich noch erwogen, Jan, meinen Ex-

Gelegenheitsliebhaber, um Hilfe zu bitten, aber plötzlich habe ich kein gutes Gefühl mehr dabei. Ich muss erst wissen, welche Rolle er bei der ganzen Sache spielt. Ist er mein Retter, ist er ein Belastungszeuge oder gar … der Täter?

Aber warum sollte Jan Maart erstechen, die zwei haben sich doch immer prima verstanden?

Warum sollte ich es tun? Nur wegen unserer Differenzen? Warum sollte *irgendwer* es tun?

Und doch ist es passiert.

Da drin, keine drei Meter entfernt, hat Maart gelegen, in seinem Blut. Hat er lange gelitten? Schreckliche Bilder rasen mir durch den Kopf, keine Ahnung, ob es Erinnerungen sind oder meine Phantasie. Ich verspüre einen Würgereiz und in der nächsten Sekunde gebe ich die Fish & Chips wieder von mir, treffsicher in den Spalt zwischen Boot und Kaimauer.

Ich lehne mich an einen Verteilerkasten. Meine Beine zittern, mir ist eiskalt, der Kapuzenpulli ist durchgeweicht, sein Gewicht zerrt an mir. Ich wische mir mit dem Ärmel den Mund ab, dann drehe ich mich um und laufe davon. Ich laufe und laufe durch den nachlassenden Regen, durch Pfützen und über glitschiges Kopfsteinpflaster, bis ich schließlich schwer atmend wieder vor dem Portal von Wilhelmines Haus in der Prinsengracht stehe, meinem neuen Zufluchtsort, meinem Versteck, meiner sicheren Höhle.

3

LIEBE MACHT BLIND

Nach einer langen, heißen Dusche sitze ich, in eine Decke gehüllt, auf Wilhelmines Sofa und trinke schon wieder Tee. Ich glaube, ich hatte in den letzten Tagen mehr Tee als die Queen. Meine Kleidung dreht sich im Wäschetrockner.

Es ist zum Verrücktwerden! Mein Abstecher zum Pier hat mehr Fragen aufgeworfen als Antworten geliefert. Werde ich je erfahren, was genau passiert ist, wer Maart auf dem Gewissen hat und ob das alles etwas mit Odiles Verschwinden zu tun hat?

Theoretisch könnte ich meinen Mut zusammennehmen und Kommissar van Eyk anrufen – die Nummer könnte ich erfragen. Ich erwäge sogar, mit Veronika zu sprechen, aber auch ihre Nummer kenne ich nicht auswendig. Ich müsste zu ihr hinfahren. Doch bestimmt hält sie mich für die Mörderin und ruft sofort die Polizei.

Aber zuallererst muss ich ins Netz, und zwar dringend!

Ungeduldig tigere ich auf und ab und warte, bis endlich der Trockner piepst, dann schlüpfe ich in die warme Jeans und den scheußlichen Kapuzenpulli, der jetzt noch scheußlicher ist, weil er eingelaufen ist. Die Schuhe, die man mir in der Villa Rosengarten gegeben hat, sind noch immer nass. Ich durchforste Wilhelmines Schuhschrank und finde ein Paar weiße Sneakers, dasselbe Modell, das Wilhelmine an meinem letzten Abend dort trug. Sie passen mir sogar.

Okay, es kann losgehen. Ich irre durch die Straßen, die sich nach dem Regenguss allmählich wieder beleben. Die Luft riecht wie frisch gewaschen und die ersten Gäste sitzen schon wieder vor den Restaurants und Kneipen.

Wo ist ein verdammtes Internetcafé, wenn man dringend eines braucht? Endlich finde ich eines, und auch dieses Mal achte ich, ehe ich den Laden betrete, auf ein Schild von wegen Videoüberwachung.

Die lokale Presse hat ausführlich über den Mord an einem Studenten berichtet. Es gibt Fotos von Maart und von unserem halb versunkenen Hausboot. Aber nirgendwo steht etwas davon, wen die Polizei verdächtigt. Man ermittle in sämtliche Richtungen, heißt es. Seltsam. Bei dem regen Medieninteresse hätte ich zumindest einen Hinweis erwartet, dass es eine Verhaftung gab: nämlich meine. Hat mich Dr. Davis am Ende angelogen, stimmt es gar nicht, dass ich eigentlich in U-Haft sein sollte? Mit angehaltenem Atem google ich meinen Namen. Es scheint keine Suchmeldung oder Fahndung nach Carolin Möbius zu geben. Allerdings weiß man nicht, wie lange die Polizei braucht, um ihre öffentlichen Fahndungslisten zu aktualisieren. Vielleicht wartet van Eyk erst mal ab, ob ich mich von selbst stelle.

Oder bin ich womöglich gar nicht mehr die Hauptverdächtige? Wollte van Eyk mir das gestern mitteilen und Dr. Davis hat ihn vertröstet und weggeschickt, weil er seine Laborratte noch eine Weile behalten wollte?

Überhaupt, Dr. Davis! Auf ihn habe ich mittlerweile eine ganz schöne Wut. Wie konnte er mich mit dem Blick seiner sanften Kuhaugen einlullen, mich seelenruhig über mein Verhältnis zu Maart ausquetschen, während er die ganze Zeit um die Katastrophe wusste? Wie grausam ist das denn? Hat er nur darauf gelauert, dass ich mich verplappere?

Als Nächstes google ich Odile Forêt. Falls Kommissar van Eyk sie noch immer verdächtigt, diesen Anwalt ermordet zu haben, müsste ja zumindest sie auf der Fahndungsliste stehen. Hat van Eyk eingesehen, dass er sich geirrt hat?

Es sei denn, er hat sie inzwischen gefunden. Oder ihre Leiche.

In beiden Fällen müsste ich etwas im Netz finden, aber da ist nichts. Nur das #vermisst-Posting von Maart, das ist überall. Jede Menge Leute wollen Odile weiß Gott wo auf diesem Planeten gesehen haben. Das Posting war eine bescheuerte Idee, im Nachhinein betrachtet. Selbst wenn einer dieser Hinweise richtig ist, woher soll man wissen, welcher? Das ist wie die Nadel im Heuhaufen. Weiß van Eyk eigentlich davon? Bestimmt. Ist er diesen Hinweisen nachgegangen? Sicher nicht.

Auf Odiles Instagram-Account ist seit ihrem Verschwinden Flaute, und daran hat sich nichts geändert. Dafür finde ich Odile auf einer offiziellen Liste vermisster Personen, was vermutlich aufgrund unserer Vermisstenmeldung geschah. Ob ihre Eltern inzwischen schon Bescheid wissen? Sie sei ihren Eltern scheißegal, hat Odile mir einmal verraten. Tatsächlich haben sie sie nie besucht und sie hat auch sonst kaum etwas von ihnen erzählt. Aber ich bezweifle, dass ihnen das Verschwinden ihrer Tochter ebenfalls scheißegal ist.

Auch zum Mordfall Henk Koster scheint es keine neuen Erkenntnisse zu geben, was zweierlei bedeuten kann: Die Ermittlungen kommen entweder nicht voran oder die Behörden halten sich bedeckt.

Zu Kosters Klienten sollen etliche Inhaber dubioser Briefkastenfirmen gezählt haben. Von denen gibt es in den Niederlanden bekanntlich jede Menge. *Der 54-jährige Anwalt hinterlässt eine Frau und zwei erwachsene Kinder.*

Ein Familienvater und Ehemann, der Steuerbetrügern unter den Arm griff und ab und zu einen diskreten Member Club besuchte, um sich eine kleine Freude zu gönnen …

Ich rufe meine E-Mails auf, in der vagen Hoffnung, dass Odile sich gemeldet haben könnte, obwohl Mails nicht so ihre Sache sind.

Nein, nichts von ihr.

Zu meiner Erleichterung gibt es auch noch keine Panik-Mail von meiner Mutter, weil sie mich nicht erreichen konnte. Die Internetverbindung wird auf diesen Schiffen nicht gut sein, vermute ich, und Mama wäre die Letzte, die am Hafen ins nächstbeste Internetcafé stürmt, weil sie sofort ihre Fotos verschicken und posten muss. Ich bin einerseits froh, dass sie von dem Schlamassel, in dem ich stecke, nichts mitbekommen hat, andererseits sehne ich mich in einem sentimentalen Winkel meines Herzens danach, mich bei ihr auszuheulen und von ihr trösten zu lassen, so wie früher, als Kind.

Du bist kein Kind mehr, Carolin! Du bist dreiundzwanzig, und für solche Probleme hat auch die Mama keine Lösung parat. Das ist kein aufgeschlagenes Knie und auch keine Fünf in Französisch.

Gerade kommt eine neue Mail an, und als ich den Absender erkenne, bekomme ich einen solchen Schrecken, dass ich die Hände von der Tastatur ziehe, als wäre sie ein glühendes Eisen.

Sie ist von Benedikt van Eyk, ohne Betreff. Es scheint seine private Mailadresse zu sein. Vorsichtig greife ich nach der Maus und öffne die Nachricht.

Carolin, bitte rufen Sie mich an, dringend!

Dazu seine Handynummer.

Soll ich ihm antworten? Ihn tatsächlich anrufen? Aber was,

wenn das ein Trick ist, wenn hinter dieser Nummer eine Fangschaltung steckt, die meinen Aufenthaltsort verrät? *Caro, du guckst zu viele trashige Crime-Serien!*

Vielleicht weiß er etwas über Odile. Ich frage nach Stift und Zettel und stecke die Nummer ein. *Falls* ich ihn anrufe, was soll ich ihm sagen, warum ich geflohen bin? Woher hat er überhaupt meine Mailadresse? Habe ich sie ihm gegeben, als wir Odile vermisst gemeldet haben? Ich erinnere mich nicht. Haben wir jemals gemailt? Nein. Dann fällt mir ein, woher er die Adresse haben könnte: von meinem Rechner oder meinem Handy. Die Nerds bei der Polizei haben sicherlich längst mein Passwort geknackt und lesen jetzt alle meine Mails, kennen alle meine Kontakte und schauen meine Fotos an. Wildfremde Menschen dringen hemmungslos in mein Leben ein, in meine Privatsphäre … Mir wird ganz anders bei dem Gedanken. Das ist eine digitale Vergewaltigung! So, als könnten sie mir in mein Hirn schauen. Zum Glück habe ich nie so etwas wie ein elektronisches Tagebuch geführt, aber auch so reicht das schon. Wenn sie nur lange genug suchen, werden sie am Ende eine Mail, ein Foto, *irgendetwas* finden, das gegen mich spricht.

Sie könnten meine Mailadresse auch von Maarts Handy oder seinem Rechner haben, fällt mir ein. Das wäre ebenfalls eine Erklärung eine wesentlich angenehmere

Dennoch, die Paranoia schlägt wieder zu, ich fühle mich nicht länger sicher in diesem Laden hier. Wer weiß, vielleicht haben sie meinen Mail-Account auch schon gehackt, vielleicht kann van Eyk sehen, dass ich gerade seine Mail gelesen habe. Ich lösche meinen Browserverlauf, zahle und verlasse das Café.

Mit der Bahn fahre ich bis nach in Sloterdijk. Unterwegs widme ich mich in Gedanken einem anderen Problem, nämlich dem, wie ich so rasch wie möglich an Geld komme. Wenn ich meine EC-Karte online als verloren melde und mir eine neue schicken lasse, dauert das etliche Tage. Wohin soll ich sie denn überhaupt schicken lassen? An Wilhelmines Adresse? Zu riskant. Wenn, dann höchstens zu meiner Mutter nach Hause. Ob sie wohl auch mein Elternhaus überwachen? Nicht ausgeschlossen. Zu Sandra? Damit würde ich sie zu meiner Komplizin machen.

Eines ist klar: Sollte ich noch länger auf der Flucht sein, brauche ich Hilfe. Nur, wen soll ich darum bitten? Womöglich hat die Polizei schon alle meine Kontakte informiert und den Leuten eingeschärft, sofort Bescheid zu geben, falls ich mich melde. Im Grunde war Maart mein einziger verlässlicher Freund in Amsterdam. Vielleicht noch Jan, aber solange ich nicht weiß, welche Rolle er im Zusammenhang mit Maarts Tod spielt, halte ich es für besser, ihn nicht zu kontaktieren.

Ich muss an Ben, Fleur und Wilhelmine denken. Schon eigenartig. Leute, die mich überhaupt nicht kennen, haben mir das Gefühl gegeben, zu ihrem Kreis dazuzugehören, und sie haben mir geholfen, ganz uneigennützig. Okay, was Ben angeht, geschah es auch, um Dr. Davis eins auszuwischen, aber sogar Fleur, die sich wahrscheinlich zu dem Zeitpunkt schon mit Selbstmordgedanken trug, gab mir ihre Kleidung und Wilhelmine überlässt mir ihre schicke Wohnung. Muss man erst zusammen eingesperrt sein, um Solidarität zu entwickeln? Oder sehe ich das zu romantisch, hatten Ben und Wilhelmine einfach nur Spaß daran, dem System ein Schnippchen zu schlagen?

Andererseits – werde ich überhaupt länger auf der Flucht sein? Schließlich bin ich nur abgehauen, um nach Odile zu suchen. Doch unabhängig davon werde ich mich früher oder später meiner Schuld oder Unschuld an Maarts Tod stellen müssen. Wenn ich es wirklich gewesen bin, muss ich die Konsequenzen tragen. Ich muss nicht nur, ich will es auch. Und wenn ich es nicht war, dann wird sich das früher oder später ja herausstellen.

Ach, wirklich?, fragt der kleine Teufel auf meiner Schulter. *Hast du tatsächlich so viel blindes Vertrauen in die Institutionen? Wenn die Polizei eine Verdächtige hat, gegen die sämtliche Indizien und Zeugenaussagen sprechen, glaubst du, die strengen sich dann noch groß an, nach einer Alternative zu suchen? Nein, du wanderst schnurstracks in den Knast, und das ist bestimmt nicht so nett wie die Villa Rosengarten …*

Die Bahn hält, ich bin da. Die Kapuze tief über den Kopf gezogen, verlasse ich den Bahnhof und gehe in Richtung *Abraxas*. Mit jedem Schritt wächst meine Angst. Angst ist manchmal irrational, aber sie ist auch unser stärkster Instinkt, den man besser nicht ignorieren sollte. Eigentlich sollte ich diese Lektion inzwischen gelernt haben. Im Geist höre ich auch schon die warnenden Stimmen von Dr. Davis, Maart und van Eyk. Und sogar meine eigene, die mir sagt, dass das, was ich vorhabe, höchst gefährlich und unvernünftig ist.

Aber mit Vernunft kommt man manchmal einfach nicht weiter und das Penthouse von Alexander ist meine einzige Chance, Odile zu finden, oder wenigstens einen Hinweis, wo sie sein könnte. Vielleicht besitzt Alexander ein Ferienhaus oder ein Boot?

Nur, wie will ich das herausfinden? Ich kann schließlich nicht dort einbrechen. Erstens bin ich im Einbruch nicht gerade geübt – ich habe schließlich gerade erst meinen ersten *Ausbruch* hinter mir, und das auch nur mithilfe meiner durchtriebenen Komplizen – und außerdem ist davon auszugehen, dass er sein Nest da oben mit Alarmanlagen gesichert hat.

Aber mir würde es im Grunde schon reichen, einen Blick durch ein Fenster zu erhaschen und Odile zu sehen.

Und dann?

Muss ich inzwischen nicht davon ausgehen, dass Odile gar nicht gefunden werden möchte?

Bedenkt man, was Irene mir erzählt hat, dann scheinen Alexander und Odile ziemlich eng miteinander zu sein. Auch Scheißkerle haben schließlich ihre schwachen Seiten. Kann gut sein, dass Odile das ausnutzt und sich bei ihm versteckt. Beispielsweise, weil sie diesen Anwalt umgebracht hat … Was ich immer noch nicht glauben will. Aber vollkommen ausschließen kann ich es auch nicht. Soll ich sie, falls ich sie sehe, an van Eyk verraten?

Das kann ich dann entscheiden, wenn es so weit ist, sage ich mir. Zuallererst will ich einfach nur Gewissheit haben, dass sie lebt.

Einen Schritt nach dem anderen.

Im Stillen fasse ich einen Entschluss: Wenn ich Odile bei Alexander nicht finde und auch keinen Hinweis, wo sie sein könnte, dann werde ich van Eyk anrufen und ihm sagen, dass er mich abholen und wieder in die nette Klapse am Rande der Stadt stecken soll.

Ich nähere mich der Toreinfahrt, die auf den Hof des alten Fabrikgeländes führt. Kurz davor bleibe ich stehen und zögere. Wie ich den Laden inzwischen kenne, wird das Tor sicher auch durch Kameras überwacht. Und dann ist da ja auch noch der Türsteher, der den Innenhof im Blick hat. Die Clubräume liegen auf der linken Seite des u-förmigen Komplexes, aber da will ich heute gar nicht hin. Das Lager mit dem Penthouse obendrauf ist im rechten Gebäudeteil. Ich kann sehen, dass dort oben Licht brennt. Ich überlege. Es muss doch außer dem Ladetor im Innenhof noch einen anderen Zugang zu diesem Gebäude geben. Einen Eingang von der Straße aus. Oder ein Fenster, das nicht überwacht wird und das ich einschlagen könnte.

Bravo, Carolin, das wäre dann Einbruch. Aber sind das nicht Peanuts im Verhältnis zu dem, worum es hier geht? Ich sollte derartig kleinliche Überlegungen ein für allemal über Bord werfen.

Vorsichtshalber wechsle ich die Straßenseite, ehe ich am Tor vorbeigehe. Der weiße Lieferwagen – *Heinrich Hooy – Fruit en groenten* – parkt wieder vor der Laderampe. Anscheinend gehört er zum festen Fuhrpark des *Abraxas.* Auch sonst ist der Parkplatz ziemlich voll, was bedeutet, dass der Club gut besucht ist. Dann wird Alexander hoffentlich auch dort sein.

Ich gehe an dem langen Backsteingebäude entlang. Kein Mensch ist auf der Straße zu sehen, dieses Viertel ist nachts nicht sehr belebt. Es gibt tatsächlich noch eine Tür auf der Rückseite, aber die ist aus Stahl und abgeschlossen. Was habe ich denn erwartet, dass sie jemand für mich offen stehen lässt? *Hereinspaziert, Carolin, zum Penthouse bitte den Lift oder die Treppe nehmen …* Die Fenster des Lagerhauses sind alle vergittert, keine Chance, da reinzukommen.

Ich kann die ganze Aktion vergessen, denke ich resigniert, als ich um die Ecke biege. Da sehe ich, dass die schmale Stirnseite des Fabrikgebäudes nicht ganz bis an die Straße reicht. Da ist noch ein kleiner Hof, der mit einer Mauer eingefasst ist. Die Zufahrt ist schmal, es gibt nur ein niedriges Tor, das man locker übersteigen kann. In diesem vergessenen Winkel scheint sich nichts mehr abzuspielen, Unkraut wächst aus den Fugen zwischen den Pflastersteinen. Dann sticht mir die gewundene Feuerleiter ins Auge. Sie hat schon bessere Tage gesehen, doch soweit ich das im funzeligen Lichtschein der Straßenlaterne richtig erkennen kann, führt sie bis ganz hinauf aufs Flachdach.

Ich muss ein paarmal tief Luft holen, um meine Angst in den Griff zu bekommen.

Du kannst immer noch umkehren und gehen …

Quatsch! Jetzt bin ich so weit gekommen, jetzt steige ich da rauf.

Mit erzwungener Langsamkeit nehme ich Stufe um Stufe und versuche dabei, möglichst lautlos zu agieren. Die Nacht ist lau, ein abnehmender Mond steht am Himmel. Am Ende sitzt Alexander draußen, genießt die Sommernacht und bereitet mir einen gebührenden Empfang? Daran darf ich gar nicht denken. Es geht trotz aller Vorsicht nicht ohne Geräusche. Das alte Eisen ächzt unter meinem Gewicht und einmal stoße ich mit der Fußspitze gegen etwas – eine Schraube? –, das scheppernd auf eine der unteren Stufen prallt, ehe es mit einem hellen *Pling* auf dem Asphalt des Hofs landet.

Scheiße!

Ich verharre wie eingefroren und horche. Sollte ich in Zukunft gezwungen sein, meinen Lebensunterhalt im Untergrund durch Einbrüche zu bestreiten, werde ich noch ein bisschen üben müssen.

Minutenlang stehe ich angestrengt lauschend auf der Treppe, aber ich höre nichts, spüre nur meinen Herzschlag, ein wildes Hämmern, und merke, wie mir die Knie zittern.

Schließlich wage ich es, weiterzugehen, aber jetzt taste ich die Stufen vorher mit den Händen ab, nicht, dass da noch etwas draufliegt und runterfällt. Manche Stufen sehen so verrostet aus, dass ich sie lieber auslasse und die nächste nehme. Ich kann mir beim besten Willen nicht vorstellen, dass dieses Ding den aktuellen Sicherheitsbestimmungen entspricht. Hoffentlich ist das keine Sackgasse.

Je höher ich klettere, desto langsamer und vorsichtiger werde ich. Dann habe ich die letzten Stufen erreicht. Geduckt warte ich wieder, ob ich etwas höre, aber alles ist ruhig. Noch eine Stufe. Jetzt kann ich über die Dachkante schauen. Auf Armlänge vor mir befindet sich ein Geländer aus Edelstahl und links von mir etwas, das wie die Rückseite eines Strandkorbs aussieht. Weiter hinten fällt ein Rechteck aus Licht auf ein paar Loungemöbel, die vor einem großen, erleuchteten Fenster stehen. Ich nehme die vorletzte Stufe und kann jetzt einen Teil der Einrichtung sehen. Von der hohen Decke hängt eine dreiflammige Lampe mit Glasschirmen in verschiedenen Farben und ich erkenne den oberen Teil eines Bildes und eines Regals. Ich nehme die letzte Stufe und verharre kurz auf der schmalen Kante zwischen Treppe und Geländer. Nein, hier draußen ist niemand. Rasch steige ich über das Geländer und ducke mich hinter den Strandkorb.

Ich warte. Lausche. Mein Herzklopfen lässt ein klein wenig nach. Aus dem Schatten heraus linse ich um die Ecke. Jetzt sehe ich einen Teil des Hausinneren, die verwinkelte Sofalandschaft, den Couchtisch, einen Esstisch, ein Stück von einer Küchenzeile. Die Einrichtung wirkt nobel, kühl und steril, daran ändern auch die Bilder und Skulpturen nicht viel. Es ist genau die Art Einrichtung, die ich bei Alexander vermutet hätte.

Ich wage mich weiter vor, hinter eines der Möbelstücke, die näher am Fenster stehen. Als ich dahinter hervorspähe, stockt mir der Atem. In einem Sessel lümmelt Odile, etwas verdreht, die Beine über der Armlehne. Sie trägt ein langes, blassrotes Shirt und schwarze Leggins und hat ein Tablet auf den Knien, auf dem sie herumwischt. Und nein, es sieht ganz und gar nicht so aus, als würde sie gegen ihren Willen in diesem Angeber-Loft festgehalten oder als sei sie in irgendeiner Weise in Gefahr.

In meinem Kopf geht es drunter und drüber. Mein erster Impuls ist Erleichterung, sie gesund und munter vor mir zu sehen. Des Weiteren ist da mein Instinkt, der mir rät, mich jetzt dringend so rasch wie möglich von hier zu verpissen, genau so, wie ich es noch vor einer Viertelstunde beschlossen habe.

Ich weiß jetzt, dass Odile lebt, und das ist doch das Wichtigste. Was kümmert es mich, warum sie ihren Aufenthalt in Alexanders Wohnung vor mir geheim hält? Wenn sie auch nur eine halbwegs gute Freundin wäre, hätte sie mir ein Lebenszeichen gegeben. *Also hau lieber ab, Carolin, ehe noch Alexander auftaucht und einen mordsmäßigen Stunk macht!* Aber gleichzeitig merke ich, wie in mir der Ärger von Sekunde zu Sekunde wächst.

Maart wurde ermordet, ich war in der Psychiatrie, und Madame chillt hier, als ob nichts wäre. Mein Ärger steigert sich zur Wut. Wut ist immer ein schlechter Ratgeber, das weiß ich sehr wohl, aber das Dumme ist: Wenn man so richtig wütend ist, dann ist einem das egal. Das ist dann so, als würde man einen Betrunkenen vor dem Kater am nächsten Tag warnen – also zwecklos.

Nein, ich bin nicht so weit gegangen, ich habe nicht so viel riskiert, um mich einfach wieder klammheimlich wegzuschleichen! Ich möchte ein paar Antworten von ihr hören, und zwar auf der Stelle.

Von Alexander ist nichts zu sehen, was schon mal sehr gut ist.

Ich begebe mich in die Senkrechte und gehe mit entschlossenen Schritten auf das Fenster zu. Vermutlich spiegelt die Scheibe, denn sie reagiert nicht, also donnere ich mit der Faust dagegen, wobei ich merke, dass die Terrassentür nur angelehnt ist. Ich drücke sie auf, mache ein paar Schritte ins Zimmer und blicke in Odiles erstaunte Augen.

Zugegeben, ein kleines bisschen genieße ich den Moment.

»Wow«, sagt sie und richtet sich in ihrem Sessel auf. »Wo kommst du denn jetzt her?«

»Über die Feuertreppe.«

Ihr Gesicht ist ausdruckslos wie ein leerer Teller, während sie mich von oben bis unten mustert. »Dein Style ist grottig«, sagt sie schließlich.

»Scheiß drauf«, sage ich, innerlich kochend.

»Was willst du hier?«

»Dich fragen, warum du dich hier verkriechst und auf keine Nachricht antwortest«, sage ich.

»Wer bist du – meine verdammte Mutter?«, faucht sie mich an.

Ich bin wie vor den Kopf geschlagen. Überraschung hin oder her, das ist nicht der Empfang, mit dem ich gerechnet habe. Ich hätte zumindest einen Hauch von Verlegenheit, ein Quäntchen Reue und den Anflug eines schlechtes Gewissens erwartet, und auch ein wenig mehr Verbindlichkeit, um nicht zu sagen Herzlichkeit, selbst wenn ihr mein Besuch gerade nicht in den Kram passt. Am liebsten würde ich sie anschreien: *He, Odile, ich bin es, Carolin, nicht die Zeugen Jehovas!*

»Odile …«

»Ich nenne mich jetzt Alice.«

»Es ist mir scheißegal, wie du dich nennst«, blaffe ich sie an. »Du weißt schon, dass Maart tot ist? Oder vielmehr, dass er ermordet wurde?«

Spätestens jetzt rechne ich mit einer Gefühlsregung, aber sie zuckt nur mit den Schultern.

Schulterzucken! Ist das alles, was sie an Gefühl aufzubieten hat?

Ich trete näher an sie heran. »Hast du gehört, was ich gesagt habe?«

»Dass Maart tot ist, ja, ich weiß.«

»Und das juckt dich überhaupt nicht?« Unwillkürlich bin ich laut geworden.

»Es wäre besser, wenn du jetzt wieder gehst«, sagt Odile. Sie ist aufgestanden und schaut mich mit einem Blick an, bei dem die Hölle gefrieren würde.

Drogen! Das muss es sein. Dieser verfluchte Alexander! Natürlich hält er sie nicht gefesselt in irgendeinem finsteren Loch gefangen, das hat er doch gar nicht nötig. Nein, er verabreicht ihr einfach regelmäßig irgendein Zeug, das sie zu diesem kalten, gefühllosen Zombie werden lässt, den ich hier vor mir sehe.

»Was ist los, was starrst du mich so an?«

Ihr Mund ist ein Strich, ihre Augen sind zwei misstrauische Schlitze. Auf einmal finde ich sie gar nicht mehr schön. Diesem ebenmäßigen Gesicht fehlt das schelmische Lächeln, das lebhafte Blitzen in den Augen. Odile war für mich immer eine anziehende, charismatische Person, aber jetzt sehe ich nur noch eine hübsche Larve, einen schillernden, kalten Fisch.

Ich kann nicht anders, ich schreie sie an: »Verdammt, Odile, was ist los mit dir? Was für Pillen gibt dir dieser Mistkerl, du bist doch nicht du selbst!«

»Du hast keine Ahnung, wer ich bin. Du hast immer nur gesehen, was du sehen wolltest. Und du solltest jetzt *wirklich* gehen, Caro.«

»Ich gehe nur, wenn du mitkommst.«

Sie lächelt. Es ist ein Lächeln ohne jede Wärme und mir läuft es eiskalt den Rücken hinunter.

»Das geht nicht. Verschwinde jetzt.«

»Erst, wenn du mir sagst, warum du dich hier verkriechst.«

»Ich bin dir keine Rechenschaft schuldig.«

Am liebsten würde ich sie schütteln wie einen Apfelbaum, aber ich sage nur: »Odile, ich bin es, Caro. Du hast mich deine *kleine Schwester* genannt, weißt du nicht mehr? Du kannst mir vertrauen, ich bin hier, um dir zu helfen.«

»Ich brauche deine Hilfe nicht!«

Ich beschließe, den Stier bei den Hörnern zu packen, und frage sie ganz direkt: »Hast du diesen Anwalt, diesen Henk Koster umgebracht?«

»Das war ein Dreckstyp.«

Ich kann kaum glauben, was ich da höre. »War das … war das ein Ja?«

Sie verdreht genervt die Augen und seufzt.

»Odile! Rede mit mir, verdammt! Was ist passiert?«

»Es war ein Missverständnis. Ich dachte, er würde sich als Sugar-Daddy eignen, aber er hat sich als ein echt perverses Schwein entpuppt. Es war praktisch Notwehr.«

»Wenn es Notwehr war, hättest du doch zur Polizei gehen können, anstatt dich hier zu verstecken.«

Sie zieht eine Schnute. »Ach, Caro, du bist manchmal wirklich drollig naiv.« Sie kommt noch einen Schritt auf mich zu und ich zucke unweigerlich zusammen, als sie mich plötzlich anschreit: »Du nervst, Caro! Verschwinde endlich! Du hättest nie herkommen sollen. Du hättest nie in den Club gehen sollen. Du bist selber schuld an allem, was passiert ist. Weil du grundsätzlich deine Nase in Angelegenheiten steckst, die dich absolut nichts angehen! Und weil du es einfach nicht kapierst, wenn man dich warnt!«

»Mich warnt?«, wiederhole ich, und während ich es sage, dämmert es mir: »*Du* hast mein Zimmer verwüstet und mir an den Spiegel geschrieben, dass ich vom *Abraxas* wegbleiben soll.«

»Ja! Das war für mich ganz schön riskant. Aber du dumme Kuh hast es ja anscheinend nicht kapiert.«

»Warum konntest du uns denn kein *normales* Lebenszeichen

schicken?«, frage ich. »Damit wäre doch alles gut gewesen. Meinetwegen hättest du uns anlügen können, dass du verreist bist, dass du bei deinen Eltern bist – ganz egal. Aber dann hätten wir Ruhe gegeben.«

»Ich hatte einfach keine Lust dazu!«, zischt Odile. »Verstehst du das nicht?«

»Nein«, sage ich schockiert. »Nein, das verstehe ich nicht.«

»Ich wollte euch loswerden. Ihr wart Kletten, Maart und du. Ich hatte die Nase voll!«

Ihre Worte treffen mich wie ein Faustschlag.

»Warum? Was haben wir dir denn getan?«

Sie stößt ein freudloses Lachen aus, ehe sie sagt: »Weißt du, warum Maart unbedingt dich als neue Mitbewohnerin wollte?«

Ich schüttle mit dem Kopf.

»Weil er dir sofort angesehen hat, dass du genauso ein Kontrollfreak bist wie er. Er hat irgendwann einsehen müssen, dass er nicht ständig auf mich aufpassen kann, also hat er dich mit ins Boot geholt – im wahrsten Sinn des Wortes. Als meinen kleinen Schoß- und Wachhund. Und du hast deine Aufgabe prima gemacht. Braver Hund, Caro!«

Was sie sagt, ist so ungeheuerlich und so gemein, dass mir die Spucke wegbleibt.

»Aber es ging weniger um dich, Caro, du warst harmlos und ich habe dich wirklich gern gemocht. Nein, es ging mir hauptsächlich um Maart. Wo ich schon einmal einen Grund hatte zu verschwinden, wollte ich einfach die Gelegenheit nutzen und ihn abschütteln.«

»Ihn abschütteln? Wie meinst du das?«

»Du hast wirklich keine Ahnung«, seufzt Odile. »Maart war ein Stalker. Er hat mir nachspioniert, er hat mich überwacht, er hat mein Handy getrackt, er hat meine Freunde überprüft und bei jeder Gelegenheit in meinem Zimmer rumgeschnüffelt oder in meiner Handtasche … Er ist sogar schon mal hier aufgetaucht, vor dem Club, vor ein paar Wochen.«

Ich starre sie mit offenem Mund an und höre im Geist Ferdinand brüllen: *Der ist doch völlig besessen von ihr.*

»Wenn das so war, warum hast du ihn nicht einfach rausgeworfen?«, frage ich.

»Denkst du, das hätte ihn abgehalten? Er wäre zu Jan aufs Boot gezogen und hätte weitergemacht. Außerdem …« Sie hält inne, wirft mit einer für sie typischen Geste ihr Haar zurück und lächelt zynisch.

»Außerdem was?«

»Ich muss zugeben, dass es mich lange Zeit nicht gestört hat. Im Gegenteil, es hat mir geschmeichelt, dass ich jemandem so wichtig bin, dass er sich dauernd um mich sorgt. Das kannte ich nicht, in meinem bisherigen Leben hat sich nie jemand groß um mich gesorgt. Nicht so wie Maart jedenfalls. Ich fand es irgendwie … witzig. Aber zuletzt, als dann du auch noch da warst und dein krankhaftes Helfersyndrom an mir ausgelebt hast, da wurde es mir einfach zu eng.«

»Das ist Unsinn«, entgegne ich. »Wenn Maart wirklich so … besessen von dir gewesen sein soll, warum war er dann mit Veronika zusammen?«

»Weil sie mich kopiert hat, und das hat ihm insgeheim gefallen. Da er das Original nicht haben konnte …«

»Das ist doch krank«, entfährt es mir.

»Natürlich ist es das«, ruft Odile. »Oder vielmehr: war.«

Sie muss komplett irre sein. Ihr Narzissmus treibt nicht nur wilde Blüten, er schießt gerade vollkommen ins Kraut. Allerdings fällt mir ein, dass Dr. Davis in einer unserer Sitzungen ebenfalls eine Andeutung in dieser Richtung gemacht hat.

»Aber … aber bei *mir* hättest du dich doch wenigstens melden können«, sage ich. »Verdammt, wir waren doch Freundinnen.«

»Du hättest es doch sofort Maart erzählt. Denkst du, ich hätte nicht gemerkt, dass du total in ihn verknallt warst?«

Ich weiß nicht, was ich antworten soll. Mein Weltbild wird gerade auf den Kopf gestellt.

»Tja, Liebe macht blind, nicht wahr, Caro? Außerdem hatte mir Alexander, nachdem dieser Anwalt gefunden wurde, mein Handy weggenommen und mich erst mal eine Woche lang in seinem Strandhaus am Arsch der Welt versteckt. Ich konnte mich also gar nicht bei euch melden«, fügt Odile hinzu.

»Diese komische SMS, die ein paar Tage nach deinem Verschwinden kam, war dann wohl von ihm«, kombiniere ich.

»Davon weiß ich nichts. Er hat es mir nicht wiedergegeben. Ich brauche es nicht mehr. Ich fange ein neues Leben an. Als Alice. Und du wirst mir das nicht vermasseln!«

Ihre Worte dringen kaum zu mir durch, ich bin in Gedanken immer noch bei Maart. Alles in mir sträubt sich zu glauben, was sie über ihn gesagt hat. Aber im Grunde weiß ich, dass Odile in dieser Angelegenheit nicht lügt. Es ergibt nämlich leider alles einen Sinn.

Er hat mich die ganze Zeit nur benutzt.

»Die Polizei denkt, dass ich Maart umgebracht habe«, sage ich tonlos.

»Dann wird's wohl so gewesen sein.«

Mir ist, als hätte sie mir mit einem Hammer vors Hirn geschlagen.

»Was? Das glaubst du doch nicht wirklich?« Ich mache einen Schritt auf sie zu.

Sie weicht zurück, zeigt mit dem Finger auf mich und fährt mich an: »Auf jeden Fall bist du schuld daran, dass Maart tot ist.

Ohne deine Schnüffelei wäre das alles nicht passiert. Und jetzt solltest du wirklich abhauen und mich in Ruhe lassen. Los, geh!«

Die Aufforderung hätte sie sich sparen können. Ich habe genug gehört, viel mehr, als ich hatte hören wollen. Ich will jetzt nur noch weg, und vor allen Dingen will ich Odile nie wiedersehen.

»Du hast recht, *Alice,* ich geh jetzt besser«, sage ich voller Sarkasmus. »Ich wünsche dir noch ein schönes neues Leben.«

»Ich fürchte, daraus wird nichts«, höre ich eine wohlbekannte Stimme hinter mir sagen, und ehe ich reagieren kann, legt Alexander seinen Arm um meinen Hals. Ich wehre mich, aber sein Unterarm ist wie ein Schraubstock, der meinen Kehlkopf zu zerquetschen droht. Alles, was ich hervorbringe, ist ein Röcheln. Mit der freien Hand drückt er mir einen Lappen auf mein Gesicht. Ein beißender Geruch geht davon aus, ich versuche, den Atem anzuhalten und mich ihm zu entwinden, aber es gelingt mir nicht.

»Ich habe jetzt endgültig die Nase voll von dir«, zischt seine Stimme dicht an meinem Ohr, und dann mir wird ganz komisch und ich sinke in ein tiefes, dunkles Loch.

4

VON MIR AUS KANN JETZT DIESER FILM ANFANGEN

Mein Kopf schmerzt und mir ist übel. Ich liege auf hartem Untergrund und werde herumgeschüttelt. Es ist stockdunkel. Fesseln schneiden in meine Handgelenke und auch meine Füße sind zusammengebunden. Aber das Schlimmste ist, dass ich meinen Mund nicht öffnen kann und Angst habe, zu ersticken. Panisch atme ich stoßweise durch die Nase. Allmählich merke ich, dass ich noch genug Luft kriege, um zu überleben.

Da sind Geräusche. Fahrgeräusche. Ich rolle mich hin und her, bis ich an etwas Festes stoße. Es muss ein größeres Fahrzeug sein, denn ich kann mich ganz ausstrecken. Also ist es vermutlich der weiße Lieferwagen, *Heinrich Hooy – Fruit en groenten,* in dem ich mich jetzt befinde. Was hat Alexander mit mir vor?

Wie wäre es mit: Beseitigung einer Person, die ihre Nase zu tief in seine Angelegenheiten gesteckt hat?

Odile. Oder neuerdings *Alice.* Ich sehe ihr Gesicht vor mir, diesen kalten Blick, mit dem sie mich angesehen hat. Eine Psychopathin, wie sie im Lehrbuch steht! Wieso habe ich so lange nicht bemerkt, wie sie hinter ihrem Charme und ihrer charismatischen Fassade wirklich ist? Weil ich ständig nach Entschuldigungen gesucht habe. *Odile ist launisch, Odile hat gerade eine ihrer Arschloch-Anwandlungen!*

Sie ist eine Mörderin. Auch wenn es vielleicht Notwehr war und dieser Anwalt kein großer Verlust für die Menschheit ist. Einen *Dreckstypen* hat sie ihn genannt. Nun, das kann schon sein, aber wie ist es zu erklären, dass sie mit dem größten *Dreckstypen* von allen zusammen ist? Dem, der den ganzen Perversen eine Spielwiese bereitet? Ohne Alexander gäbe es das *Abraxas* und den Playground, diesen Tummelplatz für die Dreckstypen, ja wohl nicht.

Das Gerumpel hat aufgehört, jetzt fühlt und hört es sich an, als wären wir auf einer Autobahn. Wohin bringt man mich?

Während mich all diese Fragen beschäftigen, versuche ich mich in Gesichtsgymnastik, um das Klebeband von meinem Mund zu kriegen. Eben war mir, als hätte es sich schon ein wenig gelockert.

»Wirst du heute noch mal mit mir reden oder hast du ein Schweigegelübde abgelegt?«

Ich zucke zusammen. Die gedämpfte Stimme gehört Odile! Ich lausche in die Dunkelheit.

»Verdammt, Alice, ich habe mich auf dich verlassen.« Alexander, stinksauer. Die Stimmen sind hinter mir, also liege ich mit dem Kopf in Fahrtrichtung.

»Wer hat sie denn in den Club gelassen, du oder ich?«, erwidert Odile.

»Nun, als sie das erste Mal im *Abraxas* auftauchte, hab ich nicht ernsthaft damit gerechnet, wie hartnäckig sie ist. Ich hätte nie gedacht, dass sie noch mal kommen würde. Im Übrigen war ich gerade dabei, sie auf elegante Art loszuwerden, als dieser rasende Irre aufgetaucht ist.«

»Warum hast du ihm nicht auch gleich das Maul gestopft?«, hält Odile dagegen.

»Weil ich da noch dachte, er will nur den Ritter spielen und sein Mädchen retten. Ich wollte keinen Aufstand vor allen Gästen riskieren. Der Club ist in letzter Zeit schon genug in Verruf geraten – dank dir. Und jetzt auch noch das da.«

Ich nehme an, *das da* bin ich.

»Es ist doch nichts passiert.«

»Nichts passiert?«, ruft Alexander wütend. »Du hast gut reden! Die Polizei hat überall rumgeschnüffelt. Es war nur ein Zufall, dass die neue Lieferung noch nicht da war und du … Du wärst besser noch eine Weile im Strandhaus geblieben.«

»Ich hätte mich eher ins Meer gestürzt, als noch einen Tag in dieser grässlichen, muffigen Hütte zu verbringen.«

»Wer Scheiße baut, muss eben die Konsequenzen tragen.«

»Ich habe dir schon hundertmal erklärt, dass es ein Unfall war! Ich habe mich nur gewehrt, ich wollte nicht …«

»Ich spreche nicht von Koster, sondern von deinem neugierigen Kumpel. Herrgott noch mal, was stimmt nicht mir dir, Alice?«

Irgendetwas quetscht meinen Magen zusammen. Ich hoffe, ich habe etwas falsch verstanden.

»Du hast gesagt, ich soll das in Ordnung bringen!«, höre ich Odile aufgebracht erwidern.

»Mit *in Ordnung bringen* meinte ich, dass du die Beweise vernichten sollst, und nicht, dass du ein Blutbad anrichtest!«

»Was hätte ich denn tun sollen? Er wollte mir sein verdammtes Handy nicht geben.«

»Und warum hast du das kleine Miststück da hinten nicht auch erledigt?«

»Weil das dumm gewesen wäre«, hält Odile dagegen. »Dann hätte die Polizei doch automatisch nach einer dritten Person gesucht. Außerdem war Carolin noch immer total hinüber, sie hat weder mitgekriegt, dass ich auf dem Boot war, noch, dass ich ihr das Messer in die Hand gedrückt habe. Nur sollte der Kahn samt ihr absaufen, ehe sie wieder zu sich kommt.«

»Das hat ja vortrefflich geklappt«, höhnt Alexander.

»Es war Pech, dass unser Bootsnachbar aufgetaucht ist. Aber die Fingerabdrücke auf dem Messer sind ein handfester Beweis, der gegen sie spricht, daran kommt keiner vorbei.«

»Ach ja? Und wieso ist sie dann nicht in U-Haft? Wieso taucht sie mitten in der Nacht in meiner Wohnung auf?«, brüllt Alexander.

»Das weiß ich nicht!«, ruft Alice. Etwas leiser sagt sie: »Sie hat irgendwas von der Psychiatrie gefaselt. Wahrscheinlich ist sie von dort abgehauen.«

»Großartig! Wer weiß, was sie in der Zwischenzeit der Polizei oder ihrem Psychiater erzählt hat.«

»Gar nichts. Sie hat nichts mitgekriegt, glaub mir. Sonst wären die doch längst schon wieder hier gewesen. Sie ist noch immer die Hauptverdächtige. Besonders jetzt, wo sie von dort abgehauen ist. Was Besseres konnte uns gar nicht passieren.«

»Hoffen wir's. Ich habe allmählich die Schnauze voll von Überraschungen.«

»Es ist alles okay, Cherie, kein Grund zur Aufregung.«

»Das glaubst auch nur du«, fährt Alexander sie an. »Das war arschknapp, verdammt noch mal! Beinahe wäre das ganze Syrien-Geschäft aufgeflogen und ich säße jetzt im Knast! Ist dir das überhaupt klar?«

»Ja, ja, ja! Ich bin an allem schuld«, kommt es keineswegs schuldbewusst von Odile.

»Mach das Ding aus. Ich will nicht, dass im Auto geraucht wird!«

»Sei nicht so spießig«, erwidert Odile.

»Das hat nichts mit spießig zu tun, es stinkt!«

Für ein paar Sekunden ist es ruhig, dann fragt Odile: »Das Zeug ist doch jetzt gut versteckt, oder?«

»Was blieb mir denn anderes übrig?«

»Na also. Ein Hoch auf die Kunst!« Odile kichert.

Es bleibt eine Weile still, dann höre ich Alexander sagen: »Dieses Mal muss sie endgültig verschwinden.«

Keine Antwort von Odile.

»Du hast mir die Scheiße eingebrockt, also wirst du das erledigen.«

»Schon gut, ich hab's verstanden!«

Die beiden verstummen und ich habe eine Menge Stoff zum Nachdenken. Aber im Grunde kann ich nur an eines denken: Sie werden mich töten! Odile wird mich *erledigen*. So, wie sie bereits Maart *erledigt* hat.

Könnte ich doch nur die Zeit zurückdrehen!

Hätte ich doch nur Kommissar van Eyk angerufen, hätte ich mir doch nur von ihm ausreden lassen, nach Odile zu suchen. Aber nein, ich naive, ahnungslose Gans musste ja unbedingt die Heldin spielen. Das habe ich jetzt davon: den Heldentod.

Wäre doch nur mein Ausbruchsversuch nicht geglückt. Dann stünde ich zwar immer noch unter Mordverdacht, aber ich wäre wenigstens am Leben und hätte eine Chance, mich zu verteidigen. So aber werde ich sterben, und danach werden sie meine Leiche irgendwo verscharren, wo man mich nie finden wird. Meine Mutter wird wahnsinnig werden vor Schmerz und das Schlimmste durchmachen, was einem Menschen passieren kann: Sie wird nie erfahren, was mit mir geschehen ist. Es wird ihr Leben ruinieren.

Vor lauter Angst bleibt mir fast die Luft weg und ich atme hektisch durch die Nase ein und aus.

Um meiner Panik einigermaßen Herr zu werden, versuche ich, über das eben Gehörte nachzudenken, auch wenn mir das nicht mehr groß helfen wird. Aber es lenkt mich wenigstens ab.

Offenbar ist Maart mir an meinem letzten Abend zum *Abra-*

xas gefolgt. Wieso? Wollte er mich davon abhalten, dorthin zu gehen, oder hat er auf eigene Faust nach Odile gesucht? Ich versuche, mich an meinen letzten Abend im Club zu erinnern. War Maart dort? Nein, ich habe keine Erinnerung an ihn. Alexander muss mich schon vorher mit Roofies kaltgestellt haben. Aber was meinte er mit dem *Syrien-Geschäft?* Mich streift ein Geistesblitz: die Kisten! Diese großen Kisten, deren Ankunft ich ein paar Tage zuvor beobachtet habe und die er behandelte, als wären darin rohe Eier. Das muss die *neue Lieferung* gewesen sein, von der Alexander vorhin geredet hat. Vielleicht waren in den Kisten Waffen. Waffen für Syrien? Das sähe Alexander ähnlich. Einen als Gentlemen-Club getarnten Edelpuff zu betreiben als Tarnung für Waffenhandel. Deshalb auch die übertriebene Vorsicht mit den Kisten! Vielleicht war darin Munition – womöglich Handgranaten, die bei einer falschen Bewegung explodieren könnten. Darum geht es also.

Noch etwas wird mir klar, und das ist weitaus schlimmer: Ich bin tatsächlich schuld an Maarts Tod, genau, wie Odile es gesagt hat. Wenn ich nicht die Detektivin gespielt hätte, wenn ich nicht meine Nachforschungen im *Abraxas* vor ihm verheimlicht hätte, dann wäre er Alexander nicht in die Quere gekommen, dann wäre Maart noch am Leben. Dieser Gedanke ist kaum zu ertragen, und doch wird es wohl einer meiner letzten sein, bevor sie mich töten werden.

Hat Maart dieselben Todesängste durchlitten wie ich gerade? Bei ihm ging es sicher schneller. Wie lief das ab, haben sie sich wirklich um das Handy gestritten? Warum? Alexander hatte etwas von *Beweise vernichten* gesagt. Beweise, wofür?

Angeblich wollte Odile seinen Tod nicht, angeblich geschah es im Affekt. Aber kann man Odile das glauben? Vielleicht hat sie den Streit ums Handy nur erfunden, damit sie vor Alexander besser dasteht? In Wirklichkeit wollte sie Maart einfach nur für alle Zeiten loswerden und sie hatte ja bereits Übung im Töten. Vielleicht macht es einem nicht mehr so viel aus, wenn man die Schwelle einmal überschritten hat …

Wie wird sie es bei mir machen? Wird sie mich ebenfalls erstechen? Wird sie das tatsächlich übers Herz bringen? Allerdings … welches Herz? Sieht nicht so aus, als hätte sie eins. Wie konnte ich mich so in ihr irren? Andererseits: Vorhin, in Alexanders Wohnung, hat Odile mich mehrfach aufgefordert, zu gehen. Sie wusste, was passieren würde, wenn Alexander mich sieht. Sie wollte das, was jetzt geschieht, vermeiden. Vielleicht hat sie doch noch einen Rest Skrupel.

Träum weiter, Carolin!

Sie wollte mich auf dem Boot kaltblütig ersaufen lassen und mir vorher noch einen Mord in die Schuhe schieben! Und selbst wenn Odile kneifen sollte, dann gibt es da immer noch Alexander, der die Sache ganz sicher durchziehen wird.

Ich bin erledigt. Das war's. Von mir aus kann jetzt dieser Film anfangen, in dem das ganze Leben noch einmal im Zeitraffer an einem vorüberzieht. Der wird wohl recht kurz werden. Was habe ich denn schon groß erlebt – die letzten paar Tage mal ausgenommen.

5

SIE WAREN SOZUSAGEN NUR BEIFANG

Der Untergrund, auf dem wir uns bewegen, ist wieder holprig geworden, ich werde hin und her geschüttelt, und als der Wagen durch ein Schlagloch prescht, knallt mein Kopf auf den Boden des Laderaums.

»Hey, sei doch ein bisschen vorsichtig«, höre ich Alexander maulen.

Demnach sitzt Odile am Steuer. Ich ahne, was vorgeht: Sie karren mich in einen Wald, wo sie mich umbringen und meine Leiche gleich vergraben können.

»Müssen wir das wirklich tun?«, höre ich Odiles Stimme. »Sie hat ganz sicher genug von dem Ganzen, sie wird nichts sagen.«

»Ach, und woher willst du das wissen?«

»Ich kenne sie. Wir laden sie hier ab und lassen sie einfach liegen.«

»Bist du verrückt? Soll ich in Zukunft mit einer Zeitbombe leben, die jeden Moment losgehen kann? Sobald es ihr wieder besser geht, wird sie zur Polizei rennen.«

»Ja und? Was kann sie denen schon sagen?«

»Dass ich dich bei mir versteckt habe, zum Beispiel. Nein, wir gehen kein Risiko ein. Was bist du denn auf einmal so zimperlich? Bei Koster und deinem anderen Mitbewohner hattest du doch auch keine Skrupel. Hast wohl einen Narren gefressen an der Kleinen, oder?«

Der Wagen wird langsamer und hält.

Eine nie vorher gekannte Angst pulsiert durch meinen Körper.

Lieber Gott, hilf mir! Es tut mir wahnsinnig leid, dass Maart meinetwegen sterben musste, aber ich will am Leben bleiben! Bitte, bitte, hilf mir! Lass das nicht zu, ich bin noch so jung, das kann doch nicht schon alles gewesen sein.

Autotüren schlagen zu. Ich zerre wie verrückt an meinen Fesseln, aber die Kabelbinder geben keinen Millimeter nach. Nur das Klebeband löst sich endlich von meinem Mund. Ich kann wieder besser atmen, doch vor lauter Angst bekomme ich kaum Luft.

Die Hecktür wird geöffnet, ich bin geblendet und muss blinzeln. Hände greifen nach meinen Beinen und ich werde unsanft über die Ladefläche gezogen. Es ist Alexander, ganz ungewohnt in Cargohosen und Sweatshirt. Ohne seinen Maßanzug sieht er ziemlich prollig aus.

Ich hatte eigentlich damit gerechnet, dass es noch dunkel wäre, aber der Tag ist bereits angebrochen. Über mir spannt sich ein blassblauer Himmel, und nachdem sich meine Augen an die Helligkeit gewöhnt haben, kann ich Felder und Wiesen sehen. Es ist ein sandiger Feldweg, auf dem wir angehalten haben, und es muss früh am Morgen sein, denn die Schatten sind noch lang und die Luft ist kühl. Bäume sind nirgendwo zu sehen, nur ein paar niedrige Büsche säumen den Wegrand. Also kein Wald, in dem sie mich verscharren werden, nur ein schnurgerader Kanal, der neben dem Weg verläuft. Natürlich ist hier draußen und so früh am Morgen kein Mensch unterwegs. Hilferufe kann ich mir also sparen.

Alexander zerrt mich aus dem Wagen und legt mich auf dem Boden ab.

Jetzt kommt Odile auf mich zu. Sie sieht erst mich an, dann

Alexander. »Die ist ja wach!«, ruft sie entsetzt. »Du hast ihr zu wenig gespritzt!«

»Wenn schon. Umso wichtiger ist es jetzt, dass wir es zu Ende bringen. Sie hat wahrscheinlich alles gehört.«

»Du hast recht«, antwortet sie. »Tut mir leid, Caro.«

Odile trägt Jeans, halbhohe Stiefel, ein schwarzes T-Shirt und darüber eine Weste mit Tarnflecken. Ein Messer hängt an ihrem Gürtel. Sie erinnert mich an Lara Croft. Ist das ihr Killer-Outfit? Sie hält einen Schlafsack in den Händen. Jetzt löst sie den Gurt und rollt ihn auf. Der Schlafsack erinnert mich an die Festivals, die ich in den vergangenen Jahren regelmäßig besucht habe, *Fusion, Deichbrand* und ein paar in Holland. Hätte ich geahnt, dass ich so jung sterben muss, hätte ich noch viel mehr Festivals besucht, noch viel mehr Musik gehört, noch mehr Eisbecher gegessen und noch mehr Jungs geküsst …

»Bitte, tut mir nichts! Bitte! Ich werde niemandem etwas sagen, ich schwöre es!«

Ich weiß, es ist erbärmlich. Ich sollte mehr Haltung zeigen und diese beiden nicht auch noch anbetteln, denn es wird ohnehin nichts nützen. Aber so charakterstark bin ich nicht. Ich habe Todesangst und flehe um mein Leben. »Odile … bitte, du willst das doch gar nicht tun! Du hast mich in Wirklichkeit gern, deswegen hast du mir auch auf dem Boot nichts getan. Ich bin doch deine Freundin! Deine *kleine Schwester,* weißt du nicht mehr? Ich bin gekommen, weil ich dachte, dass du Hilfe brauchst, und dafür willst du mich jetzt umbringen?«

»Was faselt sie da?«, höre ich Alexander fragen.

»Keine Ahnung«, antwortet Odile.

»Geh und sammle ein paar große Steine.«

»Wieso ich?«

»Weil ich es dir sage, verdammt noch mal!«

Ich ändere meine Taktik: »Odile, erlaubst du wirklich, dass der Scheißkerl so mit dir redet? Bist du seine Sklavin, oder was?«

»Du hältst jetzt die Klappe!« Alexander holt aus und tritt mir mit seinen Sneakers zwischen die Rippen.

Für einen Moment bleibt mir die Luft weg. Dann wende ich den Kopf und mein Blick begegnet dem von Odile. Schwer zu sagen, was in ihr vorgeht. Sie legt den Schlafsack neben mich an den Wegrand und entfernt sich in Richtung Kanal. Mir dämmert, was sie vorhaben: Sie wollen mich in den Schlafsack stecken und ihn, mit Steinen beschwert, im Kanal versenken. Sie wollen mich ersäufen! Haben sie diesen Anwalt nicht auch im Kanal versenkt? Aber der war da ja wohl schon tot. Mein Traum vom Wasser – war das am Ende die Vorahnung meines eigenen Todes?

»Nicht! Bitte nicht! Ich werde nichts sagen, ich werde aus Amsterdam verschwinden, ihr seht mich nie wieder, ich schwöre es euch!«

Jetzt wird es Alexander offenbar doch zu viel. Er murmelt, das sei ja nicht zum Aushalten, dann geht er zur Vordertür des Wagens nach vorn und kommt mit einem silbrigen Streifen Klebeband wieder. Er beugt sich zu mir hinab, packt mit einer Hand grob meinen Unterkiefer und klebt mir mit der anderen den Mund zu.

Jetzt, da ich nicht einmal mehr reden kann, wächst meine Angst ins Unermessliche. Dies sind also meine letzten Augenblicke. Wie es wohl ist, zu ertrinken? Dauert es sehr lang, bis einem die Sinne schwinden, bekommt man noch viel vom eigenen Todeskampf mit? Könnten sie nicht vielleicht wenigstens so nett sein, mich vorher zu betäuben, darin ist Alexander doch sowieso Spezialist?

»Hast du genug Steine?«, ruft Alexander.

»Glaub schon«, kommt es aus einiger Entfernung.

»Dann komm her und hilf mir«, ruft Alexander zurück.

»Mhmmhmmhmm!«, protestiere ich, so laut ich kann.

Es entspinnt sich ein Ringkampf, denn ganz ohne Gegenwehr lasse ich mich nicht in den Schlafsack stopfen. Ich entdecke, dass man auch mit gefesselten Beinen zutreten kann, jedenfalls erwische ich Odile am Schienbein. Sie flucht. Am Ende habe ich keine Chance: Ich höre das grausige *Ratsch* des Reißverschlusses, als die beiden den Sack zumachen. Sehen kann ich jetzt nichts mehr, denn mein Kopf befindet sich am Fußende des Schlafsacks. Ich spüre, wie ich angehoben werde. Sie tragen mich runter zum Kanal! Um es ihnen nicht allzu leicht zu machen, zapple ich wie ein Fisch im Kescher. Ich höre beide keuchen und fluchen, dann knalle ich unsanft auf den Boden. Der Reißverschluss wird ein Stück geöffnet und ich spüre, wie Steine in den Schlafsack kullern. Vor Angst werde ich ganz steif. Erneut werde ich hochgehoben.

»Gott, ist die schwer«, jammert Odile.

Sie legen mich wieder hin. Ich spüre etwas Nasses an den Beinen.

»Geh weg, ich mach das«, sagt Alexander.

Noch ein Ruck. Das Wasser reicht mir jetzt bis zum Bauch.

Lieber Gott, bitte mach, dass es schnell geht!

»Hör mal!« Die Stimme von Odile.

»Scheiße!« Das war Alexander.

Jetzt bemerke ich es auch. Polizeisirenen. Träume ich? Aber nein, die beiden habe es ja auch gehört. Ich muss daran denken, wie ich gestern Vormittag im Bus über dieselben Sirenen erschrocken bin. Doch während ich da noch erleichtert war, als sie vorbeifuhren, hoffe ich jetzt inständig, dass die Sirenen mir gelten. Sie werden lauter. Sie scheinen schon recht nah zu sein.

»Scheiße! Los, schnell rein mit ihr ins Wasser!«, zischt Alexander.

Ich werde hochgehoben. Die Steine rollen unter mir zusammen, der Stoff des Schlafsacks legt sich auf mein Gesicht, mir bleibt die Luft weg.

»Langsam, ich rutsche!«, höre ich Odile rufen. Ich spüre, wie ich falle, und knalle auf die Steine. Das Klebeband verhindert, dass ich vor Schmerz aufschreie. Die Sirenen sind jetzt sehr nah und dann hören sie auf. Türen schlagen, verschiedene Stimmen brüllen Befehle durcheinander.

»Polizei!«

»Hände weg vom Schlafsack!«

»Hände hinter den Kopf und hinknien!«

»Verschwindet sofort, oder ich steche sie ab!« Das war die Stimme von Odile, sie muss ganz nah bei mir sein. Durch den Stoff spüre ich eine Hand, die mich abtastet.

»Weg mit dem Messer!«, tönt es zweistimmig – anscheinend ist auch eine Frau dabei.

»Messer weg, sofort!«, brüllt ein dritter Mann.

Es folgt ein ohrenbetäubender Knall und etwas fällt auf mich drauf. Ein Körper.

»Alice!«, höre ich Alexander brüllen. »Alice! Ihr Schweine!«

Schritte, Stimmengewirr.

»Hier, nimm das Messer!« – »Ruf den Notarzt!« – »Jetzt hochheben, aber vorsichtig! « – »Es ging nicht anders, sie hätte …« – »Ja, schon gut, alles gut, hilf mir lieber!«

Das Gewicht löst sich von mir.

»Alice! Bist du okay?«, höre ich Alexander rufen.

»Ihr zwei, bringt den Kerl schon mal weg!«, ordnet eine ruhige Bassstimme an.

»Helft mir, der Sack rutscht gleich ins Wasser«, sagt eine weibliche Stimme dicht neben mir. Der Schlafsack samt mir wird erneut hochgehoben und auf ebenem Grund wieder vorsichtig abgelegt.

Ratsch. Der Reißverschluss wird geöffnet. Ich schaue in die braunen Augen einer Polizistin, die nicht viel älter ist als ich.

»Polizei, Sie sind in Sicherheit. Sind Sie verletzt?«

»Mhmmhmm.«

»Ich nehme Ihnen jetzt das Klebeband ab, das kann ein bisschen wehtun«, sagt die Polizistin mit sanfter Stimme.

»Mhmmhmm!«, antworte ich, was heißen soll: *Das werde ich überleben, mach schon!*

Sie zieht das Band mit einem Ruck ab und ich japse nach Luft. Die Polizistin fragt mich erneut, ob ich verletzt sei.

»Nein. Ich … ich glaube nicht.«

Über ihre Schulter hinweg kann ich sehen, wie Alexander in einen Streifenwagen gesetzt wird. Er trägt Handschellen, die Hand des einen Polizisten liegt auf seinem Kopf, ganz wie im Film. Hinter dem Streifenwagen steht ein zweiter und dann sind da noch zwei normale Autos, bei einem sitzt ein Blaulicht auf dem Dach wie ein Pickel. Zwei Männer in Zivil sind mit Odile beschäftigt, die ein paar Meter von mir entfernt auf dem Feldweg am Boden liegt. Es sieht aus, als würden sie Wiederbelebungsversuche machen. Ich kann ihr Gesicht sehen, die kalten Augen, aber ich kann beim besten Willen nicht sagen, ob sie tot ist oder bewusstlos oder einfach nur ins Leere starrt. Etwas lenkt mich ab – die Polizistin schneidet mir die Hand- und Fußfesseln durch.

»Wo bleibt denn der verdammte Notarzt?«, ruft einer der Männer, die sich um Odile kümmern, und ein anderer meint. »Das kann ein bisschen dauern, wir sind hier am Arsch der Welt.«

»Verdammt, die kippt uns weg!«

Ich schäle mich aus dem Schlafsack. Mein Hintern schmerzt an der Stelle, an der ich auf die Steine geknallt bin, und es sticht beim Luftholen. Wahrscheinlich hat mir Alexander mit seinem Tritt ein paar Rippen gebrochen. Aber ich lebe! Ich muss heute doch noch nicht sterben. Zwar ist mir schleierhaft, woher die ganzen Polizisten plötzlich gekommen sind und warum sie da sind, aber das ist mir im Moment herzlich egal.

Ich stehe auf. Meine Knie sind weich wie Gummibärchen, die Polizistin muss mich stützen. Sie bringt mich zum Streifenwagen und hilft mir sanft, mich auf die Rückbank zu setzen. Jemand legt mir eine Rettungsfolie um die Schultern. Ich finde das ein wenig übertrieben, aber ich bin zu erschöpft und zu durcheinander, um zu protestieren. Tatsächlich merke ich, dass ich zittere, und mir ist auch ein bisschen kalt. Meine Jeans – Fleurs Jeans – ist klatschnass. Meine Handgelenke sind wund von den Fesseln und ständig laufen mir Tränen übers Gesicht.

»Der Notarzt wird gleich da sein«, sagt die Polizistin.

Warum sagt sie das? Denkt sie, ich mache mir Sorgen um Odile?

»Wie heißen Sie?«, fragt sie.

»Carolin.«

»Ich bin Magda.« Sie reicht mir ein Papiertaschentuch.

Ich wische mir übers Gesicht. »Sorry, ich weiß auch nicht …«

»Hey, Sie müssen sich nicht entschuldigen«, lächelt sie. »An Ihrer Stelle wäre jeder fertig mit den Nerven.«

Schon wieder heulen Sirenen. Der Notarztwagen prescht den Feldweg entlang, eine gelbe Staubfahne weht hinter ihm her. Mit etwas Abstand folgt eine Ambulanz.

»Was ist mit ihr?«, frage ich und deute in Richtung Odile.

»Sie wurde angeschossen. Sie hat Sie mit einem Messer bedroht, der Kollege konnte nicht anders«, sagt Magda und schaut dabei einen der Männer in Zivil an, der etwas hilflos neben der Traube von Menschen steht, die sich um Odile gebildet hat.

»Sind die von der Kripo?«

»Ja, die haben uns um Verstärkung gebeten.«

Ich werde abgelenkt. Zwei Notärzte eilen zu Odile, die Rettungssanitäter ziehen eine fahrbare Trage aus dem Inneren des Fahrzeugs. Dieser hektische Betrieb, die sinnlos zuckenden Blaulichter und die vielen Leute inmitten dieser öden, verschlafenen Landschaft haben etwas Surreales. Mich streift ein Gedanke, der mich leise vor mich hin kichern lässt. Ist das vielleicht nur wieder einer meiner komischen Träume? Werde ich gleich in meiner Zelle in der Villa Rosengarten aufwachen und später, bei einer Tasse Tee, Dr. Davis davon berichten?

Magda sieht mich leicht besorgt an. Ich höre auf zu kichern. Stimmt, ich bin wirklich fertig mit den Nerven.

Einer der Sanis kommt auf mich zu und erkundigt sich nach meinem Befinden.

»Mir geht's gut. Nur meine Rippen tun ein bisschen weh.«

Das hätte ich nicht sagen sollen, jetzt drückt er auf meinem Oberkörper herum.

»Au!«

»Atmen Sie tief aus und ein.«

Ich atme. »Das tut weh.«

»Rippen geprellt oder angeknackst«, murmelt der Sani. Er fühlt meinen Puls und murmelt, dass er den Arzt um ein leichtes Beruhigungsmittel für mich bitten wird.

»Nein, ich will kein Beruhigungsmittel! Bloß nicht! Ich bin die Ruhe selbst.«

Der Sani verdreht die Augen, geht und kommt zurück mit einem Becher, den er mir in die Hand drückt. Darin ist ein warmer, sehr süßer Tee, von dem ich ein wenig verschütte, weil ich dieses idiotische Zittern nicht in den Griff bekomme und meine Hände so kalt sind, dass ich fast kein Gefühl in den Fingern habe.

»Hinlegen, Beine hoch«, ordnet der Sani an, nachdem er mir den Becher wieder aus der Hand genommen hat.

Ich gehorche lieber, denn sonst schaffen sie mich am Ende noch ins Krankenhaus. Was nicht notwendig ist, denn ich bin nur ein bisschen durcheinander, nichts weiter.

Sie legen mich neben den Streifenwagen auf die Rettungsfolie, decken mich mit einer zweiten zu und schieben mir irgendwas unter die Waden und eine Decke unter den Kopf. Magda flößt mir das heiße Zeug ein. Es strömt angenehm warm durch meinen Körper und ich zittere nicht mehr gar so sehr.

»Danke.«

Sie nickt mir zu und lächelt. Ihre professionelle, unaufdringliche Freundlichkeit tut mir gut und für einen verrückten Moment beneide ich sie um ihren Job. Wenigstens weiß sie am Abend, dass sie tagsüber etwas Sinnvolles getan hat.

Odile wird auf die Trage gehoben und dann in den Rettungswagen geschoben. Mir ist, als würde sie mir einen letzten bösen Blick zuwerfen. Ich bekomme erneut Schüttelfrost. Die Türen schlagen zu, die Sirene jault auf. Wen wollen sie in dieser Einöde eigentlich warnen? Der Wagen fährt los.

Sie ist weg.

»Guten Morgen, Carolin. Schön, Sie einigermaßen gesund und munter wiederzusehen.«

In all dem Durcheinander ist mir gar nicht aufgefallen, dass zwischenzeitlich noch ein Wagen vorgefahren ist. Kommissar van Eyk steht aufrecht wie ein Leuchtturm neben mir und sieht mich mit seinen sehr blauen Augen sehr strafend an.

»Wie geht es Ihnen?«, fragt er in einem milden Tonfall, den er sich wohl mühsam abgerungen hat. Offenbar ist ihm klar geworden, dass jetzt nicht der richtige Zeitpunkt ist, um mich zusammenzufalten.

»Geht so«, sage ich und versuche, mich aufzurichten, was erneut Stiche in der Seite hervorruft.

»Liegen bleiben!«

»Wieso waren die Kripoleute hier?«, frage ich.

»Alexander Djurkha und seine Leute wurden schon seit einigen Tagen beobachtet. Das war Ihr Glück. Sie waren sozusagen nur der Beifang.«

»Ist das Ihr Polizistencharme, den Sie da an den Tag legen?«

Er grinst kurz, dann setzt er sich neben mich ins dürre Gras. Wir geben sicher ein tolles Bild ab: er in seinem schicken Anzug und ich in Folie gewickelt wie eine Grillkartoffel.

»Die wussten nicht, dass Sie da drin sind. Die waren hinter was anderem her.«

»Hinter den Waffen«, sage ich.

Er schaut mich erstaunt an. »Waffen? Davon weiß ich nichts. Nein, es ging um Raubkunst.«

»Kunst?«, wiederhole ich, während es mir dämmert. *Ein Hoch auf die Kunst,* hat Odile vorhin im Wagen gesagt. Das war keine Metapher, das hat sie wörtlich gemeint. Kunst in großen Kisten … Syrien-Geschäft … Kunstwerke! Raubkunst, die der IS in Syrien an sich reißt und dann verhökert, um damit Krieg und Terror zu finanzieren. Darum geht es. Nicht um Waffen, Munition oder Handgranaten.

»Das Syrien-Geschäft«, entschlüpft es mir. »Das war es also.«

»Was wissen Sie denn darüber?«

»Die zwei haben darüber geredet, auf dem Weg hierher, aber ich dachte, es ginge um Waffen.«

Ein Ruck geht durch seine Gestalt. »Haben sie vielleicht auch gesagt, wo das Zeug inzwischen ist?«

»Nein. Nur, dass es sicher versteckt sei. Und Odile hat Maart erstochen, angeblich, um Beweise zu vernichten, die er auf seinem Handy hatte. Bitte, das ist die Wahrheit, ich war es nicht! Sie hat auch diesen Anwalt getötet …«

»Schon gut, schon gut«, meint van Eyk in jenem beschwichtigenden Tonfall, mit dem man Hysterische und Verrückte beruhigt. »Darüber reden wir später.«

»Ich bin nicht verrückt!«, kreische ich. »Auch wenn Sie mich in die Klapse gebracht haben …«

»Ganz ruhig«, sagt van Eyk. »Jetzt bringen wir Sie erst mal ins Krankenhaus.«

»Nein! Wieso denn das? Mir geht's gut. Ich will nur nach Hause.«

Kaum habe ich es ausgesprochen, fällt mir ein, dass ich ja theoretisch noch in Untersuchungshaft bin. Also wird van Eyk mich entweder in den Knast oder in die Villa Rosengarten bringen.

»Sie müssen untersucht werden«, sagt van Eyk bestimmt. »Und das Hausboot ist leider nicht bewohnbar.«

»Das weiß ich, ich war dort«, sage ich. »Aber ich habe eine Notunterkunft gefunden.«

»Darf ich fragen, wo?«

»Nein. Warum haben Sie mich in die Villa Rosengarten einweisen lassen?«

Van Eyk seufzt: »Carolin, Sie sind anstrengend, wissen Sie das? Hier ist ein Vorschlag zur Güte: Die Kollegin fährt Sie ins Krankenhaus und ich hole Sie dort wieder ab. Danach klären wir gegenseitig unsere offenen Fragen.«

Ich sehe Magda unsicher an.

»Sie sollten sich wirklich die Rippen röntgen lassen«, sagt sie.

»In nassen Hosen?«

»Wir finden schon was zum Anziehen für Sie.«

Magda vertraue ich gerade mehr als van Eyk, und wenn ich ehrlich bin, fühle ich mich tatsächlich, als hätte mich ein Bus gestreift. Also erkläre ich mich einverstanden. Mir bleibt auch nichts anderes übrig, denn im Grunde bin ich ja weiterhin eine Mordverdächtige. Falls Odile stirbt, ohne zu gestehen, ist da noch immer das Messer mit meinen Fingerabdrücken. Und falls sie überlebt, wird sie wahrscheinlich auch nichts zugeben.

6

DER WEG IN DIE HÖLLE IST MIT GUTEN ABSICHTEN GEPFLASTERT

»Das hier ist also Ihre Notunterkunft.« Van Eyks Blick klettert an der Fassade meines neuen Domizils hinauf. Ich muss gestehen, dass ich mich insgeheim wie Bolle amüsiere über sein verblüfftes Gesicht.

Er hat mich, wie versprochen, vom Krankenhaus abgeholt. Ohne Handschellen. Denn das hatte ich zwischendurch befürchtet. Unterwegs habe ich ihn gefragt, ob er etwas von Odile gehört hat.

Nein, hat er nicht.

»Und wie geht es Ihnen?«

»Schon okay.«

Zwei von meinen Rippen sind laut Röntgenaufnahme leicht angeknackst. Da könne man nicht viel machen, das heile von selbst, es dauere aber eine Weile, heißt es. Sie haben mir eine Packung Schmerzmittel mitgegeben und den Rat, mich zu schonen. Die ganze Prozedur hat bis zum frühen Nachmittag gedauert.

»Darf ich Ihnen noch eine Tasse Tee anbieten?«, frage ich betont gestelzt und denke: *Wenn er die Bude von innen sieht, werden ihm die Augen rausfallen.*

Er nickt. Ich gebe den Türcode ein und wir nehmen den Lift hinauf in den vierten Stock, denn ich soll mich ja schonen. Er ist inzwischen wieder im Freizeitlook – Jeans, Hemd, keine Krawatte. Schon Feierabend? Aber er trägt eine Aktentasche bei sich.

»Sind da die Folterinstrumente drin?«, frage ich.

Er sieht mich erstaunt an und meint, ich müsste dringend mal meine Einstellung zu den hiesigen Behörden überdenken.

Er wandert durch die Wohnung, während ich Wasser aufsetze und Wilhelmines grünen Tee in die Kanne fülle. Ich warte auf einen Kommentar zu meiner Luxusbleibe, aber den Gefallen bleibt er mir schuldig.

»Bin ich eigentlich noch immer Ihre Mordverdächtige Nummer eins?«

Wir sitzen an dem runden Tisch im Erker, dessen polierte Tischplatte vornehm glänzt. Van Eyk hat sich kurzerhand erdreistet, zwei Tassen von Wilhelmines Teeservice aus der Vitrine zu nehmen, auf denen sich Drachen und Tiger und Schlangen tummeln.

»Nein«, antwortet er. »Wäre es so, säßen wir nicht hier, in dieser netten Bleibe, sondern in einem Verhörraum.«

»Darf ich fragen, was zu Ihrem Meinungsumschwung geführt hat?«, frage ich und denke: Die Umgebung färbt ab, ich spreche schon wie Wilhelmine. Als Nächstes werde ich beim Trinken den kleinen Finger abspreizen.

»Sie dürfen«, greift er meinen Tonfall auf. »Zwei Dinge haben Sie entlastet«, verkündet er. »Zum einen die blutigen Fingerabdrücke auf dem Messer. Da hat jemand ein bisschen zu dick aufgetragen. Denn zum Zeitpunkt der Übergriffs war der Griff des Messers ja nicht blutig, warum also sollten die Fingerabdrücke darauf blutig sein, wenn das Opfer mit nur einem Stich getötet wurde und das Messer gar nicht im Blut lag?«

Das Opfer. Ich zucke ein wenig zusammen und verzichte auf die Beantwortung seiner rhetorischen Frage.

Er fährt fort: »Zudem waren an der Tatwaffe, die ja aus Ihrer

Küche stammte, keinerlei Fingerabdrücke, bis auf die besagten blutigen von Ihnen. Die anderen Messer aus der Küche sind dagegen voll mit Fingerabdrücken von Ihnen dreien. Wer immer das Messer präpariert hat, hat ein bisschen schlampig und unüberlegt gehandelt. Unsere Forensiker haben sich jedenfalls nicht davon täuschen lassen.«

»Denen sollte ich wohl demnächst mal einen ausgeben«, seufze ich erleichtert. »Und die zweite Sache?«

»Der abschließende Bericht des Pathologen. Maart Verstappen wurde zwischen ein und zwei Uhr ermordet. Zu diesem Zeitpunkt waren Sie laut dem toxikologischen Gutachten definitiv noch weggetreten, um es mal salopp auszudrücken.«

Ich nehme einen Schluck von dem zart duftenden Tee. »Was ist mit Jan?«, frage ich dann. »Der hat mich doch gefunden, oder?«

»Jan kam erst gegen sechs Uhr morgens vorbei. Es war ihm aufgefallen, dass das Boot viel tiefer als sonst im Wasser lag, und er befürchtete, dass Sie und Maart im Schlaf ertrinken. Er hat die Tür eingetreten und dann Sie neben der Leiche von Maart gefunden. Sie waren, laut seiner Aussage, ziemlich verstört und haben wirres Zeug geredet. Er hat die Polizei angerufen und die Kollegen haben Sie natürlich zunächst einmal wie eine Tatverdächtige behandelt. Sie wurden forensisch untersucht und Ihre Kleidung sichergestellt.«

»Daher kam der schicke graue Anzug.«

»So ist es.«

»An all das kann ich mich immer noch nicht erinnern«, gestehe ich. »Wer hat mich aus- und angezogen?«

»Das weiß ich nicht. Aber keine Sorge, es geht dort in der Rechtsmedizin sehr korrekt zu, es war mit Sicherheit eine Frau. Danach hat man Sie mit auf die Wache genommen, aber Sie waren nicht vernehmungsfähig. Die Kollegen hatten Ihre Handtasche aus dem Hausboot sichergestellt, um Ihre Identität feststellen zu können. Dabei fanden sie meine Visitenkarte und haben mich angerufen. Sie hofften, ich könnte zu Ihnen durchdringen. Ich habe dann auch mein Glück versucht, aber Sie haben nur stumm und apathisch dagesessen. In Übereinkunft mit der Staatanwaltschaft wurde dann beschlossen, Sie zu Ihrem eigenen Besten vorübergehend in der Psychiatrie unterzubringen. Natürlich geschah das mit einer richterlichen Anordnung, damit alles seine Ordnung hat.«

»Meine Tasche ist also gerettet? Auch mein Handy?«

»Liegt beides auf der Wache, Sie bekommen es wieder. Bis der ganze Papierkram erledigt war und Sie in die Psychiatrie überstellt werden konnten, war es Samstagabend.«

»Warum ausgerechnet die Villa Rosengarten?«, will ich wissen.

»Ich kenne Dr. Davis persönlich, und ich dachte, Sie wären bei ihm gut aufgehoben.«

»Wie man's nimmt«, sage ich. »Das Erwachen in dieser Gummizelle war ziemlich derb.«

»Es gibt dort keine Gummizellen.«

»Aber so was Ähnliches.«

»Das tut mir leid.«

»Ich habe Sie gesehen. Am Montag, auf dem Parkplatz. Waren Sie meinetwegen dort?«

»Unter anderem.«

»Sie hätten netterweise mal bei mir vorbeischauen können, um mir zum Beispiel mitzuteilen, dass ich nicht mehr mordverdächtig bin«, ergänze ich.

»Das wusste ich zu diesem Zeitpunkt noch nicht. Ich wollte den Fortgang Ihrer Therapie nicht stören, Dr. Davis hat mir dazu geraten. Hätte ich natürlich geahnt, dass Sie am nächsten Tag die Flucht ergreifen …« Er schüttelt den Kopf.

Die ganze Mühe *und Aufregung und Todesangst für 'n Arsch! Noch einen halben Tag gewartet, und ich hätte einfach so rausspazieren können.*

»Warum waren heute früh diese Kripoleute hinter Alexanders Lieferwagen her?«, frage ich.

»Das waren die Kollegen vom Organisierten Verbrechen«, erklärt van Eyk. »Im Grunde haben Sie es Ihrem Freund Maart zu verdanken, dass die da waren und Ihnen das Leben gerettet haben.«

»Maart?«

»Maart hat im Lager vom *Abraxas* mit dem Handy Filmaufnahmen gemacht, als er unterwegs war, um Sie da rauszuholen.«

»Deshalb wurde er umgebracht …«

»Ja, aber vorher hat er die Aufnahme noch an mich geschickt, mit einem entsprechenden Kommentar.«

Ich starre ihn voller Entsetzen an: »Aber … aber dann hat Odile ihn vollkommen umsonst getötet. Warum hat er ihr das nicht gesagt?«

»Vielleicht hat er das und sie hat ihm nicht geglaubt. Oder sie hat ihn überrumpelt, ehe er etwas sagen konnte, wer weiß?«

Die völlige Sinnlosigkeit von Maarts Tod schmettert mich erneut nieder und facht gleichzeitig meine Wut auf Odile und ihren Mistkerl von Freund an.

Van Eyk nimmt einen Schluck Tee aus der chinesischen Tasse. »Leider habe ich mein Handy erst am Morgen gecheckt. Bis die Kollegen einen Durchsuchungsbeschluss hatten und vor Ort waren, war das Lager natürlich wie leer gefegt. Aber seit diesem Zeitpunkt wurden Alexander Djurkha und seine Mitarbeiter rund um die Uhr observiert und an seinem Wagen wurde ein Peilsender angebracht. Denn es war klar, dass er die Kunstgegenstände früher oder später wieder aus dem Zwischenlager holen würde, um sie an seinen Hehler zu verhökern. An diese Leute wollten wir rankommen. Aber dann kamen Sie dazwischen. Um nicht zusehen zu müssen, wie Sie im Kanal ertrinken, mussten sie ihre Tarnung auffliegen lassen.«

»Tut mir leid«, sage ich zerknirscht.

Er winkt ab. »Ich bin sicher, Djurkha wird reden. Ich kenne die Sorte Mensch. Er wird mit allen Mitteln versuchen, einen Deal für sich rauszuschlagen, aber das müssen die Jungs vom Organisierten Verbrechen mit ihm klären. – Was ist, warum lachen Sie?«

Ich habe nicht gelacht, nur gelächelt. »Weil Sie manchmal reden wie die knallharten Bullen im Film. *Die Jungs vom Organisierten Verbrechen*«, wiederhole ich mit tiefer Stimme.

»Ach, wirklich? Ich versuche, es zu vermeiden, aber immer klappt es nicht.«

»Ist doch ganz cool«, sage ich. »Ich meine, Sie sind ja ein Bulle. Sonst wär's dämlich.«

»Freut mich, dass Sie das so sehen.«

»Wie sind Sie darauf gekommen, dass Odile diesen Anwalt auf dem Gewissen haben könnte?«, will ich wissen.

»Zuerst gar nicht. Ich wurde nur hellhörig, als ich hörte, dass sie für Catwalk arbeitete. Der Name dieser Agentur war im Zusammenhang mit dem *Abraxas* schon öfter aufgetaucht.«

»Wussten Sie, was für üble Sachen im *Abraxas* laufen?«

»Ganz Amsterdam weiß davon. Na ja, gewisse Kreise natürlich nur. Unbedarfte Studentinnen wie Sie sollten so etwas eigentlich nicht wissen.«

»Wieso unternimmt man nichts dagegen?«

»Nun, es sind Erwachsene, es ist ein Club – es gab nie einen Hinweis oder gar einen Beweis, dass auf die beteiligten Frauen Zwang ausgeübt wurde oder dass Minderjährige beteiligt waren. Also waren den Behörden die Hände gebunden. Wir sind in Amsterdam, die Toleranzgrenze für derlei Umtriebe ist hier relativ hoch.«

Das muss ich erst einmal sacken lassen, während er fortfährt: »Odile Forêt rückte als mutmaßliche Täterin erst richtig in den Fokus, nachdem ich die durchgestrichene Zeichnung in dieser Mappe gesehen hatte.«

»Ich konnte Ihnen das einfach nicht glauben«, räume ich ein.

Er zuckt mit den Schultern. »Sie war Ihre Freundin.«

»Zumindest habe ich das geglaubt«, erwidere ich bitter. »Können Sie ihr denn die Morde an Maart und dem Anwalt beweisen?«, frage ich.

»Wir werden sehen«, meint er. »Djurkha wird sicherlich als Zeuge gegen sie aussagen, um seinen Arsch zu retten. Verzeihung.«

»Oh, bitte schön.«

»Sie haben Odile gemocht, nicht wahr?«

»Ja. Ich habe beide sehr gern gehabt, Odile und Maart.« Ich merke, wie mir schon wieder die Tränen kommen, also stehe ich auf und verschwinde kurz im Bad. Von Odiles Stalking-Geschichte über Maart will ich van Eyk lieber nichts erzählen. Erstens weiß ich nicht hundertprozentig, ob es stimmt, zweitens habe ich es selbst noch nicht ganz verwunden, und drittens ist es doch jetzt, da er tot ist, sowieso egal. Über Tote nichts Schlechtes.

Als ich wiederkomme, frage ich: »Wieso ist Odile eigentlich nicht festgenommen worden, nachdem Sie den Verdacht hatten, dass sie die Mörderin dieses Anwalts sein könnte?«

Er seufzt. »Wir wussten nicht, wo sie sich aufhielt. Nachdem Sie sie vermisst gemeldet hatten und Maart mir die Autonummer genannt hatte, war ich mit einem Kollegen bei Alexander Djurkha. Aber der machte einen auf ahnungslos und einen Durchsuchungsbeschluss hatten wir zu dem Zeitpunkt noch nicht. Als die Kollegen vom Organisierten Verbrechen letzten Samstag das Lager und die Wohnung von Djurkha durchsucht haben, war sie nicht da. Erst in der Nacht von Sonntag auf Montag kam sie zurück, das haben die Kollegen beobachtet.«

»Warum hat man sie dann nicht festgenommen?«

»Taktische Gründe«, antwortet van Eyk, und als ich fragend die Augenbrauen hochziehe, erklärt er: »Die Mordkommission hatte sich mit den Kollegen vom Organisierten Verbrechen und Interpol abgesprochen. Der Sache mit der Raubkunst wurde zunächst Vorrang eingeräumt, denn dabei geht es nicht nur um Djurkha allein. Der ist nur ein mittelgroßes Rädchen in einem weltweiten blutigen Geschäft. Es gibt etliche Organisationen, die dem IS und anderen selbst ernannten Milizen geraubte Artefakte abkaufen, damit diese wiederum Waffen kaufen und Söldner bezahlen können. Gleichzeitig rauben sie einem Volk die Kultur und damit die Identität, womit ein weiteres Kriegsziel erreicht wäre.« Er hält inne, und ich sehe ihm an, dass ihm das Thema nahegeht.

Ich muss daran denken, wie sehr Odile sich für Kunst begeistern konnte. Wie konnte sie mit jemandem zusammen sein, der daran verdiente, das kulturelle Erbe der Menschheit zu zerstören?

»Da Odile Forêt sich in Alexander Djurkhas Penthouse aufhielt und das Gelände permanent unter Beobachtung stand, schien es opportun, die Festnahme noch ein paar Tage hinauszuzögern, um Alexander in Sicherheit zu wiegen und vielleicht doch noch an die Lieferanten und Hehler der Kunstgegenstände zu kommen. Den Rest kennen Sie.«

Ich nicke. Allmählich fällt Licht ins Dunkel, aber es sind noch immer Fragen offen.

»Haben die, die das Gelände vom *Abraxas* observiert haben, gesehen, wie ich die Feuerleiter raufgeklettert bin?«

»Ja, allerdings. Aber sie wollten die Aktion nicht gefährden und abwarten, was geschieht. Ich habe davon erst heute früh erfahren. Hätten Sie mich doch nur vorher angerufen …«

»Tut mir leid«, murmele ich. »Aber ich hatte keine Lust, gleich wieder festgenommen zu werden.«

»Das ist verständlich«, räumt er ein. »Ich hätte Ihnen in der Mail mitteilen sollen, dass Sie nicht mehr verdächtig sind.«

»Wäre vielleicht hilfreich gewesen«, kommentiere ich und wechsle das Thema: »Wieso ist Maart an jenem Abend überhaupt ins *Abraxas* eingedrungen? Woher wusste er, dass ich da bin und … und irgendwie in der Scheiße stecke?«

»Er erhielt einen Anruf.«

»Von wem?«

Statt einer Antwort greift er nach seiner Aktentasche. »Sind Sie nervlich schon genug gefestigt, um sich eine Stimme aus dem Jenseits anzuhören?«

»Was meinen Sie?«, frage ich verwirrt.

Er legt einen MP3-Player und ein Paar Kopfhörer auf den Tisch. »Maart Verstappen hat eine Art Tagebuch geführt. Er hat Sprachnachrichten mit seinem Handy aufgezeichnet. Hier sind die Kopien davon.«

»Aber … aber Odile hat gesagt, sie hätte das Handy verschwinden lassen. Nachdem sie Maart erstochen hat«, setze ich hinzu.

»Das hat sie auch. Aber Maart hat seine sämtlichen Daten in

einer Cloud gespeichert, darunter auch diese Aufzeichnungen. Unsere Leute von der IT konnten das Passwort knacken, so kamen wir an die Aufzeichnungen. Dass es diese Cloud überhaupt gab, wussten wir, weil Maarts Rechner oben im Wohnzimmer gelegen hatte und noch nicht durch das Wasser beschädigt worden war.«

»Das sieht ihm ähnlich. Maart war ein Datensicherungsfreak, ich habe ihn damit sogar manchmal aufgezogen«, sage ich mit erstickter Stimme.

»Sie müssen es sich nicht anhören, wenn Sie nicht …«

»Doch! Doch, ich will es hören. Ich muss es.«

Van Eyk steht auf. »Ist es okay, wenn ich Sie jetzt damit allein lasse? Es wird sicher … schmerzlich.«

»Ja, ja, ist schon gut«, sage ich.

»Ich komme später wieder und bringe Ihnen Ihre Sachen.«

Ich begleite ihn noch zur Tür und sage. »Danke für alles.«

»Keine Ursache«, antwortet er und geht die ersten Stufen hinab. Auf dem Treppenabsatz bleibt er stehen und sagt noch: »Das chinesische Teeservice bitte nicht in die Spülmaschine! Es ist sehr alt und ein kleines Vermögen wert. Wilhelmine Rijkaart würde es Ihnen möglicherweise übel nehmen.«

Während ich noch mit offenem Mund dastehe, eilt er schon die Treppen hinunter.

»Woher wissen Sie das?«, brülle ich ihm hinterher.

»Ich bin ein Bulle«, brüllt er zurück und dann schlägt die Haustür zu.

Ich wappne mich mit einer weiteren Tasse Tee, den ich vorsichtshalber aus einem robusten Keramikbecher trinke. Dann schalte ich den MP3-Player an.

Maarts Stimme zu hören und zu wissen, dass er nicht mehr lebt, ist eigenartig und auch irgendwie grausig. Trotzdem muss ich lächeln und dabei meine Tränen abwischen. Dann höre ich zum ersten Mal meinen Namen.

Es gibt Neuigkeiten. Wir haben endlich – drei Ausrufezeichen und drei Kreuze – eine neue Mitbewohnerin.

Sie ist Deutsche und heißt Carolin. Sie ist dreiundzwanzig und macht gerade ihren Master in Wirtschaftsinformatik.

Sie ist genau die Richtige, ich weiß es, ich habe es gespürt.

Zuerst das Wichtigste: Sie riecht gut, nach grünen Äpfeln. Sie sieht hübsch aus, aber auf eine natürliche Art. Ich finde, sie hat ein Katzengesicht. Odile meint, ein Fuchsgesicht.

Nachdem ich mir alles angehört habe, sitze ich eine ganze Weile wie versteinert da. Alles, was Odile über Maart gesagt hat, stimmt. Obwohl ich es geahnt habe, muss ich diesen Schock erst einmal verdauen. Und die Art, mit der Maart an manchen Stellen über mich gesprochen hat.

Kann man wütend sein auf einen Toten, an dessen Tod man auch noch indirekt Schuld hat?

Oh, Maart, ich dachte, du magst mich! Stattdessen hast du mich nur für deine Obsession benutzt. Du hast die ganze Zeit gewusst, was ich mache, du hast mich ohne Skrupel auf Odiles Spur angesetzt wie einen … einen Terrier. Einen kleinen Fährtenhund, um den es nicht allzu schade ist.

Und doch bist du an dem Abend los, um mich zu retten.

Es muss Irene gewesen sein, die Maart an dem Abend angerufen hat, wer sonst? Offenbar hatten sie an Silvester ihre Handynummern getauscht, ehe Veronika dazwischenfunkte. Irene muss nach unserem Gespräch auf dem Klo mitbekommen haben, dass da etwas aus dem Ruder lief. Hätte sie es nicht getan, was wäre dann mit mir passiert? Was auch immer – Maart wäre jedenfalls noch am Leben. Kann man ihr das vorwerfen? Nein, natürlich nicht, sie hat es gut gemeint, genau, wie ich es gut gemeint habe, als ich im *Abraxas* herumgeschnüffelt habe.

Der Weg in die Hölle ist mit guten Absichten gepflastert. Wer immer das gesagt hat, er hatte so was von recht.

Sicher hat auch van Eyk es gut gemeint, als er beschloss, mich für ein paar Tage in die Villa Rosengarten zu stecken.

Wenigstens ist jetzt klar, warum Dr. Davis so verblüffend gut Bescheid wusste. Er muss von van Eyk diese Sprachmemos bekommen haben, also wusste er auch die ganze Zeit Bescheid über die Bettgeschichte zwischen mir und Maart.

Egal, soll er doch von mir halten, was er will. Er hat mich ja auch permanent hinters Licht geführt, auch wenn es bestimmt – wieder mal – in guter Absicht geschehen ist.

Allmählich habe ich die Nase voll von Leuten mit guten Absichten, mich selbst eingeschlossen.

Plötzlich merke ich, dass ich kaum noch die Augen aufhalten kann und mir jede noch so winzige Bewegung schwerfällt. Mein Körper revanchiert sich für die Strapazen der letzten Stunden und macht schlapp. Ich lasse alles stehen und liegen und wanke hinüber in Wilhelmines Schlafzimmer. *Hoffentlich höre ich van Eyk, wenn er wiederkommt und mir mein Handy bringt,* denke ich noch. Ein paar Sekunden später bin ich schon weggetreten.

Ich habe drei Stunden tief und fest geschlafen und mich gerade wieder aufgerappelt, als van Eyk mit meiner Handtasche und dem Handy zurückkommt.

»Der Akku ist leider leer.«

Er trägt eine Plastiktüte bei sich. »Ich habe Ihnen vom Chinesen was zu essen besorgt.«

»Das ist sehr nett, vielen Dank.«

Am liebsten würde ich mich gleich daraufstürzen, so hungrig bin ich, aber ich möchte nicht mampfend wie eine Kuh vor ihm am Küchentisch sitzen.

»Haben Sie die Memos angehört?«

»Ja. Das war … aufschlussreich.« Es ist mir unangenehm zu wissen, dass auch er sie gehört hat. »Gibt es was Neues von Odile?«, frage ich rasch.

»Ich habe nichts gehört. Also gehe ich mal davon aus, dass sie noch lebt.«

»Wissen Odiles Eltern schon Bescheid?«, frage ich.

»Sie hat gar keine.«

»Was?«

»Wir haben zwischenzeitlich ihren Lebenslauf recherchiert. Odile wurde wenige Tage nach ihrer Geburt in einem Waldstück bei Gent am Rand eines beliebten Joggingpfades gefunden. Daher gab man ihr den Nachnamen Forêt. Die Suche nach der Mutter oder anderen Angehörigen blieb ohne Erfolg. Sie kam in die Obhut der staatlichen Fürsorge. Anscheinend war sie schon von klein auf schwierig, denn keine Pflegefamilie wollte sie behalten. Ihr Leben war eine Odyssee von Pflegeeltern und Heimaufenthalten. Sie ist immer wieder weggelaufen und hat zeitweise in Belgien, Frankreich und den Niederlanden auf der Straße gelebt.«

»Oh, mein Gott!« Ich starre ihn entsetzt an. »Dann war es gelogen, dass ihre Eltern für die EU arbeiten und sie nicht mögen und dafür mit Geld abspeisen.«

»Ein Märchen.«

Und dabei dachte ich, ich hätte bereits in sämtliche Abgründe geblickt, was Odile angeht. Nach alldem, was ich gerade gehört habe, sollte ich vielleicht etwas Mitleid für sie aufbringen, aber ich kann nur denken: was für ein gigantisches Lügengebilde! Ich versuche, das alles zu begreifen, aber es gelingt mir nicht so ganz.

»Ja, aber … aber die Miete für das Boot, die teuren Klamotten, die Kosmetik, ihre Zeichensachen … woher hatte sie dann das ganze Geld?«

»Da können wir nur spekulieren: Modeln, reiche Kerle, der Job im *Abraxas,* ein bisschen Dealen, ein bisschen Klauen … Als Jugendliche ist sie in Belgien einige Male wegen Ladendiebstahls angezeigt worden und einmal wurde sie beim Dealen erwischt und bekam eine Bewährungsstrafe. Ich nehme nicht an, dass sie das aufgegeben hat, sie ist vermutlich nur geschickter geworden.«

»Und die Uni? Das Kunststudium?«

»Eingeschrieben war sie jedenfalls nicht.«

»Aber sie kannte sich sehr gut aus mit Kunst.«

»Ihre letzte Pflegefamilie war ein Künstlerehepaar aus Brüssel, das noch zwei eigene Kinder hatte. Aber auch von dort ist sie mit siebzehn weggelaufen. Den Vater der Familie hatte sie zuvor angezeigt und ihn des sexuellen Missbrauchs bezichtigt. Es ist bis heute unklar, ob das stimmte oder ob sie es erfunden hat. So oder so ist es schade. Wenn man sich ihre Zeichnungen ansieht … ich bin kein Experte, aber ich glaube, sie hat Talent.«

Er steht auf. Im Hinausgehen bittet er mich, morgen auf die Dienststelle zu kommen, »um meine Aussage zu protokollieren«.

»In Ordnung.« Ich bringe ihn noch zur Tür und bedanke mich für das Essen.

Als ich die Tür schließe, merke ich, wie mir beim Gedanken an Odile noch immer die Knie zittern. Und als ich das Wohnzimmer betrete, sehe ich sie schon in den Ecken lauern, die Gespenster, die da heißen Schuld, Einsamkeit und Traurigkeit.

7

NETT, DASS DU MICH BESUCHEN KOMMST

Der Herbstwind zerrt an den Ästen der Bäume, bunte Blätter rieseln auf den Rasen im Park der Villa Rosengarten.

Seit vier Wochen komme ich jeden Freitagnachmittag für eine Sitzung zu Dr. Davis. Freiwillig. Es ist umständlich, ich muss mir dafür jedes Mal ein Carsharing-Auto nehmen, aber ich habe das Gefühl, dass mir die Gespräche mit ihm zu mehr Klarheit und Sicherheit verhelfen. Noch immer fehlt mir ein Stück Erinnerung von dem, was in der Nacht von Maarts Tod auf dem Boot passiert sein muss. Aber jetzt, da ich von anderen weiß, was geschah, ist das nicht mehr gar so wichtig für mich. Im Gegenteil, sage ich mir, vielleicht ist es sogar ganz gut, wenn ich mich nicht mehr an sämtliche grausigen Details erinnere. Dennoch habe ich zurzeit das Gefühl, dass ich in meinem eigenen Leben haltlos herumtaumele.

Odile hat ihre Schussverletzung überlebt und wurde zwischenzeitlich aus dem Krankenhaus entlassen. Sie befinde sich in der staatlichen Psychiatrie, das hat mir Kommissar van Eyk vor zwei Wochen in einer E-Mail mitgeteilt. *Anscheinend plädiert sie auf mangelnde Zurechnungsfähigkeit, vermutlich hat ihr Verteidiger ihr dazu geraten,* schrieb er.

Die Nachricht löste bei mir gemischte Gefühle aus.

Noch immer denke ich sehr viel an Maart.

»Carolin, wie geht es Ihnen heute?«

»Ganz gut«, antworte ich.

»Tatsächlich?«

»Ich habe mich mit meinem Vater getroffen.«

»Oh. Wie war das?«, fragt Dr. Davis überrascht.

»Schön. Er hat sich so sehr gefreut. Und ich habe auch gemerkt, wie sehr er mir gefehlt hat. Ich habe eingesehen, dass ich kein Recht habe, ihn für etwas zu verdammen, was er vor vielen Jahren *vielleicht* gedacht hat. Es tut mir leid.«

»Was tut Ihnen leid?«

»Die vergeudeten zehn Jahre. Das war nicht richtig von mir.«

»Freut mich, dass Sie das einsehen«, sagt Dr. Davis und lächelt. »Und was haben Sie sonst noch gemacht in den letzten Tagen?«

»So langsam kehrt wieder der Alltag ein. Die Uni hat wieder angefangen, ich habe viel zu tun. Habe ich Ihnen erzählt, dass Wilhelmine ... Frau Rijkaard, meine ich, mich umsonst in ihrer Wohnung wohnen lässt?«

»Das haben Sie«, sagt Dr. Davis. Seine dunklen Augen sehen mich lauernd an.

»Was?«, frage ich.

»Ich wollte wissen, wie es Ihnen *wirklich* geht, Carolin. Ihre Grundstimmung kommt mir nach wie vor gedämpft vor.«

»Was haben Sie erwartet, dass ich hier johlend herumhopse?«

Die Vorstellung scheint ihn zu erheitern, er lächelt, aber dann fragt er: »Wie gehen Sie inzwischen mit Maarts Verhalten um?«

»Was meinen Sie mit *umgehen?* Er ist tot.«

»Natürlich ist er das. Doch er hat Sie ausgenutzt, während Sie in ihn verliebt waren ...«

»Ja, das hat er«, unterbreche ich ihn unwirsch, denn ich werde nicht gern daran erinnert. Die Wunde ist noch nicht verheilt. »Ich war ganz schön dämlich, dass mir das nicht aufgefallen ist. Ich habe alle beide total verkannt, Odile und Maart. Und wäre Maart noch am Leben, würde ich ihm dafür gern eine reinhauen, das können Sie mir glauben. Aber trotzdem finde ich, dass sein Tod eine Tragödie ist. Ich kann das nicht einfach wegstecken, nur weil er nicht der Mensch war, den ich in ihm gesehen habe.«

»Sie hegen also nach wie vor Schuldgefühle wegen seines Todes.«

»Ja«, antworte ich wahrheitsgemäß. »Die werden auch nie weggehen. Aber ich lerne langsam, damit umzugehen.«

»Sie meinen, Sie lernen, Ihre Schuldgefühle zu verdrängen.«

»Wenn Sie so wollen.«

»Sie drücken sich vor der Verantwortung, Carolin.«

Was? Ich höre wohl nicht richtig. Wie kann er mir das vorwerfen? Ich mache doch genau das Gegenteil.

»Ich rede nicht von dem, was Maart geschehen ist«, fährt Dr. Davis fort. »Denn dafür sind Sie nicht verantwortlich, und im Grunde wissen Sie das auch ganz genau. Mir scheint vielmehr, Sie verstecken sich im Moment ganz gern hinter Ihren Schuldgefühlen.«

»Und wovor verstecke ich mich, bitte schön?«, frage ich gereizt.

»Davor, die Verantwortung für Ihr Leben zu übernehmen. Sie sind bald mit dem Studium fertig, Sie müssen eine Berufswahl treffen und sich überlegen, wie Sie in Zukunft leben wollen. Solche Entscheidungen sind unbequem. Doch eins muss Ihnen klar sein: Die Welt wartet nicht auf Sie.«

Was fällt ihm ein, so mit mir zu reden?

»Zugegeben, es ist viel passiert, und Maarts Tod ist eine

furchtbare Sache. Doch niemand wird Ihnen einen Vorwurf machen, wenn Sie dennoch versuchen, das Beste aus Ihrem Leben zu machen. Lassen Sie es nicht an Ihnen vorbeiziehen, Carolin, genießen Sie es, anstatt sich in Schuldgefühlen zu suhlen.«

Wie bitte, *in Schuldgefühlen suhlen?* Denkt er etwa, dass mein Schmerz nur eine Pose ist?

»Immerhin machen Sie schon Fortschritte, scheint mir«, höre ich ihn sagen. »Dass Sie sich mit Ihrem Vater ausgesöhnt haben, betrachte ich als einen ersten Schritt. Machen Sie weiter so, Carolin. Und denken Sie über meine Worte nach, wenn Ihr gerechter Zorn darüber verraucht ist.«

Er scheint jetzt genug Gift verspritzt zu haben, jedenfalls lehnt er sich mit verschränkten Armen in seinem Sessel zurück, die sanften Augen abwartend auf mich gerichtet.

»War's das?«, frage ich und stehe, ohne seine Antwort abzuwarten, auf.

Dr. Davis hebt beschwichtigend die Hände. »Carolin, setzen Sie sich bitte, nur noch einen Augenblick. Da ist noch eine Sache, die ich Ihnen mitteilen wollte.«

Aber ich will mich nicht setzen, ich habe die Nase gestrichen voll. »Danke, Dr. Davis«, sage ich eisig. »Ich denke, für heute habe ich genug von Ihnen gehört. Schönen Tag noch.«

Ich bin noch immer stinksauer, als ich in der Empfangshalle eintreffe, wo ich mit Ben verabredet bin. Allerdings erst in zwanzig Minuten. Aber Ben ist bereits da und schäkert mit den Damen hinter dem Empfangstresen herum.

»Hi, Mr Bates!«

Er unterbricht seinen Flirt und läuft mit ausgebreiteten Armen auf mich zu.

»Bonjour, Madame Carolin! Da bist du ja schon.«

Wir umarmen uns.

Er trägt seine senffarbenen Cordhosen und eine karierte Weste zum weißen Hemd.

»So schick wie immer«, sage ich und versuche ein Lächeln. Das gelingt offenbar nicht, denn Ben fragt: »Was machst du für ein Gesicht, ist was passiert?«

»Dieser verdammte Quacksalber!«, platze ich heraus, wohl wissend, dass meine Worte bei Ben auf fruchtbaren Boden fallen. »Der hat doch überhaupt keine Ahnung und noch weniger Feingefühl! Und so was schimpft sich Psychiater. Metzger hätte der werden sollen!«

Die Empfangsdamen kichern, Ben zieht amüsiert die Augenbrauen hinter seiner Nerdbrille hoch. »Da ist aber jemand echauffiert.«

»Ich bin nicht *echauffiert,* ich bin stinkwütend! Wie der gerade mit mir geredet hat, das hättest du hören sollen! Runtergeputzt wie ein Schulmädchen hat der mich!«

»Ach, so übel ist er eigentlich gar nicht«, höre ich Ben zu meiner Verblüffung sagen.

»Jetzt fall du mir auch noch in den Rücken! Seit wann gehörst du zu Dr. Davis' Fanclub?«

»Seit er meine baldige Entlassung befürwortet.«

»Wow! Echt?«

Ben grinst von Ohr zu Ohr. »Es muss noch ein externer Gutachter gehört werden, aber Dr. Davis meint, es wäre selten, dass der ablehnt, was der behandelnde Arzt befürwortet. Natürlich wird es Auflagen geben: Meldepflicht und Pinkelbecher. Aber die Freiheit winkt.«

»Oh, das ist toll! Ich meine natürlich nicht den Becher. Du weißt schon … Wo wirst du wohnen?«

»Weiß ich noch nicht.«

»Ich könnte noch einen Mitbewohner gebrauchen. Mein *palazzo prozzo* fühlt sich so leer an.«

»Meinst du das ernst?«

»Wieso sollte ich es sonst sagen?«, entgegne ich.

»Hast du keine Angst?«

»Nein! Ich kenne dich doch.«

Allerdings glaubte ich auch, Odile zu kennen, fällt mir ein. Und Maart.

»Das rechne ich dir hoch an«, sagt Ben. »Aber darüber muss ich noch nachdenken.«

»Wo ist Wilhelmine?«, lenke ich ab.

»Sie spielt noch eine Runde Bridge, aber sie erwartet uns in einer halben Stunde zum Tee in der Bibliothek. Wollen wir schon mal hochgehen? Ich könnte dich noch eben schnell vom Schachbrett fegen.«

»Danke, mir reicht's für heute an … Oh, mein Gott!«

»Was ist?«, fragt Ben.

Aber ich antworte nicht.

Während wir uns unterhalten haben, ist mein Blick an der kleinen Kunstgalerie hinter dem Empfang hängen geblieben. Jetzt werde ich magisch angezogen von einem Bild, das neu dazugekommen ist. Mit starrem Blick gehe ich darauf zu. Ben ist mir gefolgt. Die beiden Empfangsdamen beobachten mich mit aufkommender Besorgnis.

»Die Selbstmordwelle!«, rufe ich entsetzt. »Sie ist hier!«

»Welche Welle? Ich sehe keine Welle, wo soll die denn herkommen?« Ben schaut zur Eingangstür, als erwarte er von dort gleich hereinströmende Wassermassen. Er hat ein süffisantes Lächeln aufgesetzt und meint: »Verzeih mir meine Direktheit, Carolin, aber du redest wirre. Wenn du nicht aufpasst, landest du noch in einer Irrenanstalt.«

»Das Bild«, presse ich hervor. »*Sie* hat es gemalt, sie malt es immer wieder.«

Ben ist neben mich getreten. »Hm. Bisschen düster, aber gar nicht schlecht.«

»Das ist von Odile. Der Frau, die Maart ermordet hat!«

Ich spüre, wie Panik in mir aufsteigt, und mir fällt ein, dass Dr. Davis mir vorhin noch etwas hatte sagen wollen. Ging es darum?

»Jetzt, wo du es sagst … Es gab da letzte Woche einen Neuzugang in Block C«, höre ich Ben murmeln.

Hinter uns höre ich das Geräusch, mit dem die Aufzugtüren sich öffnen. Ben und ich drehen uns um. Drei Leute treten aus der Kabine. Zwei von den Kerlen mit den weißen Overalls und – Odile. Sie wirkt klein zwischen den beiden kräftigen Männern. Vielleicht liegt es auch an den flachen Turnschuhen, dasselbe Modell, das ich hier am ersten Tag bekommen habe. Sie trägt einen blauen Kittel und eine Hose aus demselben Stoff. Ihr Gesicht ist bleich und sieht leer aus ohne das gewohnte Make-up. Ihr Haar ist zu einem simplen Pferdeschwanz gebunden.

Ich starre sie an und versuche erst gar nicht, meinen Schrecken zu verbergen.

Odile ist stehen geblieben, ihre Bewacher ebenfalls. Sie lächelt mich an. »Hallo, Carolin. Nett, dass du mich besuchen kommst.«